La Innombrable

Lorenzo Silva
Noemí Trujillo

Ediciones Destino
Colección Áncora y Delfín
Volumen 1647

Ediciones Destino, un sello editorial de Editorial Planeta, S. A.
Avda. Diagonal, 662-664, 08034 Barcelona (España)
www.planetadelibros.com
www.edestino.es

Primera edición: mayo de 2024
ISBN: 978-84-233-6514-2
Depósito legal: B. 6.118-2024
Composición: Realización Planeta
Impresión y encuadernación: CPI Black Print
Printed in Spain - Impreso en España

Para Juan y Paco, Paco y Juan,
nuestros padres

Advertencia previa

Los lugares descritos o aludidos en estas páginas son todos reales. Los personajes y los hechos, aunque de manera ocasional y puntual puedan estar inspirados en hechos y personajes reales, son todos de ficción y no deben conducir a atribuir conducta alguna a personas existentes o que hayan existido en la realidad.

Esto durará lo que dure. Después, volveré a empezar, resucitaré.

SAMUEL BECKETT,
El Innombrable

I

La mentira

Me he preguntado muchas veces cómo pude equivocarme tanto y de una forma tan estúpida. Es verdad que a los dieciséis años se suele ser poco prudente, en general. El error ante todo fue mío, lo reconozco, fui yo la que accedí voluntariamente; pero aquella mujer adulta, pechugona y no muy guapa sabía bien que podía hacer negocio con mi confusión. Ella se llama Concepción y no está muerta: yo sí. Espero que la juzguen y la condenen por prostitución de menores y tráfico de drogas, entre otras cosas.

Aquí donde estoy no hay muñecas, nunca más jugaré con una. Si pudiera volver atrás regresaría a mi cuarto, junto a mi primera Lesly de cinco pecas, la que me regalaron por mi primera comunión. Recuerdo que estuve toda la tarde jugando con ella, que mi madre llamó por teléfono a mis tías para decírselo: «A Susana le ha encantado la muñeca». Entonces, claro, yo tenía nueve años. Mi madre se dedicó en cuerpo y alma a coser ropa para aquella muñeca que, según me dijo, era hermana de la Nancy. Mi mamá y yo jugando juntas, vistiéndola, peinándola, qué recuerdos vienen a mi memoria ahora que no tengo cuerpo. Me gustaría volver a acariciar a mi madre. ¿Podré explicarle lo que hice? ¿Me perdonará algún día?

Hay errores que pagamos caros y que no sólo nos dañan a nosotros, sino que afectan a quienes nos rodean. El mío me costó la vida y destrozó la de mis padres para siempre, marcándola con una vergüenza y un dolor que no se merecían. Fueron siempre buenos padres: fui yo la que les fallé. Me engañó Concepción. En el inframundo siniestro que me acabó devorando, la captación es el momento decisivo, y el más turbio: siempre se produce con mentiras, incluso cuando la chica accede por propia voluntad, como fue mi caso. Yo entonces no sabía que estaba tirando mi vida a la basura, pero Concepción lo veía con toda claridad, porque había conocido a muchas como yo. Mi error individual es, también, una mentira colectiva que se sostiene gracias a que existen personas como Concepción, sin escrúpulos y que por los siglos de los siglos —si nadie se lo impide— engañarán a chicas jóvenes con la promesa de un dinero fácil y rápido: «Todas las mujeres son putas —me dijo—, sólo que las que no se acuestan más que con su marido no reciben nada a cambio». En aquel momento su embuste, por lo descarado que era, incluso me hizo gracia. Ahora sé que fui una tonta, una imbécil, que debí haberme marchado del parque y haberme encerrado en mi cuarto a leer.

«Nuestros clientes son hombres mayores —añadió—, pero así es más fácil. No aguantarán nada. Se correrán en cuanto te vean desnuda, con esas carnes tan prietas», me decía de una forma mecánica, mil veces repetida antes, mientras fumaba como un carretero bajo el sol de abril. «Como eres virgen, la primera vez cobrarás mucho, eso se paga bien —me prometió—, quinien-

tos euros. Vicente tiene cincuenta años más que tú, no aguantará ni dos minutos. A ver quién gana quinientos euros por dos minutos, guapa, ¿quién?» Esos eran sus argumentos y aún no sé por qué yo los escuchaba. «También te ganarás tus dos primeras rayas», me dijo. La propina.

Ahora soy nadie para siempre. Antes tenía un nombre, una vida, una familia. Vivía en una casa acogedora con un cuarto lleno de muñecas: Leslys de diez, nueve, siete, seis, cinco y cuatro pecas que había ido coleccionando con paciencia como regalo de cumpleaños o Navidad, o por mis buenas notas. Antes tenía una madre que me quería, todas las prostitutas tienen madre, aunque no se piense en ellas.

Hace dos años que veo a mis padres llorar mi muerte. Desde donde estoy puedo ver perfectamente el salón de casa, el sofá en el que se sientan todas las tardes a mirar la televisión para intentar olvidar que su única hija —o sea, yo— murió, según les dijeron los policías, de una reacción alérgica a la droga que se metió en el cuerpo una mala tarde de un lunes caluroso de julio.

También veo el parque de la Quinta de los Molinos, un oasis de paz para la gente normal, esa que puede ser feliz paseando entre pinos, cipreses y almendros, y al mismo tiempo el lugar donde empezó a torcerse mi futuro cuando Concepción, sentada en un banco junto al molino de la Rosaleda de Palacio, me ofreció otro cigarro y me preguntó, medio en serio medio en broma, si había tomado drogas alguna vez. «No hay nada comparable al efecto de las drogas, créeme, absolutamente nada. Si quieres, te doy ahora un poquito para probarla...», dijo la muy desalmada para tentarme.

Yo era una chica joven, llena de vida, buena estudiante, buena hija, y, sin embargo, sin embargo, sin embargo, sentía que vivía en una infelicidad controlada, como si nada pudiera llenarme por completo. No acepté la droga la primera tarde, aunque fue entonces cuando empecé a pensar si consumir cocaína podría disipar aquella bruma de tristeza que se había apoderado de mi pensamiento. Concepción y yo fumamos mucho, hablamos de cosas sin importancia, le conté que había terminado con muy buenas notas la ESO, que quería ser bióloga, y mientras hablaba con ella trataba de fingir que no pasaba nada, que no se esparcía por mi interior aquel maldito veneno.

Accedí al fin a entregarle mi virginidad a Vicente, un pensionista de sesenta y tres años, con quien mantuve relaciones sexuales completas más veces a cambio de dinero. Es verdad que acabó pronto, pero Concepción no me avisó de lo sucia que iba a sentirme después, con aquel sudor pringoso por mi cuerpo, al descubrir que había hecho algo que en realidad no quería hacer a cambio de quinientos euros y dos rayas. Después de Vicente hubo otros. Cuando me había vuelto adicta a las drogas ya tenía cuatro clientes habituales a los que les ofrecía mi cuerpo como mercancía: Jesús, Carlos, Ramón y Vicente, todos entre los sesenta y los setenta años, casados, con hijos y nietos que los despreciarían si supieran de sus sórdidas aficiones. Una vez vendida mi virginidad, los servicios siguientes se pagaban a cien euros y una raya. Aunque no me gustaba, lo seguía haciendo por conseguir la droga. Al final de aquel viaje al infierno, llegué a tener más de cincuenta clientes esporádicos. Todavía no sé cómo mis padres no notaron nada.

Recuerdo el día en el que mi madre entró en mi cuarto y me encontró sentada en el suelo, llorando, y le dije que no quería ir al instituto. Ella, sorprendida por la situación, hizo muchas preguntas, y yo no fui capaz de contestar ninguna. ¿Cómo iba a decirle que estaba enganchada a las drogas, que en la media hora de recreo me iba a un piso cercano, controlado por Concepción y mis proxenetas, y vendía mi cuerpo para conseguir dinero y las sustancias que me estaban minando y matando? ¿Cómo confesarle aquello a mi madre? Ojalá hubiera hablado con ella en aquel momento, pero no lo hice: tuve miedo. Escribió Shakespeare que los cobardes mueren una y otra vez antes de su verdadera muerte y, francamente, eso es lo que pasó conmigo. Cada día que me levanté, fui al instituto, me prostituí en el recreo y me drogué para soportar mis malas decisiones yo morí un poco. Y, como comprendí mucho más tarde, no tenía ninguna oportunidad de renacer.

Pero lo peor no fueron los clientes. Lo realmente malo eran mis dos proxenetas: Ángel, que se llevaba un porcentaje de mis servicios a cambio de protegerme, y Gabriel, que nos suministraba las drogas. Ellos eran más jóvenes y tomaban medicamentos para aguantar más. Cuando mantenía relaciones sexuales con ellos duraban horas y eran dolorosas y violentas: les gustaba humillarme y yo, despersonalizada, rota por las drogas, me dejaba utilizar. Me penetraron los dos a la vez. Sufrí varios desgarros. Nadie está preparado para eso. La prostitución no es un trabajo como otro cualquiera: es explotación, violencia, esclavitud y muerte. Esos dos ganaron mucho por robarme la adolescencia. De Izan, el supercapo, no quiero ni hablar.

Un día reuní valor y le pedí a Concepción ayuda para dejarlo. Me dijo, con su sonrisa torcida y traicionera, que cuando quisiera podía irme, pero que no estaría mal que trajera a alguna amiga y que me podría seguir consiguiendo droga si ella realizaba el sexo por mí. En otras palabras: me ofreció convertirme en alguien como ella. Dejé de ser una buena chica cuando acepté prostituirme con Vicente. A partir de ahí, mis decisiones fueron de mal en peor. Acabé convenciendo a mi mejor amiga, Yolanda, de diecisiete años, para que cayera en el mismo agujero en el que había caído yo. Ella, más ingenua aún, hizo lo mismo y arrastró con ella a Luna, también menor, la única que se prostituía por una necesidad apremiante y urgente de dinero. Susana, Yolanda y Luna, tres tontas caperucitas rojas, menores de edad, que cayeron en las garras del lobo feroz. Hay más como nosotras. La mentira se alimenta de mujeres como Concepción, de proxenetas como Ángel y Gabriel, de clientes como Vicente, de políticos a los que no les interesa acabar con el negocio y de una sociedad cómplice que, la mayoría de las veces, mira hacia otro lado.

Ojalá hubiera venido alguna activista a mi instituto, alguna filósofa, alguna feminista —o algún activista, algún filósofo o algún feminista— que me hubiera avisado de los peligros de un negocio que no se produce ya solamente en macroburdeles, locales de striptease *o salas de masaje, sino que convierte pisos en cárceles para mujeres indefensas. Me despersonalicé, me despersonalizaron. Me equivoqué, me indujeron a equivocarme.*

Todo podría haberse evitado si yo, en lugar de fumar y escuchar a quien no quería hacerme ningún bien, hubiera tenido la cabeza mejor amueblada, si alguien me hubiera hablado de todo esto: de la captación de menores que acaban en manos de explotadores, del peligro de las drogas, de los vínculos entre la prostitución y la violencia. Si la prostitución no está mal, nada está mal. Pero antes yo no lo sabía. No había pensado sobre ello. No había leído sobre ello. No tenía ninguna conciencia. Era una joven de dieciséis años presumida e infeliz que sintió un nefasto interés por probar la droga. Dicen que la curiosidad mató al gato y, en mi caso, así fue.

Ángel y Gabriel me golpearon varias veces, pero mis padres nunca vieron los moretones, ya me ocupaba yo de ocultarlos. Me hicieron grabar vídeos pornográficos para conseguir más droga y los subieron a internet. Me muero de vergüenza de pensar que mi padre puede ver alguno de esos vídeos. ¿Cómo pude hacer lo que hice? El caso es que pasó. Y la sociedad en la que vivía ha perdido así una bióloga, mis padres a una hija, mi abuela a una nieta, mis tías a su sobrina más querida y yo mi futuro. No hay vuelta atrás. No existe ninguna puerta que pueda abrir y me devuelva a mi habitación de antes, junto a mis muñecas, mis libros, mis pósteres y mis diarios.

Mi cuerpo reaccionó mal a las drogas y una tarde se paró: no quiso seguir. Aún veo a Ángel y Gabriel arrastrándome como un peso muerto hasta el portal de mi casa, donde poco después me iba a encontrar mi padre. Aún le veo abrazado a mí, que ya no soy su niña, llorando y maldiciendo, tocando mi cara ensangrentada e hinchada por el golpe que me habían dado... Y en cuanto a mi madre... Casi no puedo hablar de ella. Se me rompe el corazón que aquí ya no tengo cuando pienso en la pobre mamá, en lo que le he hecho.

Mamá, si puedes oírme, tira todas las Leslys a la basura, por favor... Digo esto sin saber si mi madre me escucha, si los fantasmas errantes como yo tienen voz. Por mi culpa nadie es inocente ni tiene paz en nuestra casa; digo esto sin pensar y de pronto comprendo, bueno, por mi culpa no, por culpa de Concepción y de Vicente, la madame y el viejo verde, ellos dos me mataron, y espero que el juez lo vea tan claro como lo veo yo. ¡La de chicas que cometerán al año mi mismo error! Pensar en eso es otra tortura.

Antes de conocer a Concepción saqué de la biblioteca una extraña novela de Samuel Beckett que me atrajo por el título y porque no era muy larga. Conocía al autor porque habíamos hecho en el instituto una lectura dramatizada de Esperando a Godot. *El protagonista de la novela no tenía nombre y estaba inmóvil en un lugar indeterminado desde el que le hablaba al lector:* El Innombrable, *así se titulaba. Siempre me gustó mucho leer. Recuerdo aquella lectura como algo desconcertante; en aquel momento, la verdad, no entendí nada, me pareció un texto incomprensible y pesimista. El protagonista vive en un lugar sin Dios, sin ley y sin sentido.*

Ahora lo veo de otra forma. Ahora sí lo entiendo. Yo, ahora, soy como él. Siento que no puedo seguir, pero aquí sigo. Sufro por mis padres. Me pregunto cuántas chicas infelices se encuentran en algún lugar parecido a este: sin vida, sin nombre, víctimas de la prostitución, olvidadas por todos, desaparecidas, nunca añoradas por nadie más que por los suyos.

No encuentro palabras para expresar mi dolor. Consentí, ya sé que soy culpable porque consentí, joder, que ya lo sé, que cometí un error. ¿Tan caro debo pagarlo?

Hoy por hoy, las leyes de mi país, que no me permiten vender mi sangre, miran para otro lado cuando se trata de comerciar con el cuerpo femenino. Tan sólo hay que tener cumplidos dieciocho años. Si yo, o Yolanda, o Luna, los hubiéramos cumplido antes de dejarnos engatusar por las mentiras de Concepción, ningún tribunal le estaría pidiendo cuentas por ello. Ahora mismo, si pudiera volver atrás, preferiría vender un riñón a vender lo que vendí. Pero no hay retroceso que valga y, siendo sincera, si Concepción me hubiera pedido un riñón yo hubiera salido corriendo. Si me quedé escuchando su oferta fue, a fin de cuentas, porque no me educaron para escandalizarme ante ella. No puedo fracasar otra vez ni puedo fracasar mejor. Ahora me encuentro en este no-lugar hablando conmigo misma y he llegado a una única conclusión: hay emociones que no pueden expresarse, mis palabras son insuficientes, hay cosas que no se pueden nombrar.

Es triste, pero es así. Hay que aceptarlo.

Yo, como el personaje de Beckett, soy la Innombrable, y esta es mi historia. Siento una necesidad inexplicable de hablar, de seguir hablando aunque crea que no puedo más, de gritar para que alguien me escuche y diga «No» por mí a la mentira a la que yo, inocente, inconsciente, inexperta, no me supe negar. Por mí, que ahora estoy tan sola, sin saber ya si existí ni si existo o no; tan inmóvil y derrotada, tan rodeada de desesperanza.

Veo a esos dos policías, un hombre y una mujer, investigando mi muerte, esforzándose por hacerme justicia, y no puedo dejar de acordarme del final de la primera temporada de True Detective, *una de mis series de televisión preferidas. El detective Rust, mientras mira el cielo estrellado, le dice a su compañero Marty que la luz va ganando en su batalla contra la oscuridad. Donde yo estoy, por desgracia, ni siquiera estrellas hay: todo son tinieblas. Y mientras las miro, Amy Winehouse canta* Back to Black.

2

La placa

Hacía exactamente cuatro años que no perdía mi placa. Desde antes del suicidio del inspector jefe Rodrigo Alonso, a quien tras su muerte ya no nombraba nadie, pero en el que yo pensaba de vez en cuando. Cada vez que he perdido la placa me he puesto de muy mal humor, y aquel era el peor día para no encontrarla. Gutiérrez y yo teníamos que testificar en el juicio por la Operación Lesly, seguido contra una madame, dos proxenetas y cincuenta y cuatro clientes por delitos contra la salud pública, prostitución de menores, y, en el caso de los dos chulos, homicidio, por el suministro de las drogas que iban a causar finalmente la muerte de la joven Susana.

El subinspector Gallardo, mi mano derecha, no perdía la calma y, sigiloso como siempre, abría y cerraba metódicamente los cajones de nuestro pequeño despacho, donde trabajábamos todos hacinados como piojos en costura. Yo, lo reconozco, estaba algo más nerviosa de lo normal, y en aquel momento me fastidiaba que el inspector jefe Carranco tuviera un despacho enorme para él solo y los dos grupos de Homicidios debiéramos repartirnos como buenos hermanos el par de cuchitriles y las cuatro mesas de que disponíamos.

Gutiérrez, a quien recientemente había abandonado su enésima novia, no pudo morderse por más tiempo la lengua ante su jefa:

—Vamos a llegar tarde, Manuela.

Lo miré, impertérrita. Sentía unas ganas tremendas de meter en vereda al rebelde Gutiérrez, quien, por obra y gracia de su carácter irreverente, era el único del grupo que se permitía desafiarme.

—No llegaremos tarde, compañero.

Dije «compañero» como no lo digo nunca, con una mezcla de inquina y socarronería. Solía llamarle por el apellido, Gutiérrez, y alguna vez, en raras ocasiones, por el nombre de pila, Rafael.

—A este paso, no llegamos —insistió, más nervioso, mientras Gallardo y yo seguíamos rebuscando entre los cajones.

La oficial Guadalupe, que no quería tomar partido en aquella guerra, veía como Gallardo y yo poníamos sobre las mesas viejos partes de baja, hojas de permisos, escaletas de los turnos semanales, postales de Navidad y las notas de servicio del día anterior, lunes negro en el que habían muerto de forma violenta tres mujeres en la Comunidad de Madrid. Estaba de guardia el grupo de la inspectora Rosario Mañas, que, en un incomprensible ataque de abnegación, rechazó nuestra ayuda y se declaró capaz de resolver ella sola los tres sucesos. Miré las notas de soslayo, con preocupación, pensando para mis adentros si no nos habíamos vuelto, como sociedad, más violentos tras la pandemia. Un incendio provocado después de una discusión iracunda y una mujer que muere presa de las llamas, otra estrangulada tras una pelea, otra apuñalada detrás del mostrador de su tienda de ropa. En este país hace demasiado calor en verano. Los agresores, hombres; las víctimas, mujeres con las que tenían alguna relación, excepto la tercera, muerta en lo que parecía un robo. Y aún hay políticos que niegan la violencia de género: si pasaran un par de semanas con nosotros entenderían un poco mejor la sociedad en la que viven.

Aparecieron en los cajones algunos de mis libros de bolsillo: *El sueño eterno*, *La ventana alta* y *Adiós, muñeca*, de Raymond Chandler. Lecturas que me ayudaron a sobrellevar el tedio en la universidad y que, en un arrebato, durante una discusión con Alberto, una de esas muchas estúpidas peleas de pareja que propicia la convivencia, cuando él me dijo que el detective Marlowe era como yo, cínico y borde, decidí llevarme al trabajo sólo para alejarlas del juicio moral de mi novio. El silencioso Miguel reparó en los libros. Estoy segura de que, de ser otro el contexto, me los habría pedido prestados.

Sí, teníamos mucho trabajo y yo estaba perdiendo el tiempo buscando mi placa. Con el calor, además, me sudaban las manos y los pies y me sentía torpe e incómoda. Miguel, siempre discreto, abandonó la contemplación de los libros y se unió a la búsqueda del tesoro perdido. Javier, mi exmarido, no soportaba que perdiera la placa, y quizá aquel era el motivo por el que la estaba buscando con tanto ahínco: mi exmarido había muerto de un fulminante infarto al corazón, a los cincuenta y dos años, dejando huérfanos de padre a mis dos hijos, Manuel y David. Durante la pandemia mi hijo mayor se había marchado de casa y se había ido a vivir con él; de todos los motivos que llegué a imaginar para su regreso jamás pensé que sería la muerte de Javier lo que me lo devolvería a casa: triste, deprimido, desconcertado, en shock por quedarse huérfano recién cumplidos los dieciocho años. No encontraba palabras para aliviar su dolor.

Yo habría debido estar de baja, asimilando el duelo, consolando a mis hijos, ocupándome de las horribles gestiones de herencia, eso dijo Alberto, mi médico personal, pero la casa se me caía encima y me sentía menos inútil en la Brigada. Trabajar era una huida hacia adelante para mí, siempre lo había sido: tener la mente ocupada me ayudaba a controlar aspectos oscuros de mi personalidad de los que no me gustaba hablar. Mi exmarido había fallecido hacía apenas una semana, todos lo sabían y me compadecían por ser la madre de dos chicos huérfanos de padre; todos salvo Gutiérrez, que no soportaba llegar tarde a ninguna parte, ni siquiera un par de minutos.

En ese preciso momento, la inspectora Rosario Mañas abrió la puerta del despacho con su habitual vehemencia:

—El inspector jefe Carranco, contra mi voluntad, me obliga a pedirte refuerzos —declaró en un tono que me pareció orgulloso en exceso, aunque a la vez quería resultar campechano—. Tú dirás.

Por un momento dejé de abrir cajones, me di la vuelta y miré a mi compañera: la inspectora Rosario Mañas, veinte años trabajando juntas, pero sin formar equipo nunca, compañeras de promoción y examigas por culpa de Javier. Rosario fue la primera infidelidad de mi exmarido, y mientras la veía plantada en la puerta no pude evitar preguntarme cómo le habría afectado a ella su repentina muerte.

—Gallardo y Guadalupe, por favor, acompañad a Rosario y poneos a su disposición —dije mirando a mi homóloga e intentando ser comprensiva con ella, por una vez—. Gutiérrez y yo nos vamos al juicio de la Operación Lesly, tenemos que declarar los dos.

—Claro —asintió Rosario, atreviéndose, cosa rara, a entrar en nuestro despacho—. Ojalá consigáis penas para los clientes y no sólo para la madame y los otros. En este país los puteros siempre se van de rositas, como si no tuvieran ninguna responsabilidad.

—Nosotros sólo declararemos, si llegamos —terció Gutiérrez mirando su reloj, cada vez más impaciente—. Las penas las dictará el juez. Desde luego que intentaremos que no absuelvan a todos los clientes por falta de pruebas, pero no depende de nosotros.

—También se trata de conseguir que condenen a los proxenetas por el homicidio de Susana —le hice notar entonces a mi compañera—, ya que ellos le dieron la droga que la mató.

—¿Y eso vais a poder probarlo? —se interesó Rosario.

—Creo que hay alguna posibilidad —le contesté—. Y ahora, vamos, que nosotros estamos llegando tarde y tú tienes mucho trabajo.

—¡Por fin! —exclamó Gutiérrez, como un condenado al que le abren la puerta de la prisión después de meses de encierro.

Gallardo y Guadalupe se marcharon con Rosario. Guadalupe me miró de forma extraña antes de irse, como si se preguntara por qué los había elegido a ellos. Gutiérrez tenía que declarar conmigo en el juicio, y aunque también habría podido aplazar a la tarde el reparto, el caso era que no me parecía ético que por mi culpa se malgastaran esas primeras horas tan cruciales en cualquier investigación.

Gutiérrez estaba ya en el pasillo, pero yo seguía buscando mi placa. Gallardo le puso la mano en el hombro y le susurró algo al oído, quizá le recordó que yo era la jefa y, aunque en ocasiones mi actitud fuera cuestionable, le tocaba obedecer. Al fin di con la placa debajo de una carpeta, suspiré y salí del despacho. Cuando le dije a Gutiérrez que nos podíamos marchar, su rostro, de un tono moreno por naturaleza y por su afición a la playa, estaba ya descolorido.

Una vez que llegamos al coche, mi compañero me pidió conducir y yo accedí: estaba segura de que Rafael Gutiérrez sería capaz de quemar el asfalto y podría reducir los quince minutos de trayecto habituales para minimizar el retraso ocasionado por mi culpa.

Estábamos llegando ya a la Audiencia Provincial de Madrid cuando me sonó el teléfono. Era mi hijo David. Me había hecho la promesa, ante mí misma, de que en estas circunstancias, con mis dos hijos llorando la muerte de su padre, yo iba a ser madre ante todo y los atendería en lo que necesitaran veinticuatro horas al día. Le había dicho a David que podía llamarme en cualquier momento, las veces que hiciera falta, y que yo dejaría lo que estuviera haciendo para atenderle. Lo que, como bien puede imaginarse, iba a complicarme mucho desarrollar mi trabajo con normalidad y eficiencia.

Me dio apuro que Gutiérrez escuchara la llamada, pero no podía hacer otra cosa que darle al botón verde del móvil y atender a mi primogénito en lo que necesitara, como le había prometido.

—Hola, hijo.

—Hola, mamá —murmuró.

Sabía que no podía preguntarle cómo estaba porque, si lo hacía, me contestaría que mal, se echaría a llorar, quizá gritaría de forma nerviosa y me alzaría la voz para espetarme que qué pregunta era esa, que se acababa de morir su padre y no podía estar bien.

—Voy para la Audiencia —preferí explicarle—. Soy la primera en declarar. No creo que tarde mucho, pero ya sabes cómo son estas cosas, no va a depender de mí. Es un juicio importante, hijo.

—Sí, lo sé.

—En cuanto declare voy para casa y comemos juntos —le dije en un tono que procuré que sonara lo más relajado posible.

Gutiérrez me miró de reojo: acababa de darse cuenta de que no me iba a quedar a escuchar su declaración. Ya lo había hablado con Gallardo: mientras mis hijos necesitaran de mí, me ausentaría del trabajo lo que hiciera falta. Pero no le había mencionado a Gutiérrez el asunto, no había encontrado el tiempo ni el modo de decírselo.

—Sí, por eso te llamo —respondió mi hijo—. Para recordarte que no hay nada en la nevera, pásate a comprar algo.

Tuve que contar hasta diez. Lo hice. No puedes enfadarte con un hijo que acaba de perder a su padre. Aunque no estaba molesta con él, en realidad. Estaba cansada de hacer la compra, de cocinar, de fregar los platos, de todas las tareas domésticas en general y de que recayeran en mí más que en ningún otro miembro de la familia. Sí, Alberto ayudaba, claro que sí. Pero yo me sentía sobrecargada y con un peso enorme a mis espaldas. Sobre todo en verano.

—Tranquilo, compraré algo. ¿Qué te apetece?

Mi primogénito se quedó pensando, sin prisa alguna, mientras Gutiérrez, a mi lado, me lanzaba miradas incendiarias.

—No sé —dijo al fin.

—Vale. Improvisaré. ¿Cómo está Manuel?

—Bien, en su cuarto. Leyendo su enciclopedia de animales. Ya sabes que le encanta.

—Sí, lo sé.

Hubiera querido decirle a David que a él también le vendría bien leer. O ver un documental en la televisión. O incluso jugar a los videojuegos. Hacer cualquier cosa que le ayudara a mantener la mente ocupada. Pero sabía que si se lo decía se lo iba a tomar mal. Resultaba agotador para mí recibir más de veinte llamadas al día de David, mi hijo pródigo, perdido durante la pandemia del covid y reencontrado tras la muerte de su padre, y tener que atenderlas todas con cariño y midiendo cada palabra que pronunciaba.

—¿Está Eva con vosotros? —le pregunté.

—Sí, me ha dicho que hoy Alberto llegará tarde.

Suspiré. Estaba agotada mentalmente. Necesitaba vacaciones, aunque este año iban a ser diferentes de las de otros tiempos.

—Entonces yo llegaré temprano.

—Vale. ¿A qué hora declaras?

—En cuanto aparque Gutiérrez.

—Luego te llamo, entonces. Adiós. Te quiero.

Si yo fuera cínica y borde, como decía mi novio, no habría sido capaz de devolverle delante de mi compañero el «Te quiero» a mi hijo mayor, tan necesitado en aquellos momentos de cariño; pero los demás nos ven muchas veces como no somos y lo único que cabe hacer contra esa visión es desmentirla con nuestros hechos.

—Yo también te quiero, hijo. Te llamo desde el supermercado.

Colgué con una sensación de alivio. No intentaba consolar a mi hijo ante un dolor inabarcable, ya sabía que era incapaz de hacerlo; únicamente pretendía que se sintiera acompañado, que supiera que podía contar con su madre, que no estaba solo en el mundo.

Gutiérrez había logrado aparcar en la puerta de la Audiencia. Pensé por un momento si debía o no hacer algún tipo de comentario antes de salir del coche. No supe qué decirle, así que cogí mis carpetas y me bajé. Caminé deprisa hacia el edificio y él me siguió en silencio. Por una vez, el locuaz Gutiérrez se había quedado sin palabras.

Pasamos los controles de seguridad y nos dirigimos a la sala. Nos encontramos con el fiscal José Urriaga en el pasillo. Habíamos trabajado bien juntos durante la instrucción del caso y él se había implicado mucho en la investigación. Solicitaba penas muy elevadas para todos los acusados, incluso para los clientes, porque sostenía que tenían una clara conciencia de la minoría de edad de las jóvenes con las que mantenían relaciones sexuales a cambio de dinero.

Urriaga estaba de nuestra parte y nos había facilitado la tarea. Tras dos interminables años de espera, los padres de las víctimas, nosotros y el fiscal esperábamos que se hiciera justicia, esa palabra tan difícil de aquilatar y definir, relacionada con los conceptos de verdad y de moral, y que para nosotros estaba ceñida a la ley.

—Vamos con cierto retraso —nos informó el fiscal—, pero nos acaban de dar un receso y voy a aprovechar para salir a fumar un cigarro. Los padres de las chicas están todos en la sala. Al padre de Susana lo veo fatal, no ha dejado de llorar en todo el rato.

Le hice un gesto para que se marchara a fumar tranquilo. En otro tiempo le hubiera acompañado con gusto, pero estaba en un proceso de desintoxicación que me lo impedía: había dejado a la vez el alcohol, el tabaco, las pastillas para dormir y el consumo abusivo de café, sólo para no seguir escuchando la retahíla de argumentos médicos de mi novio sobre lo importante que es cuidarse y tener hábitos saludables, o no tenerlos tan malsanos como los míos.

—¿Ves cómo no pasa nada? —le dije a Gutiérrez—. Siempre hay retraso en los juzgados. Todo el mundo lo sabe.

Pensé que mi combativo subordinado se defendería, ya que le acababa de atacar con mi tono más mordaz, pero no quiso ir por ahí. Me miró intensamente y yo, sin querer, recordé muchas cosas.

—Manuela, sabes que siempre puedes contar conmigo para lo que necesites —dijo mientras me escrutaba con aquellos ojos enormes, de pestañas largas, que hacían tan atractivo su rostro.

Gutiérrez, el ligón de la Brigada, el soltero de oro, siempre preocupado por su físico y pendiente de estar y sentirse guapo, también tenía su corazoncito y me lo estaba mostrando, a riesgo de que yo, con una de mis ironías, se lo aplastara. Sin embargo, algo he aprendido a lo largo de los últimos cuatro años, en los que he tenido que reconstruirme una y otra vez para superar el suicidio de mi jefe, para salir de la depresión que me estaba aniquilando, para aprender a querer a mi primogénito tal y como es, con sus cosas buenas y sus equivocaciones; y es que la ironía y el sarcasmo están muy bien para las novelas, pero que la vida real es y le exige a una otra cosa.

—Te lo agradezco, Rafael. No paso un buen momento.

—Javier era un gran tipo. Todos le echamos de menos.

En ese momento, sin poder evitarlo, me eché a llorar. Vi que Gutiérrez daba un paso adelante, seguramente con la intención de abrazarme, pero una cosa es dejarse acompañar y otra abandonarse a los instintos. Yo di un paso atrás, me volví para tratar de secarme las lágrimas con cierta intimidad y recomponerme y entonces los vi, a los padres de Susana, aquella niña de dieciséis años que, cuando la encontré muerta en un portal de la calle Alcalá, vía que cruza cinco distritos y dieciséis barrios de Madrid, hizo que me preguntara, por primera vez tras veinte años de oficio, si no me habría equivocado de vocación. Allí estaban los dos frente a mí, desolados, luchando por mantener la calma y exigiendo justicia para su hija. Ellos tenían la fuerza moral. En la sala, se suponía, nos esperaba el derecho.

3
El juicio

Entré a declarar casi sin haber desayunado y echando de menos el sabor de un buen café con leche caliente. Ocupé la silla que me señalaron y respiré hondo. He llegado a pensar que en este mundo existen dos clases de personas: las que conocen el funcionamiento de la justicia y las que lo ignoran. Entre las primeras se sitúan todos los que forman parte de sus engranajes —jueces, fiscales, letrados de la Administración de Justicia, abogados, funcionarios, policías o guardias civiles—, a los que, para su mal, se les añaden otros por el camino: testigos, miembros de un jurado, acusados en procesos de lo penal, las víctimas de estos y los familiares directos de todos.

El fiscal Urriaga pedía más de doscientos años de cárcel para los cincuenta y siete acusados y alegaba que se aprovecharon de la minoría de edad de Susana, Yolanda y Luna y de su adicción a las drogas para prostituirlas. Mi testimonio era clave para exponerles a los tres jueces del tribunal un par de hechos relevantes: que Ángel y Gabriel, los dos proxenetas, le suministraron a Susana la droga que la mató y que fueron ellos quienes, al encontrarse con

Susana muy mal en su casa, decidieron trasladarla y abandonarla en el portal de casa de sus padres. Por lo tanto, ambos, además de los delitos que ya constaban sobradamente, contra la salud pública, proxenetismo, corrupción de menores y maltrato, debían responder también por denegación de auxilio y homicidio, siquiera fuera involuntario.

Miré a los acusados, los cabecillas de la red de prostitución, y a su abogada, Adela Enamorado, la conocida y acreditada defensora de proxenetas y narcotraficantes. Estaba lista para comenzar. El móvil comenzó a vibrar dentro de mi chaqueta. Imaginé que si lo sacaba vería otra vez el nombre de David. En aquel momento no podía atenderle, por mucho que me pesara. El teléfono vibraba con insistencia, lo que obró el efecto de alterarme un poco, pero intenté no pensar en ello. Me sudaban las manos y hacía un calor sofocante que me recordó a la escena en la que Philip Marlowe, en *El sueño eterno*, entra en el invernadero del general Sternwood y se encuentra con un aire denso y húmedo que huele a orquídeas tropicales.

Urriaga comenzó a interrogarme con tono sereno.

—Inspectora, el médico forense ha declarado que Susana A. H. falleció a causa del consumo de drogas. Según sus informes, que constan en los autos del procedimiento, la víctima se encontraba con los acusados Ángel M. Z. y Gabriel B. R. cuando consumió la droga que la mató. ¿En qué se basó para llegar a tal conclusión?

—Cuando encontramos el cadáver de Susana los padres de la joven nos prestaron toda su colaboración. Nos entregaron uno de sus dos teléfonos móviles, en el que encontramos más de dos mil llamadas y cientos de mensajes de WhatsApp enviados en los meses anteriores que relacionaban a la víctima con los acusados —hice una pausa—. El día en que murió, la última llamada que recibió procedía del número de don Ángel M. Z., y hay varios testigos que declararon verla subir al piso. La vecina del piso de enfrente declaró, también, haber visto salir a los acusados, Ángel y Gabriel, con Susana en muy mal estado poco antes de la hora estimada de su fallecimiento.

—Se entiende que con la intención de trasladarla a algún lugar —aventuró el fiscal con la misma entonación reposada del principio. Urriaga era un hombre que transmitía tranquilidad. Sabía que sólo desde la máxima transparencia se puede abordar lo más oscuro.

—Según declaró uno de los acusados cuando lo interrogamos, la chica les pidió que la llevaran a casa de sus padres. Pero debido al mal estado de la muchacha, que había consumido cocaína mezclada con heroína en dosis muy altas, lo mejor que podrían haber hecho los acusados habría sido llevarla directamente al hospital.

Se escuchó cierto revuelo entre las sillas de los proxenetas, y la abogada de estos, impecable bajo su toga y su traje de alta costura, los reconvino para que no armaran jaleo. Urriaga continuó:

—Los acusados no reconocieron, en el interrogatorio policial, que ellos le proporcionaran a la joven la droga que la mató.

Reparé en cómo me miraban entonces los aludidos.

—Hubo varias contradicciones al respecto en sus declaraciones —afirmé—. El caso es que cuando registramos el piso encontramos gran cantidad de sustancias estupefacientes, cocaína, heroína, *speed*, hachís, fármacos de estimulación sexual masculina, unas doscientas cincuenta mil dosis de sustancias hormonales anabolizantes, más de setenta mil euros en efectivo y abundante material pornográfico.

Urriaga me invitó con un gesto y yo proseguí.

—El *modus operandi* habitual era que Ángel le hacía una llamada perdida a Susana cuando quería mantener relaciones sexuales con ella y esta se presentaba en su piso en menos de diez minutos. Los padres de Susana se dedican a la hostelería y tenían un horario de trabajo hasta altas horas de la noche. Susana recibió la llamada de Ángel a las 19 horas y acudió a su domicilio. Solía recibir drogas y algo de dinero a cambio de prestarse a las relaciones sexuales. Sus amigas, Yolanda y Luna, han confirmado esta forma de actuar.

—Sin embargo, los acusados niegan el proxenetismo y afirman que todas las relaciones eran voluntarias —objetó Urriaga.

—Encontramos en la habitación de Susana un diario que ella escribía en el que la joven habla de «red de prostitución».

Urriaga señaló las páginas del sumario donde estaban las citas de los diarios: «Cómo he podido ser tan tonta de caer en una red de prostitución. Nunca podré salir de aquí» —leyó con tono serio.

—Eran unos diarios muy particulares —continué—. La joven alternaba sus experiencias con sus lecturas. Había anotaciones que hablaban del *Ulises* de Joyce y de lo mucho que le gustaría viajar a Dublín mezcladas con el infierno que vivía: recibía muchas llamadas al día, más de las que podía atender, hombres de todas las edades y condiciones, como se puede ver si se observa a los acusados —miré a los cincuenta y cuatro clientes que, nerviosos en sus sillas, seguían aquel proceso judicial del que dependía su futuro—. Concepción había subido su perfil a una página web. Del estudio de las llamadas de teléfono, agenda de contactos y mensajes de WhatsApp, que nos confirman los servicios, dedujimos que la red formada por Gabriel, Ángel y Concepción obtuvo un lucro de alrededor de cuarenta mil euros prostituyendo a Susana, quince mil en el caso de Yolanda y unos nueve mil con Luna, que fue la última en incorporarse.

Vi como Mario, el padre de Susana, se llevaba las manos a la cara, avergonzado, calculando tal vez la cantidad de *servicios* al día que hacía su hija para generar esa suma en apenas tres meses.

—En resumen, de la lectura y el análisis de los diarios de Susana obtuvimos tres conclusiones importantes —recapitulé—. Uno, fue Concepción, prostituta y toxicómana, quien la captó. Dos, la joven accedió inicialmente a prostituirse, aunque después se vio superada y arrastrada por la situación. Tres, tanto los cabecillas de la trama, Ángel y Gabriel, como la madame tenían una conciencia clara de la minoría de edad de la chica y se aprovecharon de ella, y los cuatro clientes habituales también la tenían, según se desprende de los mensajes enviados y de los comentarios en la página web donde se anunciaban los servicios. No puedo sostener con una rotundidad semejante que los demás clientes fueran conscientes de la edad de Susana, pero las pruebas que obran en autos permiten asegurar que Jesús, Carlos, Ramón y Vicente sí sabían que era menor.

El fiscal Urriaga asintió con aire de aparente contrariedad. Sin embargo, yo no estaba haciendo sino lo que habíamos pactado antes del juicio; sabíamos que no era fácil obtener la condena de medio centenar de clientes por prostitución de menores, y no iba a ser mi testimonio el que inclinara la balanza respecto de la mayoría; lo que importaba era asegurar que al menos esos cuatro no se libraran.

—Volvamos a ese piso en la calle de San Romualdo al que ven subir a Susana sobre las 19.10 horas y del que es propietario el señor Ángel M. Z. —me pidió Urriaga—. Los dos acusados sostienen que mantuvieron relaciones sexuales consentidas con la joven y que esta consumió la droga de forma voluntaria, y niegan su responsabilidad en los hechos. ¿Podría usted precisarnos cuál de los dos hombres, Ángel o Gabriel, le facilitó la droga a Susana aquella noche?

De nuevo me tocaba sonar más fiable que justiciera.

—Como se comenta en los informes, no hay forma de saber quién de los dos le dio la droga que la mató. Los dos estaban en el piso con ella, los dos la trasladaron hasta el portal donde dejaron su cuerpo. Es una distancia corta la que existe desde el piso de Ángel hasta el portal de la calle Alcalá donde vivían los padres de Susana, pero la joven consumió mucha droga y su cuerpo no lo resistió.

—También es su diario el que nos proporciona información de la dosis habitual de droga que consumía —añadió Urriaga.

—Sí —contesté—. Según sus diarios, Susana consumía entre uno y dos gramos de cocaína al día, entre seis y doce rayas, más o menos, una después de cada servicio sexual. El día que murió tenía seis gramos en el cuerpo mezclados, además, con heroína. Sabemos que, dentro de la red, Ángel era el proxeneta y Gabriel el que movía la droga, pero ambos estaban con ella en el piso en el momento del consumo y no podemos saber a ciencia cierta quién le proporcionó la droga. Sí que ambos son corresponsables de su muerte.

Vi a la abogada de los acusados removerse, quizá con intención de protestar, pero decidió dejarlo correr sin comentar nada, bajo la atenta mirada de sus defendidos. No podía sino resultarme chocante que la misma abogada representara a los acusados principales de la red y a no pocos de los clientes, que se morían de miedo mientras yo declaraba. Incluso el más profano en la materia podía calcular que iban a darse penas muy desiguales entre los encausados.

—Susana tomaba drogas por valor de entre sesenta y ciento veinte euros diarios, más o menos —continué—. Eso son tres mil seiscientos euros al mes. Esa droga se la facilitaba Gabriel, siempre de acuerdo con Ángel, a cambio de sus servicios. Aquella tarde, sin embargo, tomó mucho más de lo habitual, sin que podamos saber la razón. Lo que resulta evidente es que Ángel y Gabriel, que no son toxicómanos, deberían haber previsto que ponían en peligro su vida al ofrecerle una cantidad de droga que triplicaba lo habitual.

—¿Entonces?

—La hipótesis de trabajo de la investigación fue de homicidio involuntario. Quizá Susana comenzó a rebelarse, a negarse a hacer cosas a las que antes accedía. Según han declarado Yolanda, Luna y la propia Concepción, la joven quería dejarlo, lo que habría supuesto el fin de un negocio muy lucrativo para los dos acusados. Es posible que Ángel y Gabriel quisieran aumentar su adicción para tenerla más controlada, incluso a riesgo de causarle la muerte. Lo cierto es que los acusados no colaboraron mucho durante los interrogatorios y se limitaron a insultarme y a mantener una actitud violenta.

Urriaga torció el gesto y siguió preguntando.

—¿Sigue recibiendo amenazas, inspectora?

—Sí —confirmé—. Casi desde el inicio de la investigación he recibido llamadas anónimas que buscan asustarme. En las últimas vienen a decirme que si condenan a los acusados me matarán.

—¿Es normal que la amenacen cuando investiga homicidios, inspectora? —indagó el fiscal mirando entonces a los acusados.

—No, para nada. Es algo muy excepcional. Tenemos indicios de que existiría, por lo menos, otro implicado en la red al que no hemos conseguido detener. Susana se refiere a él en sus diarios como Izan, pero ignoramos su nombre real y tampoco tenemos un retrato robot. Yolanda y Luna jamás le vieron, aunque sabían de su existencia. Creemos que es quien está detrás de las amenazas que llevo dos años recibiendo y que se han intensificado esta última semana antes del juicio. Es posible que este sujeto no se encuentre en España.

—¿Teme por su vida?

—No —reconocí—. Izan, o como se llame, sabe que yo no puedo hacer nada para liberar a Ángel y Gabriel. Yo me limité a recoger pruebas que los incriminasen antes de la detención y, una vez que los detuve, a interrogarlos para obtener más información. No puedo hacer más. La justicia es un proceso y yo sólo soy una pieza pequeña en ese sistema. Quienes me acosan saben que la sentencia no la dicto yo, las amenazas a mi persona son ineficaces e irrelevantes.

—¿Ha solicitado algún tipo de medida de protección?

—Me he sometido al criterio de mis superiores.

—Ya veo —dijo el fiscal, no sin constatar de reojo la impresión que mis palabras causaban en el tribunal—. Hablemos, si le parece, de los interrogatorios que les practicaron a los encausados. ¿Puede contarme brevemente cómo se desarrollaron y qué fruto dieron?

—Ninguno fue fácil. No lo fue el de la acusada Concepción, a causa del síndrome de abstinencia que padecía, pero admitió desde el principio su drogadicción y su labor como captadora de chicas. Los interrogatorios de Ángel y Gabriel fueron más accidentados, de hecho mis compañeros tuvieron que intervenir para evitar que me agredieran, pero su negativa a cooperar no nos preocupó en exceso porque había muchas pruebas que los incriminaban. Lo más penoso fue despachar la larga lista de clientes. Necesitamos seis semanas para poder interrogarlos a todos y para comprobar las coartadas de cada uno de ellos el día que se produjo la muerte de Susana.

—¿Y qué conclusión extrajo de esos interrogatorios?

Tenía que sostener mi posición, y así lo hice.

—Que al menos cuatro de los clientes, Vicente, Jesús, Carlos y Ramón, como clientes habituales, tenían una inequívoca conciencia de la minoría de edad de la víctima y, aun así, mantenían relaciones sexuales completas con ella a cambio de dinero. Por lo que toca al resto de los clientes acusados, cuesta creer que ignorasen que era menor de edad, pero no puedo afirmarlo con la misma certeza.

—¿Cree que alguno de los clientes pudo estar involucrado en los hechos acaecidos en el curso de la tarde del 12 de julio de 2021, en la que se produjo el fallecimiento de Susana?

—No. Por la mañana había mantenido relaciones sexuales con Vicente y con Carlos, pero ambos tienen coartadas sólidas para la tarde, que es cuando se produce la muerte. En ese momento, Susana se encuentra con Ángel y con Gabriel, y con nadie más.

—¿Y está usted segura, inspectora, de que todos los acusados presentes en la sala eran clientes de Susana?

—Absolutamente. El compañero que declarará a continuación puede dar cuenta de ello. Mi equipo se empleó a fondo para cribar la lista de contactos de Susana y separar entre amigos, conocidos, familiares y clientes. El perfil de los imputados, unido a la dinámica de las comunicaciones con la chica, no encaja en otro patrón que el de esa relación. Encontramos, además, en el piso de don Ángel M. Z., material audiovisual relativo a buena parte de los clientes mientras mantenían relaciones sexuales completas con Susana.

—¿Cuál consideran que era el uso de ese material?

—Pornografía. Se encontraba en algunos portales.

—¿Cree que los clientes sabían que eran grabados?

—No, lo desconocían por completo. De hecho, varios de ellos han sufrido chantaje por parte de la organización criminal a la que pertenecen Ángel y Gabriel por estos vídeos, exigiéndoles dinero para no ponerlos en circulación o para no enviárselos a sus esposas. Algunos pagaron para que los vídeos no se distribuyeran.

Urriaga mencionó a los jueces las páginas del sumario donde se encontraban los nombres, registros bancarios e importes abonados de los clientes que habían realizado pagos a Ángel M. Z.

Miré a la sala. Había alguna esposa que contenía las lágrimas al escuchar el nombre de su marido en aquella lista de la vergüenza. También estaba allí mi buena amiga Martina Hernando, dispuesta a llevarme a casa en cuanto terminara mi declaración. Martina, que ya se había graduado y había montado una web de periodismo social junto al reportero Roberto Martín, tenía mucho interés en seguir aquel juicio, que podía sentar un precedente en España en cuanto a las condenas a clientes de prostitución, si llegaban a producirse.

Urriaga volvió a dirigirse a mí, listo para jugar su última baza. Me tocaba dar cuenta detallada de los hallazgos que la investigación había deparado en relación con el vehículo de Gabriel B. R., en el que habían trasladado a la chica. Me lo sabía de memoria: por suerte o por desgracia para mí, de lo desagradable nunca me olvido.

4

Las vacaciones

Martina conducía tranquila, como siempre, mientras parloteaba sobre el clima extremo de Madrid, las olas de calor, lo mal que lo pasaba, encerrada en casa de diez de la mañana a diez de la noche, y lo tórridas que se habían vuelto las madrugadas madrileñas del mes de julio. Mi buena amiga Martina; siempre dispuesta a distraerme y, a la vez, experta en dar en el blanco de mis preocupaciones.

—Entonces, ¿os vais de vacaciones a Cantabria?

—Eso tenemos planeado, sí —contesté sin mucho entusiasmo.

—Al menos dormiréis fresquitos. Qué envidia.

—¿Te importa dejarme en algún supermercado cerca de casa? Me ha dicho David que la nevera, para variar, está vacía.

—Claro, pero no lo compres todo procesado, que te conozco.

—Martina...

—Lechuguita, fruta, gazpacho. Cosas sanas y fáciles. Ya sé que no te gusta cocinar, que nunca te entusiasmó, pero no podéis vivir sólo de patatas fritas, pizza y pollo asado, Manuela. ¿Qué pasa? ¿Alberto sigue de congreso en congreso como de oca en oca?

Pensé un instante antes de contestar.

—Está teniendo un éxito inesperado como escritor —dije al fin, resignada—. No hay universidad que no le invite para hablar sobre sus libros y sobre los vínculos entre la medicina y la literatura.

—¿Y qué tiene eso de malo?

—Después de las vacaciones se irá a China. Lo han invitado un par de universidades de allí. Pero me deja puesta una tarea.

—¿Cuál? —me preguntó.

—Me ha insistido en que quiere que le dé una respuesta cuando regrese —contesté mientras miraba distraída por la ventana.

Martina encendió la radio, para quitarle hierro al asunto. Sonó *Escuela de calor*, de Radio Futura, y pensé que realmente las calles de Madrid ardían a mediodía. Entonces volvió a embargarme aquel desasosiego. Me preocupaba la idea de dar un mal paso en mi vida personal, de fallarle a Alberto con mi respuesta y de estropearlo al final todo. Él siempre había estado ahí cuando yo lo necesitaba.

Martina, que podía olerme la cobardía, comenzó a tararear la canción. Siempre había cantado fatal, pero con su voz desafinada consiguió arrancarme una sonrisa. Cuando terminó la melodía, se dispuso a interrogarme sin piedad por lo que le interesaba.

—¿Has pensado ya en lo que vas a decirle?

Tuve ganas de encender un cigarrillo, pero no lo hice porque, entre otras razones, ya no llevaba tabaco encima. Me repetí que aquel vicio pertenecía al pasado. Y que bien enterrado estaba.

—No sé —dije—. Hace cuatro años que estamos juntos. Alberto ha sido... Es un compañero estupendo, sin ninguna duda. Pero...

Mi amiga me miró, contrariada.

—Desde el confinamiento hemos discutido mucho —admití.

—Todas las parejas discuten, Manuela. Yo me tiro los trastos a la cabeza con mi marido a diario. Sobre todo en verano. No hay forma de que nos pongamos de acuerdo sobre las vacaciones.

—Ya, pero no termino de verlo. Estoy algo confundida. Yo no necesito nada de lo que él me está pidiendo. Estoy bien así.

—También lo entiendo. Aunque lleváis cuatro años juntos. Él conoce a tu familia y tú a la suya. Es normal que quiera formalizar vuestra relación. Sobre todo después de lo que habéis pasado.

—Conozco a sus padres, sí, y por eso sé que no me soportan. Se llevarían un disgusto de muerte si accedo a casarme con él.

—No digas eso, mujer. Son un poco estirados, pero son majos.

—Mucho me temo que no soy la nuera con la que soñaban.

—Y qué. La vida te sorprende, todo el rato.

—Él espera que le diga que sí, Martina. Es la tercera vez que me lo pide. La primera fue cuando nos mudamos a Rivas: me pidió a la vez que me casara con él y que tuviéramos un hijo. Yo le pedí tiempo.

—Y te lo concedió.

—La segunda fue tras el confinamiento, en plan romántico.

—El pobre no sabía que tú, de romántica, poco.

—Volví a pedirle tiempo. Y ahora, con las amenazas, el juicio, sus múltiples viajes, ha vuelto a proponérmelo. Ya se ha resignado a que nunca vamos a tener un hijo juntos y sólo insiste en la boda. Si le doy calabazas por tercera vez es muy probable que...

—Se desilusione.

—Sí, supongo. Él tiene suerte, aún no ha perdido la capacidad de ilusionarse. Para que te hagas una idea, está como loco con las vacaciones, con el plan de parar en Burgos para llevar a Manuel a los yacimientos de Atapuerca y al Museo de la Evolución Humana y después seguir hasta Cantabria y pasar un día en el Parque de la Naturaleza de Cabárceno y ver con él los osos, los elefantes, los leones...

—Bueno, no puedes reprochárselo. Quiere hacer vacaciones contigo, casarse contigo; tú y tus hijos formáis parte de su vida y os quiere y quiere que compartáis cosas. No veo qué problema hay.

—El caso es que Manuel está mucho más integrado en su vida que David. Viene a ser como el hijo que nunca ha tenido.

—David siempre se lo ha puesto difícil —le defendió mi amiga.

—Pero ahora...

—Sí, ya sé que la muerte de Javier lo ha complicado todo.

—Pues sí. David no quiere irse de vacaciones y es normal.

—De acuerdo. Si es así, sacrifica las vacaciones, si

quieres, pero, francamente, amiga, me daría una pena enorme que te cargaras tu relación con Alberto sólo porque te da miedo el compromiso.

—No me da miedo comprometerme. No necesito casarme, eso es todo. Ya me casé una vez y me salió fatal. ¿Por qué iba a repetir la experiencia? Javier y yo sólo nos hicimos daño. Y a veces temo que Alberto y yo estemos empezando a ser tóxicos el uno para el otro.

—¿Por qué dices eso? —se sorprendió mi amiga.

—Cuando discutimos nos decimos cosas horribles e hirientes a propósito. Y discutimos a menudo.

—Siempre tuviste un punto corrosivo —me reprochó Martina.

—Él me afea que lo trato con frialdad e indiferencia.

—Y no es improbable que tenga razón. La verdad es que nunca has sido demasiado cariñosa: te cuesta expresar tus emociones.

—Dice que tengo rasgos psicopáticos.

—Todo el mundo tiene rasgos psicopáticos, en algún momento. Es verdad que a ti te cuesta un poco ponerte en los zapatos de los demás, que fallas un poco en la empatía, pero eso es todo.

—¿A qué te refieres con que fallo en la empatía?

—A que lo mides todo con tus parámetros y eso no te permite ver el mundo con los ojos de los demás —sentenció Martina.

—¿Acaso quieres que mire el mundo, qué sé yo, con los ojos de los proxenetas del juicio, de la madame o de los clientes?

—No. Pero podrías tratar de ver el mundo que ven

Alberto, David, Manuel, tus suegros. O yo, que soy tu mejor amiga.

Martina aminoró suavemente la velocidad y detuvo el coche en la puerta del supermercado más cercano a mi casa.

—Ni siquiera viniste a mi graduación —dijo.

Me desabroché el cinturón al tiempo que trataba de pensar en una disculpa que pudiera sonar mínimamente creíble.

—No te preocupes —se me adelantó Martina—, no te lo tendré en cuenta. A David le gusta la merluza. Cocina algo para ti y para tus hijos, anda. Ya sé que a cuarenta grados lo último que apetece es entrar en la cocina, pero nadie dijo que ser madre fuera fácil.

—Gracias por acercarme, Martina.

—A mandar.

Antes de bajarme le di un beso y ella me achuchó fuerte, como cuando éramos niñas y teníamos todo el futuro por delante.

—Disfruta de las vacaciones, Manuela. Todo lo que puedas.

—Lo intentaré —le dije, ocultándole cuánto me estresaban.

Cuando llegué a casa con la compra, Manuel salió a recibirme con su enciclopedia de animales en la mano. Al tiempo que me abrazaba y me daba besos, me contaba curiosidades que había leído en aquel libro. El pequeño Manuel, todo un preadolescente a sus doce años, estaba todavía en fase de negación del duelo de su padre. David, que miraba de reojo a su hermano, iba alternando la ira con la depresión. La muerte de Javier era tan reciente y había sido tan repentina que yo me sentía más cercana a Manuel y notaba que de algún modo mi cerebro aún no había sido capaz de procesarlo.

Mi hijo pequeño me obligó a sentarme con él en el sofá del comedor y abrió el aparatoso volumen por la página de los osos pardos. «¿Sabes, mamá, que un oso pardo puede dormir durante más de seis meses y no comer ni beber nada en todo ese tiempo?», me decía mientras me iba enseñando todas las ilustraciones de su enciclopedia. «Vamos a ver muchos osos en el parque; de todo, es lo más bonito, el mirador de los osos, ya verás», me seguía contando Manuel mientras pasaba las páginas. Ante mis ojos se desplegaban más fotografías a color: osos negros asiáticos, osos polares y osos andinos. «Tenemos entradas con telecabina incluida —me anunció, eufórico—, vamos a poder observar todo el parque desde el aire.»

—Lo pasaremos muy bien —le dije, un poco contagiada de su alegría—, seguro que sí. ¿Has empezado a preparar tu maleta?

—Todavía no.

—Anda, ve. Y no te olvides los prismáticos.

Manuel salió corriendo a su cuarto a preparar sus cosas, estaba impaciente por iniciar aquel viaje. Cuando me quedé sola, se acercó David y, sin pérdida de tiempo, me hizo saber lo que pensaba él:

—¿En serio vamos a mantener las vacaciones?

Le acaricié el cabello a mi hijo mayor.

—Si quieres que cancelemos el viaje, lo entenderé.

—No sé qué es mejor, la verdad. Tampoco quiero estropearos el plan a todos. No tengo derecho. Yo voy a estar mal en todas partes.

—No digas eso.

—¿Por qué? Si es la verdad.

—Al menos hay temperaturas máximas de veinticinco grados. El tiempo nos dará un respiro. Con este calor no se duerme nada.

—Sí, he cogido una sudadera.

—Has hecho bien.

—¿Qué tal el juicio? —se interesó.

—Bueno, dije lo que tenía que decir.

Sonó el teléfono fijo de casa. En los dos últimos años habíamos aprendido que no había que cogerlo. Alberto sabía que tenía que llamar al móvil, nunca al fijo. El teléfono volvió a sonar y nosotros lo seguimos ignorando. Poco después sonó mi teléfono móvil. Vi en la pantalla un número desconocido y no atendí la llamada. Pensé que estarían cabreados por mi declaración y deseando transmitirme, una vez más, sus intenciones de rajarme de arriba abajo. Mi teléfono se había convertido en un incordio, pero no podía prescindir de él.

—¿A quién juzgaban?

Me sorprendió que David preguntara por aspectos concretos de mi trabajo, porque era algo que solía cuidarse mucho de hacer.

—A dos proxenetas, una madame y otros cincuenta y cuatro prendas. Clientes de prostitución que pagaron por acostarse con una menor que falleció a causa de una sobredosis de droga.

—Joder —exclamó David, afectado por el peso de la cruda realidad—. No sé cómo alguien puede pagar por tener sexo. Es una vergüenza que no se haya conseguido acabar con esa mierda.

—Yo también lo pienso. Pero el futuro no puede ser otro que la abolición. Espero que al menos tú la acabarás viendo, hijo mío.

—¿Cómo se llamaba la chica que murió?

Dudé si debía o no darle a David más detalles del caso. ¿Estaba acaso mi hijo en un momento emocional adecuado para asimilar aquella historia? Aunque la única respuesta que se me ocurría era «no», quise tratarle como el adulto que ya era y responderle.

—Susana. Era de tu edad. Dieciséis años, entonces.

Al pronunciar su nombre sentí un dolor interno que me hizo recordarlo todo y unas ansias terribles que antes calmaba fumando, pero que ahora tendría que hacer desaparecer de otra manera.

—El día que la encontramos muerta en el portal de casa de sus padres se me vino abajo todo. —Estaba sorprendida de atreverme a confesarle a mi hijo lo que no había sido capaz de contarle a nadie—. Pensé que quizá ya no estaba hecha para este trabajo. Una chica tan joven, tan bonita, con la vida robada... Me quedé hecha polvo.

David, que siempre había sido, además de problemático, un chico listo, comprendió que yo sentía la necesidad de hablar con él, de contárselo todo sobre aquella investigación en la que, entre otras cosas poco o nada apetecibles, me vi en la obligación de preguntarles a un montón de hombres si se habían acostado con Susana a cambio de dinero.

—Normal, mamá. No eres de piedra.

—Cuando la encontré muerta en el portal tú te habías ido de casa, vivías con tu padre. Por entonces Alberto no viajaba tanto y se hizo cargo de Manuel. No sé por qué me sorprende que tengan un vínculo tan fuerte, con todo el tiempo que han pasado juntos.

—Sí, siempre se han llevado bien.

—La investigación fue más o menos rápida, pero me la tomé quizá demasiado a pecho. Dormía poco, comía mal, fumaba de más y abusaba del café. Supongo que debería haberme preocupado antes por aquel dolor en el pecho, que era peor cuando tosía.

—¿Quieres decir que coincidió con...?

—Con mi cáncer de pulmón, sí. Había perdido peso y estaba muy débil, pero creí que era por el sobreesfuerzo del caso, por la presión que me imponía para que aquellos sujetos no se libraran. Me dolían los huesos, la cabeza, se me dormía el brazo derecho.

—Menos mal que lo detectaron a tiempo.

—Era un tumor pequeño y estaba en la etapa inicial, eso fue lo que me salvó. Y dejar el tabaco, claro. Después de los interrogatorios vinieron los tratamientos de radioterapia y quimioterapia. Y tú...

—Y yo no estaba.

Nos miramos. Decidí echarle un cable a mi hijo:

—Vivir es equivocarse. Te eché mucho de menos en aquellos días, lo reconozco. Me sentía una madre horrible y tenía miedo de que el tumor se extendiera. Pero ahora estoy bien y estás en casa.

—Cuéntame cómo pasó —me pidió.

Las palabras de mi primogénito me hicieron pensar en la serie de Televisión Española, la crónica agridulce de la familia Alcántara Fernández, que es también la historia de España, de los años previos y posteriores a la Transición. La voz en off de Carlos Alcántara, el escritor de la familia, nos había acompañado durante las veintidós temporadas que Alberto, Manuel y yo habíamos visto juntos en el tiempo que David pasó fuera de casa. Aunque preferí no hablarle de nada de eso a mi hijo mayor para que no se sintiera excluido.

Sin embargo, sí había otra cuestión de la que deseaba hablarle. Entonces comprendí que el mayor peligro para un policía no son los casos que investiga ni el riesgo de recibir un disparo. No, nada de eso. La novela negra y el cine se han empeñado en mostrarnos una y otra vez investigadores con el arma en la mano, en riesgo de muerte, recibiendo golpes o sometidos a tortura. Pero la realidad de nuestro trabajo no es esa. El peligro para un investigador de homicidios es el mismo que para cualquier otro ciudadano: su propio cuerpo, el peso fatídico de los años y la llegada inexorable de la enfermedad.

Cuando tienes salud haces muchos planes. Te apetece dormir en una cabaña entre los árboles, hacer un viaje de fin de semana, ir a cenar al restaurante de moda. Cuando la salud falla, entonces llegan los problemas de verdad y la vida pone ante tus ojos una realidad difícil de aceptar: quién está ahí para cuidar de ti y quién se muestra indiferente. Cuando me detectaron un tumor pequeño confinado en mi tórax mi hijo David no estaba a mi lado: no me llamó ni preguntó por mí. Pero en aquel momento, en el sofá de casa, la víspera de nuestras vacaciones, tenía una oportunidad para restaurar el vínculo entre ambos. Tenía algo que contarle a mi primogénito: el momento en que entendí que ser policía no era lo principal en mi vida, cómo superé el cáncer y por qué llegó a importarme tanto la pobre Susana, muerta el mismo día que David cumplía los dieciséis años.

Y así fue como le abrí mi corazón a mi hijo y le conté, una por una, todas esas cosas de las que prefiero no hablar con nadie.

5

Dieciséis

El día que cumpliste los dieciséis años, hijo, yo me subía por las paredes. Hacía quince días que no te veía y algo en mi interior me decía que no iba a ser posible celebrar tu cumpleaños de una manera normal: en casa, con una tarta de limón, unas velas y unos regalos. Yo nunca he sido una madre convencional, pero te echaba de menos y mucho. Paseaba por el comedor de casa chocándome con todo y mirando de reojo el teléfono fijo. Llamo o no llamo. ¿Qué se le dice a un hijo al que hace quince días que no ves, que no te quiere hablar, que se ha marchado de tu casa para vivir con su padre? Ahora sé que hubiera bastado con preguntar «¿Cómo estás?» o con desearte «Felicidades», pero entonces no controlaba mis emociones.

El bueno de Miguel había organizado una jornada literaria en la Brigada con el apoyo del inspector jefe Carranco y el comisario, y me había pedido que yo la inaugurara hablando del famoso detective privado Philip Marlowe. Me había preparado unas notas: «Alto, bien vestido, guapo y con un punto misógino, es cínico, insubordinado y tiene la mala costumbre de abofetear a las mujeres. Dolorosamente honrado, no guarda demasiado dinero en la cuenta, pero conduce un Packard que, en la época, era un coche de lujo. Se las da de lobo solitario y prácticamente todos los detectives que vinieron después en la ficción están inspirados en él, aunque conviene tener presente que Philip Marlowe, como todos los personajes literarios, es un hijo de su tiempo y que hoy en día no sería un arquetipo válido».

Marlowe, tu cumpleaños, todo dejó de importar cuando me llamó Gutiérrez y, con aquel tono solemne de voz que yo conocía tan bien, me informó de que habían encontrado el cadáver de una joven en un portal de la calle Alcalá y me facilitó la dirección.

Cuando llegué, la zona ya estaba acordonada y la Científica tomaba muestras. Paco estaba con las fotos y *leyendo* la escena del crimen. Me saludó de lejos y me fui a intercambiar las primeras impresiones con Gutiérrez, que siempre era el primero en llegar.

—Se llama Susana. Han identificado el cadáver sus padres, que agradecerán que hables con ellos en cuanto puedas —dijo Gutiérrez mientras apartaba la manta térmica para dejarme verle la cara.

—Ya imagino. Por Dios, si es una cría.

—Llevaba encima la documentación. —Gutiérrez volvió a tapar el cadáver con la manta, a la espera de que llegara el juez para poder hacer el levantamiento—. Como puedes observar por las manchas de sangre, esta no es la escena del crimen, la han arrastrado hasta aquí, hasta el portal de la casa de sus padres —y señaló el suelo.

—¿Teléfono móvil?

—Eso mejor lo hablas con el padre.

—¿A qué te refieres?

—Pues parece que usaba dos. El padre tiene uno y lo quiere aportar como prueba, pero dice que sólo a quien esté al mando.

—¿Una adolescente con dos teléfonos? Qué raro. ¿Cuántos años tiene? —pregunté mientras contemplaba el bulto inerte del cuerpo de aquella muchacha que ya nunca más abrazaría a sus padres.

—Dieciséis —me informó Gutiérrez con tristeza.

—Qué jodida es la vida. Dieciséis años. La misma edad que cumple hoy mi hijo. —Miré mi reloj—. Que ya ha cumplido.

—Pues me temo que vais a tener que aplazar la celebración del cumpleaños —se lamentó Gutiérrez.

—Tampoco habíamos hecho ningún plan —reconocí, mientras comenzaba a toser—. Perdona, tengo que dejar el tabaco. Siempre que lo intento, al final, por mucho tiempo que pase, vuelvo al vicio —me excusé ante un Gutiérrez que me miraba con desaprobación—. Voy a hablar con el padre, quiero que me aclare lo del teléfono.

Mi subordinado asintió. Salí del portal, impregnado del olor de la muerte, y en la calle busqué a los padres de la joven, que estaban con Guadalupe. La oficial me hizo el favor de presentarme.

—Manuela, son los padres de Susana. Señores, es la inspectora Manuela Mauri, mi superior, que dirigirá la investigación.

Les tendí la mano a ambos. El dolor que vi en sus rostros lo he visto otras muchas veces: la marca de la imposibilidad de aceptar que lo que han visto nuestros ojos es desgarradoramente cierto.

—Lamento mucho la pérdida de su hija —dije. La experiencia enseña que en ese trance no hay alivio que la retórica pueda ofrecer a quien afronta el infortunio y más vale pecar de laconismo.

Ambos sintieron el impulso de llorar y, a la vez, de contener el llanto. Los dos querían ayudar y entendían lo importante que era hablar conmigo. Cuando el padre se repuso un poco me dijo:

—No me explico qué demonios ha podido pasar.

—Nos llevará algo de tiempo averiguarlo, pero le prometo que mi equipo trabajará sin descanso hasta que lo sepamos.

—Era una buena chica —comentó la madre mientras me miraba con ojos desconsolados—. No sé cómo... Era una buena chica.

Recordaba aquella expresión. La había escuchado más de una vez, cada vez que unos padres se enfrentaban a la visión del cuerpo sin vida de sus hijos repetían lo mismo, porque los padres somos incapaces de aceptar que nuestros hijos, como nosotros, son seres imperfectos. Vino a mi mente el recuerdo de Angélica, la madre del joven colombiano Yusnavi González Pereira: también decía que era un buen chico y que lo habían matado a navajazos de lo puro bueno que era. Su cadáver me lo había encontrado seis años atrás, en Carabanchel, mi barrio de toda la vida, a unos metros de la antigua casa de mis padres. Y su juventud, como la de la pobre Susana, me sobrecogió.

—Estoy segura de que lo era, señora...

—Alicia, me llamo Alicia.

—Yo me llamo Mario —me informó el padre.

—Siento que nos tengamos que conocer en estas circunstancias —proseguí—. Tengo que hacerles unas preguntas y su colaboración será vital para permitirnos ganar el mayor tiempo posible.

Ambos asintieron con la cabeza, dispuestos a cooperar.

—Me han dicho que tienen ustedes el móvil de su hija...

Mario se metió la mano en el bolsillo del pantalón y me dio un teléfono. Era un Samsung Galaxy de precio medio. Se lo entregué a Guadalupe para que lo embolsara y lo archivara junto con el resto de las pruebas al tiempo que le daba instrucciones:

—Localiza a Gallardo de inmediato y dile que pida al juez todos los permisos que hagan falta para acceder a la información de la línea y del terminal. Quiero verle las tripas a este trasto lo antes posible.

Guadalupe se puso en marcha con su usual diligencia. El padre se animó entonces a decirme aquello que había callado hasta allí:

—Susana trabajaba cuidando niños para sacarse algo de dinero. Tenía dos teléfonos. Este que le acabo de entregar se lo regalamos nosotros, por su cumpleaños —dijo, tan emocionado que tuvo que hacer una pausa—. Luego ella, con el dinero que ganaba, se compró un iPhone bastante caro. Cuando salía siempre se llevaba el iPhone, pero ese no ha aparecido, alguien ha debido de quitárselo.

Me facilitó el número del teléfono perdido y lo anoté.

—Perdone, pero me resulta extraño lo de los dos teléfonos. Yo tengo un hijo de la edad de Susana. Él no podría pagarse la factura de su teléfono y desde luego yo no le costearía el uso de dos.

—Ya le he dicho que mi hija trabajaba, quería ser independiente para sus gastos —insistió el padre—. Era una chica muy responsable y muy lista, la mejor de su clase. Quería ser bióloga... —Su voz se quebró de pronto—. Ya no será nada. Sólo nuestra hija perdida.

—Me gustaría subir a su cuarto con uno de ustedes —les pedí.

—Yo subiré con usted —se ofreció Alicia.

—Sí, ve tú, cariño —aprobó Mario—. Yo no puedo.

Entramos Alicia y yo en el portal y Gutiérrez se nos unió. La madre abrió la puerta de su casa. Le temblaban las manos.

Entramos en el piso en silencio. Gutiérrez y yo siempre detrás de Alicia y siguiendo sus pasos. Tras recorrer un pasillo alargado y oscuro, llegamos ante la puerta de la habitación de Susana.

—Es esta —nos dijo Alicia señalando la puerta cerrada—. Si no les importa, prefiero no entrar. Miren y cojan lo que necesiten, todo lo que les haga falta, no se preocupen. Yo les espero en el comedor.

Fue Gutiérrez quien se decidió a abrir la puerta. El mundo de Susana apareció ante nosotros. Todos los cuartos de adolescentes se parecen un poco: pósteres en la pared, ropa por todas partes, algunos libros y esa extraña sensación de caos que por un lado te abruma por su energía y por otro te descoloca por completo. Una cama, una mesa de estudio, el portátil, muchas muñecas que nos recordaban que no hacía mucho tiempo que Susana había dejado la infancia atrás. Gutiérrez señaló el portátil y asentí. Miré las imágenes de la pared: fotografías del tenista murciano Carlos Alcaraz y de Rosalía, la atípica estrella del pop español. Me acerqué a la estantería y entre sus libros me sorprendió ver títulos de James Joyce, Virginia Woolf y Samuel Beckett. Me calcé los guantes de látex y cogí el ejemplar del *Ulises*. Estaba completamente subrayado y tenía anotaciones en los márgenes. ¿Qué chica de dieciséis años de hoy en día lee el *Ulises* de Joyce y lo subraya casi por completo? ¿Cómo casar aquella afición insólita por la literatura con la biología? Fui hasta la mesita de noche y abrí los cajones. Encontré ropa interior muy llamativa, tangas, corpiños y bodis de todos los colores, y bajo ella un cuaderno negro, que saqué del cajón sin pérdida de tiempo. Al levantarlo, aparecieron ante nuestros ojos varias cajas de preservativos.

—Vamos a tener que preguntar si tenía novio —dijo Gutiérrez.

Abrí aquel cuaderno, impaciente, y me dispuse a leer algunas páginas de forma aleatoria, como si fuera un mapa del tesoro que nos pudiera proporcionar alguna pista crucial. Leí en voz alta:

> Mi personaje preferido del *Ulises* es Stephen Dedalus, que se negó a rezar por su madre en su lecho

de muerte y vive atormentado por su recuerdo. Cómo me gustaría viajar a Dublín, algún día...

Junto a la anotación Susana había pegado un mapa de Europa y había señalado con un círculo rojo la ciudad de Dublín. Continué:

Leopold y Molly Bloom me caen mal, me recuerdan a mis padres. Están tan ensimismados en sus propios problemas que no se dan cuenta de lo que sucede a su alrededor. Yo soy como su hija Milly, sólo que mis padres aún no se han percatado de que ya no vivo en esta casa: vivo en el infierno de Dante.

—Sigue —me pidió Gutiérrez, tan sorprendido como yo ante el descubrimiento de lo que había escrito Susana en sus diarios.

Moriré sin vivir un Bloomsday. Esto que hago, cada día que pasa lo tengo más claro, va a matarme. He caído en las garras de la prostitución. En maldita hora acepté la proposición de Concepción, aquella tarde en el parque de la Quinta de los Molinos. Todo por la puta droga. Soy una puta y una yonqui. Ya no seré nada más. He tirado mi vida a la basura. Estoy tan cansada...

De pronto, los hechos cobraban sentido. Avancé y seguí leyendo:

En el piso de Ángel, después del sexo, hemos visto *True Detective*. Al ver a esa chica muerta, atada de pies y manos, con unos cuernos de venado puestos en la cabeza a modo de corona, abandonada en medio de una plantación de caña de azúcar, he llorado en silencio porque he comprendido que yo también voy a morir. No de un modo satánico, ni será cuestión de brujería ni de asesinos en serie. A mí me matarán las drogas, estoy segura. Cada vez me meto más. Esto no se puede soportar si no consumes mucho. Qué clase de madre no se da cuenta de que su hija se prostituye para drogarse. ¿Dónde está mi mamá?

Gutiérrez tragó saliva.

—Nos llevamos esto —le dije a mi compañero—. Tenemos que leerlo y analizarlo todo lo antes posible. Volveremos a hablar con los padres cuando hayamos accedido al contenido del teléfono. Por el momento será mejor que no les comentemos nada, ¿de acuerdo?

—Lo que tú digas, Cohle —me contestó, aludiendo a la serie de Nic Pizzolatto citada en el diario, que ambos, cómo no, habíamos visto—. Ya me había imaginado que hoy pasaríamos la noche juntos.

Aquella frase final de Gutiérrez, ambigua e inoportuna, pero dicha sin mala intención, me recordó que tenía que llamar a Alberto, aunque antes quería hablar con Paco, de la Científica. Informamos a Alicia de que nos llevábamos el diario y el portátil y le pedimos que se reuniera con su marido. Me encontré a Paco en el portal.

—Mi inspectora preferida —me saludó.

—Te daría dos besos, pero no es el lugar ni el momento.

—Siempre tan cumplida. Posible muerte por sobredosis. Llevaba droga encima y tenemos hemorragias nasales que lo confirman de entrada. El golpe en el pómulo es, probablemente, un puñetazo.

—¿Crees que alguien la ayudó a irse?

—Es pronto para saberlo —se defendió Paco—. Yo no soy tan rápido como los máquinas de CSI. Interpretar todo lleva su tiempo, espérate mejor a la autopsia. El golpe del pómulo —apartó la manta térmica y me lo señaló— se lo propinaron antes de morir. La arrastraron hasta aquí y le colocaron los brazos. Nadie cae de esa manera.

—¿Por qué la dejaron aquí?

—Quizá la traían y se les murió en el último momento, no lo sé. Tendréis que hacer algunas preguntas para averiguarlo. El cuerpo presenta golpes y hematomas, pero no todos son de esta tarde.

—¿Puedes ser más preciso? —le pedí a Paco.

—Tiene atrás moretones que pueden deberse a que la agarraran con fuerza durante una relación sexual. Por el color son, al menos, de hace tres o cuatro días. También presenta señales parecidas en los brazos y algunos mordiscos, y por lo que he podido ver, ya que no puedo moverla ni quitarle la ropa, alguna quemadura de cigarro en los pechos.

—¿Quemaduras de cigarro en los pechos? —me indigné.

—Sí —confirmó escueto.

Mientras estábamos los tres lamentándonos de la suerte de la chica llegó el forense. Poco después se procedió al levantamiento del cadáver. Deduje que la información preliminar, que apuntaba a una muerte por sobredosis, había pesado en el ánimo de su señoría para llevarle a resolver que su presencia no era indispensable y que por tanto el forense podía encargarse por sí solo del trámite. A la luz de lo que había visto en la habitación de la chica, pensé que iba a tener que darle un disgusto: habría que trabajar un poco antes de archivar el caso como una muerte accidental sin indicios criminales.

Le pedí a Guadalupe que se quedara acompañando a los padres de Susana y prestara atención a cada palabra que dijeran; además, le encargué que les preguntara por las amigas de su hija. En cuanto a Gutiérrez y a mí, nos marchamos a la Brigada. Quería leer el diario completo cuanto antes, mientras Gallardo se ocupaba de hacer todo lo necesario para, con la ayuda de nuestros técnicos, abrirnos la puerta para poder acceder a la información del teléfono.

Gutiérrez había venido en moto y se ofreció a llevarme, pero le dije que tenía mi coche y le pedí que se adelantara. Mientras lo veía marcharse a toda velocidad no pude evitar pensar que a él le iba mucho más que a mí el papel de Rustin Cohle, aunque no tuviera una personalidad oscura y pesimista ni arrastrara una depresión por la muerte de su hija. Él era un tipo solitario con un talento especial y yo era una madre de familia, más conservadora y realista que él, que estaba jodida por no haber podido celebrar, y no por culpa de su trabajo, el cumpleaños de su hijo. Siempre he intentado verle el lado positivo a la vida, cuántas veces he silbado la canción final de *La vida de Brian*, pero aquella tarde, después de contemplar el cadáver de la joven Susana, sentí con demasiada fuerza que la vida es absurda y que la muerte no tiene ningún lado brillante. Me disponía a caminar por una antesala cruel: esa que muestra el tránsito entre la vida y la muerte de una persona y desmonta su mentira vital. Susana, buena hija o no, exigía justicia, y la investigadora que yo era, tan distinta del Philip Marlowe de Chandler o de los detectives Martin Hart y Rustin Cohle de Pizzolatto, estaba dispuesta a pelear para dársela, aun sabiendo como sabía que conocer la verdad era algo que iba a destrozar el corazón de los padres de Susana para siempre.

Recordé el momento en el que te sostuve en brazos por primera vez, hijo, dieciséis años atrás. Alicia también debía de haber acunado a su pequeña Susana entre sus brazos. A lo mejor todas las madres tenemos un vínculo, aunque sólo sea por haber vivido la experiencia del parto, y por ese motivo yo le debía a Alicia una explicación de lo que había ocurrido aquella tarde en la que no te llamé para felicitarte por tu cumpleaños y tú tampoco, hijo, me diste ninguna señal de vida.

6

El puto teléfono

El puto teléfono móvil no dejó de sonar en toda la noche y eso fue para mí una señal de cómo mi vida entera había quedado subordinada a aquel dispositivo electrónico. Primero, Alberto, enfadado, como siempre, por tener que cubrirme la noche entera. «¿No puedes organizar la tarea y venir a casa un rato? ¿De verdad? ¿Sabes que un buen jefe delega?» Me ponía de mal humor con sus reproches, porque debía reconocer ante mí misma que en parte tenía razón. Sí, claro que lo sabía. Manuel estaba en casa, esperándome, y yo no iba a aparecer. No sólo aquella noche. Era más que probable que desapareciera al menos tres o cuatro días, porque la experiencia me decía que si unimos la palabra *cadáver* con *prostitución* el resultado es siempre complejo, problemático e imprevisible.

Recordé el nombre de Dayesi, una joven prostituta nigeriana, víctima de trata y muerta a manos de sus clientes varios años atrás; la mataron, la descuartizaron, arrojaron los restos de su cuerpo a la basura y los que lo hicieron fueron capaces de seguir con su vida normal. Lo que bautizamos como Operación

Vertedero duró meses, ya que tuvimos que buscar a fondo en los vertederos de Pinto y Valdemingómez hasta encontrar el cadáver completo. Entonces yo era más joven, no me dolía tanto el cuerpo, no tosía a todas horas por mi maldita costumbre de fumar como un carretero, vosotros erais más pequeños, me acababa de divorciar de vuestro padre y Alberto, mi nuevo novio, era como un príncipe azul de cuento que se mostraba solícito y dispuesto a echarme un capote siempre que lo necesitara. Aquella noche en la que encontramos el cuerpo sin vida de Susana, Alberto estaba cansado de mis ausencias, de la anarquía en la que me instalaba invocando mi trabajo, de ser padre y madre del bueno de Manuel y padrastro de un joven problemático que no nos daba ningún respiro. Por eso me llamaba para quejarse, sin ser consciente de que en las horas siguientes nadie en mi equipo iba a dormir ni a mirar otro teléfono que no fuera el de Susana.

No pude evitar cruzar en mi mente los nombres de Dayesi y Susana, tan iguales y tan distintas; la primera, extranjera, mayor de edad, víctima de trata; la segunda, española, menor de edad, víctima del engaño y de las drogas. Diferente camino, mismo final.

Tomé la decisión de no atender más el teléfono, al que además de Alberto no paraban de llamarme desde un número desconocido, para centrarme en lo importante: la lectura completa y el análisis del diario de la chica. Sin embargo, Alberto había puesto el dedo en la llaga: si quería avanzar rápido debía organizar el trabajo. Como Guadalupe ya se ocupaba de los padres y el entorno, pensé que lo mejor era que Gutiérrez le echara una mano a Gallardo y que ambos se centraran en la información que pudieran extraer del teléfono junto al equipo técnico mientras Miguel analizaba el portátil y las redes y perfiles sociales de la víctima, que eran su especialidad.

A pesar de todo, no quería afrontar sola la lectura del diario de Susana. No me preguntes por qué. Era la noche de tu cumpleaños y yo me sentía como una olla a presión a punto de explotar.

Así que llamé a Martina. El inspector jefe Carranco no ignoraba que alguna vez, en mis noches toledanas en la Brigada, la llamaba y comentaba con ella detalles de la investigación. Mi jefe me dejaba hacer, aunque era una práctica heterodoxa y de dudosa legalidad. Martina ya no era policía, estaba retirada y, para más inri, ahora era periodista y había montado un blog sobre cuestiones sociales donde los sucesos tenían cierto protagonismo. Por lo demás, la información que compartía con ella era confidencial y podía estar sometida a secreto de sumario. Pero si Carranco hacía la vista gorda era, en definitiva, porque sabía que Martina, que seguía teniendo alma de policía, no iba a irse de la lengua con nadie. Y a mí me hacía bien tenerla cerca y compartir intuiciones con ella. Las dos juntas éramos como Holmes y Watson, Starsky y Hutch, Cohle y Hart. A su lado yo era más perspicaz porque ella, con su mirada sobre la realidad, acertaba a sacar lo mejor de mí. No usábamos un método deductivo demasiado sofisticado, pero jamás nos rendíamos.

Como los chicos estaban con los técnicos, teníamos todas las mesas para nosotras. Martina se sentó al otro lado de la mía, en la silla con ruedas, sacó de su enorme bolso un abanico, un termo de café y una fiambrera con tortas de anís y nos metimos en harina.

—Que haya escrito que se prostituía no nos garantiza que sea verdad —comenzó Martina—. No olvidemos que debemos tratar el diario como lo que son todos los diarios: una pieza literaria.

—Lo sé —me limité a decir. Lo que necesitaba, en ese momento, era que Martina, libremente, hiciera alarde de su verborrea.

—Sin embargo, que sepamos, Susana no se dedicaba a escribir. No nos consta que se presentara a concursos literarios y quería ser bióloga; todo indica que lo que tenemos entre manos es, efectivamente, su diario. ¿Y para qué se escribe normalmente un diario? —me preguntó.

—Para no olvidar —respondí, a bote pronto.

—Eso es. Para capturar recuerdos. Para conservar tu historia.

—Tu drama, en este caso. El drama personal de Susana.

—Es un diario que escribe para ella misma. Para nadie más.

Me pareció oportuno anotar un detalle:

—Y además en secreto. Por la cara de sorpresa de la madre cuando le dijimos que nos lo llevábamos como prueba no creo que ni ella ni el padre conocieran previamente de su existencia.

Martina levantó la mirada hacia el techo, pensativa.

—¿Y por qué se infligía el castigo de escribir algo así?

—¿Qué quieres decir?

—No le resultaba terapéutico. Ya sabes que muchos psicólogos recomiendan la escritura de diarios para los problemas de ansiedad y estrés, es una forma creativa de poner por escrito y asimilar los traumas de los que resulta difícil hablar con los demás. Cuando se escribe un diario a quien se le habla es a uno mismo, es una forma de sustraerse al juicio ajeno y a todas sus incomodidades. En este caso, sin embargo, creo que la escritura no la aliviaba nada.

—Susana se decía a sí misma que era prostituta y drogadicta.

Martina me miró.

—Sí, eso es exactamente lo que quiero decir. Susana intentaba entender sus emociones, necesitaba comprender dónde estaba, y a lo mejor atestiguarlo, por eso escribía. Aunque el diario sólo fuera para ella una fuente añadida de amargura. Ahora tú —me exhortó—: enumera los hechos objetivos que has anotado en tu libreta.

—Voy. En orden abierto. Uno: Susana fue captada por una tal Concepción en el parque de la Quinta de los Molinos. Dos: aceptó prostituirse porque sentía curiosidad por probar la droga. Tres: en el diario menciona a cuatro clientes regulares, Vicente, Jesús, Carlos y Ramón. Los llama «los viejos verdes». Cuatro: los demás clientes aparecen desdibujados, bajo una sombra borrosa de infamia. Cinco: menciona a dos proxenetas, Ángel y Gabriel. Seis: Gabriel era quien le proporcionaba las drogas. Siete: las relaciones sexuales con los proxenetas le resultaban especialmente desagradables. Ocho: habla de un tal Izan como el jefe de Ángel. Nueve: Susana tiene relaciones sexuales con Izan una sola vez y es entonces cuando le hace saber a Concepción que quiere dejarlo y, para ello, capta a Yolanda y Luna y las introduce en la red. Diez: debió de suceder algo especialmente malo con ese Izan, ya que supone un punto de inflexión. Once: la chica reconoce su adicción a las drogas y cómo está aumentando de forma voluntaria su consumo para aguantar. Doce: en el diario no hay ningún indicio que apunte hacia nadie como presunto asesino y responsable de su muerte, sólo nos muestra que Susana realizaba una actividad peligrosa y nociva para su salud física y mental.

Martina, que había escuchado con interés y atención todas mis notas, trató en ese punto de aligerar un poco el ambiente.

—Un diario es, ante todo, una práctica diaria. ¿No?

—Supongo que sí.

—¿Sabes lo que creo?

—Dímelo.

—Creo que Susana sólo escribía sobre lo que se veía capaz de afrontar. Cuando sucedía algo que la sobrepasaba, no lo escribía.

—¿Por eso las páginas en blanco y los días sin anotaciones?

—Exacto. Esos días que no escribe pasan cosas muy chungas. Cosas... inexpresables con palabras —razonó Martina.

—Cosas innombrables —sugerí.

—Lo de Beckett me supera. No dejo de pensar...

—¿Qué? —la interrumpí.

—Pues que tenía dieciséis años, joder. ¿Qué chica de dieciséis años de hoy en día se ha leído el *Ulises* de Joyce, *Al faro* de Virginia Woolf y *El Innombrable* de Beckett? Yo no he leído la mitad que esta chica y tengo una carrera y voy a por otra —confesó mi amiga.

Cuando Martina mencionó a Virginia Woolf recordé uno de los párrafos que había leído y que hacía mención a *Al faro*, su quinta novela publicada. Busqué rápidamente la página, la recordaba por el mapa de la isla de Skye, la isla más septentrional y también la más grande de las Hébridas Interiores, en Escocia. Allí fui de vacaciones con tu padre y allí fue donde supe que estaba embarazada de ti.

—Espera a escuchar esto —le anuncié, con aire de misterio, mientras trataba de localizar el pasaje—. A ver qué te dice.

Cuando al fin lo encontré, se lo leí en voz alta:

—«La señora Ramsay me recuerda a mi madre. Pobrecita, qué lástima me da —continué leyendo—. Espero que papá la cuide bien cuando sepa que su pequeña Prue morirá al dar a luz.»

—Tampoco he leído ese libro —reconoció.

—Yo sí. Durante el confinamiento. Y mira que estuve atareada con el doble asesinato de Diego Vargas y Valentina Soares. Pero lo que leímos durante el confinamiento no se olvida, ¿no crees?

Martina, que se comía las uñas de impaciencia, contestó:

—No sé. Yo no leí mucho. Hice un montón de pasteles, aprendí a hornear pan, engordé seis kilos que no me he quitado de encima aún y vi un montón indecente de series de las que, ahora, la verdad, no recuerdo absolutamente nada. Pero, oye, no me tengas en ascuas —protestó mi amiga—, ¿cómo interpretas esa mención al libro?

La hice esperar un momento antes de responder:

—Susana estaba embarazada. Me apuesto lo que quieras a que la autopsia lo va a confirmar. Por eso se compara con Prue Ramsay, que muere al dar a luz. Habrá que barajar como hipótesis el suicidio. Un hijo no deseado era para ella una complicación tremenda.

Martina paseaba por el despacho, arriba y abajo, arriba y abajo, como si se le estuviera escapando algo, cuando entraron Gallardo, Gutiérrez y Miguel, dispuestos a darme novedades. Al principio se sorprendieron al verla, pero en seguida uno de ellos reaccionó.

—Hombre, si están aquí las dos sabuesas, Hernando y Mauri —bromeó Gutiérrez—. Cualquier día os hacen una serie. Aunque ya veo que habéis cambiado el whisky por las tortas de anís. —Cogió una, glotón.

—Si eso es una indirecta relacionada con la línea, te hago notar que yo tengo un perfil buenísimo —dijo Martina, tomando otra—. No como aquí la jefa, que cada día que pasa está más flaca.

Gutiérrez me miró con aire de pronto grave, pero no respondió nada. Llevaba un mes insistiéndome en que fuera al médico y yo le ignoraba como cuando mi madre, de pequeña, me insistía en que me lavara los dientes y a mí, simplemente, no me apetecía.

—Tenemos noticias —anunció Gallardo, mucho más práctico que Gutiérrez—. Hemos encontrado una bomba en el teléfono.

—Explícate —le pedí.

—En los últimos tres meses tiene más de dos mil llamadas. Vamos a necesitar días para clasificar toda la información.

—¿Puedes avanzarme algo?

—Sí. Hay siete números que se repiten con cierta frecuencia en llamadas y wasaps —continuó—. Los identifica con iniciales y en dos ocasiones les añade una vocal. Te paso los números.

Gallardo me dio una hoja de papel en la que pude leer los siete números de teléfono asociados a las letras: Ca, R, J, V, G, A y Co.

—¡Bingo! —exclamé.

—Carlos, Ramón, Jesús, Vicente, Gabriel, Ángel y Concepción —descifró Martina, tan atenta a la lectura del diario como yo—. Los cuatro clientes habituales, la madame y los dos proxenetas.

—Primera ronda de entrevistas con todos mañana mismo, si es posible —dije—. Empezaremos por preguntas amables.

—Hay dos números de teléfono identificados con el nombre completo: Yolanda y Luna —me siguió informando Gallardo.

—Sus amigas. Hablaremos con ellas también —agregué, como para recordarme a mí misma todas las tareas pendientes.

—La última llamada recibida es de A. Realizada a las 19 horas de hoy, ayer ya, porque hace rato que dejamos atrás la medianoche —continuó Gallardo, meticuloso como el alumno que quiere probar al profesor que ha hecho todas las tareas que se le pidieron.

—Ángel —dijo Martina—. A ver qué os cuenta ese.

—Hay medio centenar de números con los que Susana tiene comunicación una vez y después nunca más. Toma. —Gallardo me entregó otra lista con una ristra de números de teléfono—. Estas no están identificadas en la agenda de ninguna manera.

—Buen trabajo. El puto teléfono lo canta todo —dije.

—Bendita tecnología —exclamó Gutiérrez, exultante—. Nos quita un montón de trabajo. Cualquier día las máquinas resolverán ellas solas los casos de homicidio y asesinato. Y mejor que nosotros —bostezó—. La inteligencia artificial no necesita dormir.

—No digas eso ni de coña —le recriminé.

—Me la tiene jurada —se defendió Gutiérrez ante los demás, con un tono de voz tan desvalido que hasta me dio pena— desde que el inspector jefe Carranco me ordenó que le hiciera de niñera en la Operación Vertedero. Creo que no me lo ha perdonado nunca.

Rieron todos, y tuve la sensación de que me ocultaban algo.

—Manuela no perdona ni a sus amigos ni a sus enemigos —le respondió Martina, que comenzó a recoger sus cosas para marcharse a casa—. Un placer, compañera. Ya sabes, si me necesitas, silba.

—Eso haré —le dije—. Gracias por todo, Martina.

Mi amiga salió y me quedé mirando a mi equipo.

—¿Carranco no se cabrea por que tenga acceso privilegiado a la información? —preguntó Gutiérrez, que, por otra parte, era el único que tenía el suficiente desparpajo como para cuestionarme.

—Digamos que consiente en silencio, aunque mucha gracia no debe de hacerle —le reconocí—. ¿Qué más tenemos? Miguel...

—Susana participaba en dos grupos de chat del instituto que abandonó tres meses atrás, cuando comenzaron las llamadas —me informó Miguel—. Tenía redes sociales, pero su última publicación es también de hace más de tres meses. Las tenía abandonadas. Sin embargo, después de trastear un poco en el historial de navegación de su ordenador portátil y en ciertas páginas que están entre las sospechosas habituales, he hecho un descubrimiento que te va a llamar la atención. Resulta que nuestra Susana aparece con su foto, su perfil y su contacto, aunque por supuesto con otro nombre, en una página web de servicios de *escort* o acompañantes de pago con esta presentación: «Jovencísima, tendré la edad que tú quieras».

—Manda cojones —me rebelé—. Esas páginas deberían estar prohibidas. ¿Recordáis a Marta Delfín, aquella *escort* profesional de veintidós años a la que nos encontramos muerta en un edificio de la plaza de Jacinto Benavente, en el trastero de su último cliente?

—Como para olvidarlo —respondió Gutiérrez—. Aquel tío que se suicidó dejando una nota para que donaran su cuerpo a la ciencia. El pedazo de cabrón... A la Facultad de Veterinaria, si acaso.

—Id a casa. Os vendrá bien descansar algo. En cuatro horas aquí todos —les pedí—. Tenemos que hablar con mucha gente.

La orden de regresar al hogar todo el mundo la pillaba al vuelo, y se marcharon deprisa: sabían que tenían el tiempo justo para un sueño ligero, una ducha reparadora, cambio de ropa y regreso a la Brigada. Gutiérrez fue el último en salir y una vez más me preguntó si me llevaba, pero negué con la cabeza. Seguía teniendo mejores planes que hacer de paquete en la motocicleta de Gutiérrez. Mi compañero se despidió y yo me quedé mirando durante un instante mi teléfono.

—¿Y tú? —le dije—. ¿Qué le contarás de mí a quién?

7

Contra reloj

Me encantaba esperar a mi jefe en su despacho con el aire acondicionado a tope. Aquellas noches de treinta grados de mínima me ponían al límite y me llevaban a pensar que habría que estudiar más a fondo la relación entre el clima y el aumento de la violencia. Carranco llegó antes que el resto del equipo, fiel a su palabra, y con un humor de perros: hacía días que sólo pensaba en sus vacaciones, en la celebración de sus bodas de plata y en el crucero que con tal motivo había reservado para pasear a su mujer y a sus hijos por las islas del Mediterráneo. Sin embargo, ahí estaba yo para recordarle a mi superior que había cosas más importantes que irse de viaje.

—Hemos pasado la noche currando —le informé mientras ponía sobre la mesa de su despacho las fotografías del suceso—. La chica recibió un golpe contundente en la cara y presentaba otras lesiones por todo el cuerpo. La hipótesis inicial es que murió por sobredosis de droga, pero hay algo que huele mal, no acabo de verlo claro.

—¿A qué te refieres? —me preguntó con cara de sueño.

—Hemos encontrado un diario de la chica en el que cuenta, en resumen, que había sido captada por una red de prostitución.

Siempre que mi jefe escuchaba aquella palabra, *prostitución*, se ponía tenso y sus facciones se endurecían sin poder evitarlo.

—Sigue —me pidió.

—En ese mismo diario confiesa que estaba enganchada a las drogas —proseguí—. Gallardo y Gutiérrez han trabajado duro con los técnicos durante horas y, fusionando la información del diario y las llamadas del registro del teléfono, hemos podido identificar a la madame y a los proxenetas y estamos en este momento en camino de elaborar una lista bastante completa de los clientes de la joven, que por lo que parece a primera vista se contaban por decenas.

—Un momento... —me detuvo—. ¿No pretenderás ponerte a interrogar a todo quisqui, no? Manuela, que te conozco —dijo esto mientras bajaba, para mi disgusto, el aire acondicionado.

—Jefe, te puedes ir de vacaciones sin problemas. Te informaré de todo. Pero aquí hay algo más que una muerte por sobredosis. Y para aclararla en condiciones, por más trabajo que nos lleve, no nos queda más remedio que interrogar a todos los sujetos que aparecen como autores de hechos potencialmente delictivos. Te recuerdo que la chica tenía dieciséis años. Y te aseguro que los aparentaba.

Mi jefe se llevó una mano a los ojos, después se la pasó por la sien, como si le doliera. Estaba claro que le daba un disgusto.

—¿Y qué propones, exactamente? —Suspiró.

—De entrada contactaremos con la madame, los proxenetas y algunos de los clientes fijos. No los vamos a citar aquí. Iremos por parejas a sus casas: Guadalupe y Miguel hablarán con los clientes, Gallardo y yo con los proxenetas y Gutiérrez con la madame.

—Mejor id Gutiérrez y tú a ver a los proxenetas y que Gallardo se encargue de la madame —me corrigió sobre la marcha.

—¿Y eso por qué?

—No me digas que no sabes la novedad —se extrañó.

—¿Qué novedad?

El inspector jefe Carranco carraspeó, incómodo. Pude advertir que no le apetecía nada decirme lo que me tenía que decir.

—Me la comunicaron anteayer. Gutiérrez se ha presentado a las oposiciones a inspector y las ha aprobado. Me hubiera gustado que fuera Gallardo, también es el elemento de tu equipo en quien más confío: educado, bienhablado, meticuloso; un hombre fiable. Pero ya sabes que vive superado por su reciente paternidad y, como es un varón moderno, quiere arrimar el hombro en casa —y aquí hizo una pausa—. Gutiérrez, sin embargo, sin familia, sin novia, ha tenido todo el tiempo para estudiar y sacar su plaza. Gutiérrez es tu igual, a partir de ahora, pero tú sigues al mando. Por eso creo que es bueno que lo tengas cerca y lo lleves contigo a ver a esos proxenetas.

—¿Y cuándo pensabas decírmelo?

—Disculpa. Pensé que estarías al tanto de la noticia. Por lo que ha llegado a mis oídos, organizó una fiesta por todo lo alto.

—No me invitó, que yo recuerde.

—Bueno —dijo azorado—, no se lo tomes a mal. Supongo que le apetecía desmadrarse sin tener cerca a su superior directa.

—Está bien —me plegué—. Gutiérrez y yo, los proxenetas, y la madame se la dejo a Gallardo. Iremos a verlos, seremos corteses y pareceremos despistados, pero necesito hacerles preguntas: tengo muchas dudas y ni el suicidio ni la sobredosis las despejan todas. Llevaba drogas encima, pero necesitamos confirmar con el informe toxicológico. La encontramos apoyada sobre un costado, pero todo sugiere que le habían colocado los brazos y que el cuerpo fue movido después de su muerte. Y lo primero que quiero saber es quién lo hizo y por qué.

—Es razonable. Tienes todo mi apoyo, inspectora. Pero, por lo que más quieras: no hagas nada que luego haya que lamentar.

—No te preocupes, te aseguro que en esta primera etapa iremos con tacto. No quiero que nadie se asuste antes de tiempo.

—Ve con cuidado, Manuela —me pidió—. Sobre todo, que nadie pueda acusarnos de someterlo a acoso o a una persecución injustificada.

—Eso no sucederá. Y si sucede, no irá a ningún lado.

—¿Y cómo estás tan segura?

—Seré amable. Lo juro.

—No jures.

—Vete de vacaciones, jefe. Yo tomaré declaraciones contra reloj y te mantendré informado de todo. Tengo que aclarar esto. Se me encogió el corazón al ver el cuerpo sin vida de la pobre chica.

—Desde luego hay que ser muy canalla para...

—Muy canalla y muy cabrón —añadí—. Se ve a la legua que la víctima no era mayor de edad. Hablaré con los sospechosos y con las amigas de Susana y solicitaremos la intervención de algún teléfono, quizá algunos seguimientos, lo de siempre. Cuando termine la primera ronda te llamo. Si todo va bien estarás en Santorini. Veinticinco años de casados no es moco de pavo, haces muy bien en celebrarlo.

—Me vais a dar las vacaciones, lo estoy viendo. Y mi mujer me ha dicho que como no me separe del móvil se divorcia —se quejó—, que siempre estoy pendiente del teléfono de las narices.

—Es lo que tiene ser jefe.

—Está bien. Salgo esta tarde para Barcelona. Tienes luz verde, pero ocúpate de que, de entrada, nadie se sienta intimidado.

—Tranquilo, jefe. Seré blandita y dulce.

—Y yo que me lo creo. Procura que el nuevo comisario no me pegue la patada, anda, que le he cogido cariño a este despacho.

—Como para no cogérselo. Es tres veces el nuestro.

Miré con envidia su enorme aparato de aire acondicionado y recogí mis informes y mis fotos. Me despedí de mi jefe sin rencor y fui a encontrarme con el equipo: iban a dar saltos de alegría ante la perspectiva de salir a patearse Madrid bajo una nueva ola de calor y con temperaturas de más de cuarenta grados a la sombra.

En cuanto estuvimos todos reunidos, transmití las órdenes.

—El jefe se va de vacaciones, confía en nosotros. Tenemos que hablar con mucha gente sin que parezca que somos policías. No los trataremos de entrada como sospechosos, sino como si creyéramos que son buenos ciudadanos que desean colaborar con la justicia.

—Podemos invitarlos a café con churros —me retó Gutiérrez.

—Mano izquierda, inspector —pronuncié ese *inspector* con mucha calma, para que Gutiérrez supiera que estaba al tanto de las novedades que él no había sido capaz de comunicarme—. A ti y a mí nos han tocado los proxenetas. Gallardo, tú tienes que hablar con la madame y tú, Guadalupe, con Miguel, os ocuparéis de identificar a los clientes. Quiero estar puntualmente informada de todo.

—He preparado unos listados con los teléfonos —dijo Gallardo al tiempo que empezaba a repartir hojas para todos.

Asignadas las tareas, el equipo se disolvió, dispuesto a cumplir las órdenes. Y fue entonces cuando me quedé a solas con Gutiérrez.

—Veo que el jefe se fía de ti —me dijo.

—De nosotros, compañero —le corregí.

—Pensaba contártelo, Manuela, pero no encontraba la ocasión.

—No sufras, yo tampoco te lo cuento todo.

—¿Ah, no?

—Por lo pronto, enhorabuena —le felicité—. ¿Piensas quedarte con nosotros o intentarás conseguir un traslado?

Noté que dudaba antes de contestar.

—No lo tengo claro, todavía. De momento no cambia nada: tú sigues siendo la jefa y yo tu rebelde subordinado.

—Muy bien. Pues llama tú a Gabriel. Yo probaré con Ángel.

Ninguno de los dos tuvo suerte: Gabriel no le cogió el teléfono a Gutiérrez ninguna de las quince veces que intentó localizarlo, y en cuanto a Ángel, negó conocer a ninguna Susana y me colgó.

—¿Qué hacemos ahora? —preguntó Gutiérrez—. ¿Les damos apoyo a Miguel y Guadalupe? La lista de clientes es interminable.

—No —contesté—. No vamos a desaprovechar la oportunidad. Vamos a hacer algo mejor. Coge tu riñonera. Nos vamos.

Gutiérrez no sabía que Guadalupe, tras acompañar a los padres de Susana durante buena parte de la noche, se había hecho con la dirección de las dos amigas que aparecían mencionadas en el diario de la joven: Yolanda y Luna. Le di la primera dirección a Gutiérrez y dejé que condujera: no sabía muy bien qué me pasaba últimamente, pero sentía un dolor en el pecho y en el brazo derecho que hacía que, contra mi costumbre, no me apeteciera nada llevar el coche.

Cuando llegamos a la casa de Yolanda todo fue un drama: abrió su madre, no se mostró nada receptiva y no quería dejarnos pasar. Gutiérrez tuvo que emplear a fondo su poder de seducción para convencer a aquella madre leona que buscaba proteger a toda costa a su hija de cualquier perturbación que pudiéramos causarle.

—Señora, solamente queremos darle el pésame a su hija por la muerte de su amiga —le dijo Gutiérrez, con su tono más obsequioso— y preguntarle un par de cosas. Nada más, se lo prometo.

—Lo sé, pero es que ahora mismo está muy afectada —replicó la mujer con aquel instinto protector—. Vuelvan mañana, si acaso.

—¿Hacía mucho que eran amigas? —le pregunté.

—Son amigas de toda la vida. Estuvieron juntas en primaria y, aunque se separaron en la secundaria, nunca perdieron el contacto.

—¿Y no cree que su hija agradecería que hablásemos con ella de lo que le ha pasado a su mejor amiga para tratar de aclararlo? —le insistí—. Porque Susana era su mejor amiga, ¿verdad?

—Usted no lo entiende. Mi hija... Mi hija es especial.

—Claro que lo entiendo, señora. Yo también soy madre.

—¿Usted tiene un hijo discapacitado? —me preguntó.

—No.

—Entonces no lo comprende.

—¿Qué clase de discapacidad?

—Intelectual. Leve, o eso dicen los médicos, y no se le aprecia a simple vista, pero cualquier cosa la afecta más que a usted o a mí.

—Sólo queremos hablar con ella. Usted puede estar delante en todo momento. Queremos hacerle un par de preguntas sencillas.

—¿Qué tipo de preguntas? Mi hija no está en

condiciones de contestar a nada, se ha pasado toda la noche llorando.

Habría querido gritarle a aquella señora que su hija podía estar en peligro, que la misma persona que movió el cadáver de Susana y lo colocó en el portal de casa de sus padres podía hacer lo mismo con Yolanda si lo que Susana había escrito en su diario era cierto. Pero entonces, si le hubiera dicho a aquella madre lo que me pedían las tripas, habría traicionado la confianza de Carranco, que había dado una orden precisa: tacto y suavidad en la primera fase.

No hizo falta que violentara mis principios. Yolanda se acercó a la puerta en pijama, despeinada y con muy mala cara y le dijo a su madre que quería hablar con nosotros y que dejara que pasáramos. La madre, algo dolida por la determinación de su hija, nos invitó a sentarnos y nos preguntó si queríamos tomar café. Gutiérrez se lo aceptó con mil halagos y yo aproveché para sentarme lo más cerca posible de Yolanda y tratar de jugar la baza de la simpatía.

—¿Cómo te encuentras? —le pregunté.

—Regular.

—¿Te preocupa algo? —insistí.

—Mi mejor amiga ha muerto. Es normal que esté mal.

—Lo siento mucho, Yolanda. De hecho, el inspector Gutiérrez y yo estamos trabajando para saber qué ha ocurrido en realidad.

—¿A qué se refiere con eso de *en realidad*?

—A cómo sucedieron los hechos —le aclaró Gutiérrez.

—Ah.

—Verás, Yolanda, hemos encontrado algo que nos preocupa. Susana escribía un diario y te menciona en él —dije lanzándome a la piscina—. Habla del piso de Ángel... ¿Te suena de algo?

—¿Quién es Ángel? —preguntó la madre.

Yolanda rompió a llorar. Gutiérrez dejó la taza de café en la mesa y corrió a abrazarla. La joven lloró más, se abrazó a él, gritó. Tenía dentro mucha desesperación. La madre no entendía nada: veía a su hija alterada por haber perdido a su mejor amiga y a dos amables policías consolándola. Ella no había leído el diario, no sabía que su hija se prostituía y se drogaba. Aquello se iba a complicar a toda velocidad, pero también iba a permitirnos ahorrar tiempo.

Mientras Gutiérrez se ganaba la confianza de Yolanda y trataba de consolarla, yo esperaba el momento adecuado. La madre tenía muchas dudas, pero no aclaramos ninguna. Había que dejar que la joven se calmara un poco y hacer las preguntas pertinentes.

—¿Cuándo fue la última vez que viste a Susana, Yolanda? —le pregunté a la chica en cuanto me pareció un poco más entera.

—Ayer por la mañana, en el piso de Ángel.

—¿Quién es Ángel? —volvió a decir la madre, alterada.

—¿Estabais las dos en el piso de Ángel? —tanteé.

—Sííííí... —dijo Yolanda, y rompió a llorar de nuevo.

—¿Haciendo... un servicio? —me atreví entonces a sospechar en voz alta, a pesar de la mirada suplicante de Gutiérrez.

—Sííííí... Dos servicios. —Yolanda apenas podía hablar. Era consciente de que con su respuesta su madre iba a saber algo que no iba a poder olvidar nunca—. Susana... Ella estuvo con esos dos hombres: Vicente y Carlos. Yo estuve con Ángel y Gabriel.

—¿Alguien quiere decirme quién es Ángel? —preguntó una vez más la madre de Yolanda. La taza de café temblaba en sus manos.

Respiré hondo. A veces, no queda otra.

—Un proxeneta, al que vamos a meter en la cárcel por lo que le ha hecho a su hija —le respondí, sin poder evitarlo ya más. Cuando Carranco se enterara de aquello iba a poner el grito en el cielo.

Gutiérrez, Yolanda y yo vimos entonces cómo cayó la taza de porcelana al suelo. Se rompió primero el plato, después la taza, todo el café con leche se derramó, manchó la alfombra del comedor y se extendió a continuación por el suelo como si fuera nieve sucia.

Después vi correr a Gutiérrez hacia la madre de Yolanda, que se había mareado; la agarró antes de que pudiera caer, la sujetó con cariño, le habló con ternura, la ayudó a sentarse en el sofá.

La chica vino corriendo a mis brazos y entre lágrimas y sollozos me repetía algo que se me ha quedado grabado en el corazón: «No se lo digáis a mi padre, por Dios, no se lo digáis a mi padre». En ese momento tuve la certeza de que todo lo que había escrito Susana en su diario era verdad. Sintiendo a Yolanda en mis brazos como lo que era, una niña asustada, maldije la incomunicación que se abre entre padres e hijos y que hace que estos se metan en líos cuando alguien sin escrúpulos, como Ángel y sus socios, se cruza en su camino.

Por desgracia, no pude complacer a Yolanda. Esperamos a que llegara su padre y los citamos a los tres para declarar en la Brigada. Pedimos refuerzos a una psicóloga, Mamen, que tanto me había ayudado años atrás, cuando tuve que asimilar el suicidio de mi examante e inspector jefe Rodrigo Alonso. Ni toda la experiencia de Mamen ni la delicadeza de Gutiérrez pudieron aliviar a aquellos padres; su alma se empozó en palabras muy negras: prostitución, drogas, abuso de menores. Ante ellos se había abierto una oscura zanja por la que tendríamos que caminar juntos. Y contra reloj.

8

Las pulseras de la amistad

Le ordené a Guadalupe que se olvidara de los clientes y atendiera con Mamen y Gutiérrez a Yolanda y a sus padres. Mientras tanto, yo me fui con Miguel a repetir la jugada con la otra amiga, Luna. Todo sucedió de manera parecida: primero la madre se negó a dejarnos pasar, la hija mostró interés en cuanto oyó el nombre de Susana y quiso hablar con nosotros, luego se vino abajo en cuando mencioné el diario y el piso de Ángel. Las dos llevaban dentro un peso enorme que las superaba. En el fondo, estaban deseando dejarlo salir.

Cuando aceptó la verdad, seguí el mismo procedimiento que con Yolanda. Conté lo sucedido a su madre, consolé a Luna lo mejor que pude y pregunté por su padre. La madre me dijo que estaban separados y que hacía dos años que vivía en otra casa. Les pedí que me acompañaran a la Brigada y les prometí atención psicológica. Durante el trayecto pedí refuerzos a Mamen y me ofreció incorporar a Luisa, otra psicóloga especialista en casos de violencia de género. También le pedí a Gallardo, que me llamó para informarme de que la madame no respondía, que contactara con el padre de Luna.

Nos llevó un rato, con la ayuda de Mamen y Luisa, controlar los nervios y las emociones de las familias. Tras consultarlo con todos, pensé que sería buena idea organizar un careo con Yolanda y Luna: juntas podrían recordar mejor y darnos más detalles de lo sucedido. Dudaron al principio, pero los tranquilizó saber que Mamen y Luisa estarían presentes y atentas a cualquier señal de alarma. Les prometí que el bienestar de las dos jóvenes sería nuestra prioridad y que tan pronto como surgiera algún problema pararíamos y al final consintieron: tenían tantas ganas como nosotros de ver entre rejas a quienes se habían aprovechado de ellas. El padre de Luna, sin embargo, no apareció. Gallardo me informó, con semblante serio, de que se había negado a venir y no quería saber nada de su exmujer o su hija.

Yolanda y Luna se sentaron una junto a la otra y se dieron la mano. Temblaban un poco. Vi en sus muñecas el mismo adorno: una pulsera de la amistad con perlitas rosas. Idéntica a la que también llevaba Susana en el momento de su muerte.

Quien ha llevado alguna vez una de esas pulseras sabe reconocerlas; no pude evitar mirar entonces mi muñeca y tocar la que, muchos años atrás, me había regalado mi buena amiga Martina y que ni ella ni yo nos habíamos quitado nunca.

Estábamos en la sala Guadalupe, Mamen, Luisa, las chicas y yo; los familiares y los hombres esperaban fuera. Siendo el caso el que era, creí que sería menos violento para ellas hablar con nosotras.

—Necesitamos haceros algunas preguntas sobre

lo que hemos encontrado en el diario de Susana —comencé, con precaución.

Ambas agacharon la cabeza. Ya contábamos con que les iba a costar hablar. Tampoco era para mí nada fácil interrogarlas.

—En el diario, Susana escribe que fue captada por Concepción. ¿Sabéis si fue así? ¿Os sucedió lo mismo a vosotras?

—Sí —confirmó Yolanda, que a esas alturas estaba un poco más rehecha que Luna. Esta última se limitó a confirmar con la cabeza.

—¿También en la Quinta de los Molinos?

—No, en otro parque cerca de mi instituto —dijo Yolanda—. Me ofreció dinero y drogas a cambio de acostarme con hombres mayores —a la muchacha ya no le temblaban sólo las manos, sino que empezaron a temblarle también las piernas—. Aunque dije que sí, me arrepentí muy rápido. Empezar es fácil, pero lo difícil es salir. No sé si he salido ya, no sé si estoy en peligro —ahí se le quebró la voz—. No sé... si todavía puedo terminar muerta, como Susana.

—Por eso no te preocupes. Nosotras estamos aquí para impedir precisamente eso —se ocupó de asegurarle Guadalupe.

—Yo no tenía clientes fijos como Susana —confesó Yolanda—. No se me daba bien... no acababa de acostumbrarme. Lloraba, me sentía avergonzada, pero a los clientes no les parecía mal, pagaban igual, con tal de verme desnuda. Hasta les gustaba más, decían.

—Hijos de puta —dijo Luna, con ira apenas contenida.

—Eso hizo que me convirtiera en la chica de Ángel y de Gabriel —siguió Yolanda—. Me llamaban siempre que les apetecía. Gabriel me daba la droga y Ángel se encargaba del dinero. Tenía relaciones con hombres desconocidos, normalmente no solían repetir.

—¿Crees que esos hombres eran conscientes de tu edad?

—Algunos bromeaban con eso. «¿Pero tú cuántos años tienes, chiquilla?», como si fuera la pregunta del millón —seguía hablando Yolanda sin soltar la mano de Luna—. Concepción nos tenía bien enseñadas y nosotras repetíamos una y otra vez la misma mentira: dieciocho. «Recién cumplidos», teníamos que añadir siempre.

—Pero Concepción, Ángel y Gabriel sí han tenido claro en todo momento que sois menores de edad —traté de confirmar.

—Sí. Y también Izan —contestó Luna.

—¿Quién es Izan?

—¿Os habéis leído el diario de Susana y no lo sabéis? —se asombró Yolanda—. Izan es el jefe, el número uno. Estaba coladito por Susana, pero ella no lo soportaba. Tenía gustos raros.

—Al muy cabrón le gustaba quemarle los pechos con cigarros —aclaró Luna, para que no nos cupiera duda al respecto.

Guadalupe y yo nos miramos.

—Para mí que se encaprichó con ella, porque nosotras nunca le hemos visto —añadió Luna—. Mi caso es un poco diferente. Yo no lo hacía por la droga, yo necesitaba el dinero. Mi madre no está bien de la cabeza, se quedó embarazada de mí a los dieciocho y no me lo ha perdonado nunca. Es muy duro ser una hija no deseada.

—Continúa —la animé.

—Se ha pasado la vida echándome en cara que le jodí la vida. Que por mi culpa tuvo que casarse con mi padre cuando sólo era una niña... —Luna prosiguió su relato con entereza—. Mis padres nunca se llevaron bien. Hace dos años, mi padre se marchó de casa y nos abandonó. Entonces mi madre se encerró en su cuarto, se metió en la cama a llorar y sólo decía que se quería morir. Luego él dejó de pagar la pensión. No había comida en casa. Susana me propuso una forma de ganar dinero fácil y acepté, pero me arrepiento. Ahora me doy cuenta de que acabé en un sitio al que no quería llegar.

—Nadie debería llegar a ese sitio ni vivir las cosas que habéis vivido vosotras —les dije mientras le hacía una señal a Guadalupe para que les enseñara las fotos recientes que habíamos sacado de las redes sociales—. Echad un vistazo a estas fotos, por favor. Necesito que me confirméis que son de Concepción, Ángel y Gabriel.

Las chicas miraron las fotografías y asintieron.

—Son ellos —nos confirmó Luna—. Una pena que no tengáis identificado a Izan ni yo os pueda decir cómo es.

—Ángel tiene antecedentes —les informé—. Hace cinco años golpeó a su mujer delante de sus hijos y lo condenaron a tres años y medio de cárcel. Fue capaz de darle una patada a su compañera mientras ella estaba sosteniendo a su hijo de un año en brazos.

—A Susana le dio ayer un puñetazo —dijo Yolanda.

—¿Por qué? —preguntó rauda Guadalupe.

—Porque no quiso acostarse con él. Había estado por la mañana con Vicente y Carlos, dos de sus clientes habituales, y no le apetecía seguir. Pero Ángel, que no se había quedado satisfecho conmigo, quiso más y Susana se negó. Del golpe cayó al suelo, la pobre.

—¿Los vais a detener? —preguntó Luna de pronto.

—Por supuesto —contesté—. En cuanto terminemos de hablar con vosotras contactaremos con el juez y con la fiscalía.

—¿Irán a la cárcel?

—La prostitución de menores de edad está penada en nuestro país, y es un delito grave —le respondí mientras me fijaba en cómo Yolanda acariciaba la pulsera de la amistad de Luna—. Pero antes quiero haceros otra pregunta importante. ¿Os comentó Susana, en alguna ocasión, si había tenido algún retraso con la regla?

—¿Quiere decir...? —me miró Yolanda.

—¿Si existe alguna posibilidad de que estuviera embarazada? —continuó Luna—. Tomamos precauciones, pero hemos mantenido tantas relaciones que todo puede ser. Susana tomaba la píldora.

—Comprendo.

—Es raro que falle, pero no imposible —dijo Guadalupe.

—¿Usted cree que los amigos son como los libros, inspectora? —me soltó Luna de repente. Aquella pregunta me desconcertó.

—No te entiendo —le reconocí.

—Eso. Leí una vez que los amigos son como los libros, que no hay que tener muchos sino pocos y buenos —me explicó.

—Puede ser —opiné, sin saber por dónde iba.

—Susana decía todo lo contrario: que los libros no eran como los amigos. Que con los libros le era más fácil relacionarse.

—Se nota por lo que escribió en su diario. Leía mucho.

—Más que nadie.

—¿Y qué va a ser de nosotras ahora? —me preguntó Yolanda.

—Pues para empezar —le expliqué— os vamos a poner en un programa de desintoxicación. Recibiréis ayuda psicológica y médica para dejar la droga. Es posible, también, que en los próximos días os hagamos más preguntas. Entiendo que es incómodo para vosotras hablar de cosas que seguro que querréis olvidar, pero necesitamos información para poder encontrar pruebas contra esos canallas.

—Yo... —Yolanda me miró entonces como si tuviera algo muy gordo que decirme y no terminaran de salirle las palabras—. Yo lo pasaba muy mal cuando estaba con ellos, tenía mucho miedo y...

—¿Y?

—Grabé con mi móvil algunas conversaciones entre Ángel y Gabriel. Siempre estaba con ellos. Era su chica para todo.

Aquello era lo último que Guadalupe y yo nos esperábamos. Yolanda sacó el teléfono del bolsillo de su pantalón, deslizó el dedo por la pantalla, tecleó un código, pulsó sobre el icono de utilidades y sobre las notas de voz. Pude ver un largo listado de grabaciones. Pulsó sobre «Nueva grabación 20» y escuchamos lo siguiente: «Izan vendrá a primeros de mes por la pasta y hay que haberlo vendido todo. Estas zorras tendrán que follar más para conseguir dinero. ¿Y tú qué miras, idiota? ¿Te ha dado alguien vela en este entierro? No sirves para nada..., no me empalmo contigo, mierda de tía».

—El que habla es Ángel —nos aclaró Yolanda.

Ahí tuve que morderme la lengua para no preguntarles cómo pudieron soportar todo aquello, por qué no escaparon, por qué no pidieron ayuda. Después me sentí culpable: la pregunta correcta era por qué nadie se dio cuenta y por qué somos incapaces de proteger a todas las pobres chicas a las que engañan para prostituirlas.

Yolanda pulsó otra nota de voz y oímos esta vez a Gabriel: «Yo no lo he vendido todo ni puedo colocarlo todo en tres semanas. ¿Por qué no le preparas a Susana en bandeja? Ya sabes que a Izan le vuelve loco, si está con esa puta no protestará mucho porque no le cuadren los números». Pulsó otra grabación: «Ya me gustaría —era Ángel de nuevo—, pero ella no quiere estar con él. La última vez montó un pollo de tres pares de cojones... ¿O no te acuerdas? Si le mordió y todo... Y sólo porque la quemó un poco con un cigarro».

Entonces, de repente, Luna se remangó las mangas de la blusa. Se me hacía raro, con aquel calor, verla vestida con manga larga. Quedaron expuestas ante nosotras las lesiones en sus brazos.

—He querido matarme un montón de veces... —balbuceó la chica—. Mi vida es una mierda... Una mierda absoluta...

Guadalupe se acercó a ella y la abrazó. Mamen me hizo seña para que parásemos. Para una primera entrevista las chicas ya nos habían facilitado mucha información. Suficiente para pedirle al juez una orden de detención contra la madame y los proxenetas, a los que habíamos identificado gracias al teléfono de Susana. Las grabaciones que tenía Yolanda, además, nos ayudarían a agilizarlo todo.

El delito no tiene ningún glamur y los delincuentes, más veces de lo que se cree, son patanes irresponsables que cometen el error de menospreciar a la policía y la justicia del país donde perpetran sus fechorías. Aquella estaba siendo una investigación fácil en la que los teléfonos y los testimonios de las víctimas nos señalaban tres claros culpables. Sin embargo, poco imaginaba yo a aquellas alturas cuánto iban a complicarse las cosas, a medida que avanzara el caso.

Al terminar de hablar con las chicas, y antes de reunirme otra vez con el equipo, no pude evitar pensar en mi superior, el inspector jefe Carranco, tan ajeno a todo aquello, camino de su crucero de lujo por el Mediterráneo, donde tomaría cócteles y disfrutaría del todo incluido de aquellas vacaciones que eran el premio a sus veinticinco años de matrimonio. Tan lejos de allí, tan feliz, tan en un mundo de mentira que casi me produjo cierta envidia, no por el crucero, ni por el viaje, ni por los cócteles, sino por poder ignorar, al menos durante unos días, que el mal existe y está siempre cerca de nosotros.

Después de aquella primera conversación con Yolanda y Luna sentí la necesidad de llamar a casa, de que Alberto me confirmara que todo estaba bien allí, que en mi pequeño remanso de paz nada había cambiado. Sin embargo, lo encontré fuera de sí, y antes de que pudiera preguntarle me dijo que iba a venir a poner una denuncia porque habían llamado al teléfono de casa y habían amenazado con matarme si seguía metiendo las narices donde no debía.

Traté de entender cómo era posible que sucediera aquello, si tendría que ver con aquella investigación o con alguna otra de las que teníamos en curso. No era imposible, ni siquiera difícil, dar con mi nombre y a partir de ahí con mi casa, pero me extrañaba que una gente tan poco sofisticada como la que parecía estar implicada en aquella trama hubiera hecho en tan poco tiempo semejante tarea. A saber quién y por qué decidía amenizar mi vida de aquel modo.

—No te pongas nervioso —le pedí a Alberto—. No hace falta que vengas, luego me cuentas más despacio cómo ha sido.

—¿Luego? Joder, Manuela.

—Hazme caso, yo soy la profesional.

Me dio un ataque de tos, mezclado con rabia, porque mi novio no entendía que mi trabajo era hacer preguntas y con ellas, de vez en cuando, meterme en líos. Tampoco parecía dispuesto a entender que yo no cuestionaba el suyo ni le daba lecciones, y que aquellas amenazas, que era la primera vez que llegaban a mi vida tras veinte años trabajando como policía, pasarían sin dejar huella, y no había que poner el grito en el cielo porque, en realidad, no representaban ningún peligro inmediato. Bastaba con no coger el teléfono.

Pero Alberto no era como yo.

—Tienes que ir al médico, tienes que mirarte bien esa tos de una puñetera vez, y en esto soy yo el profesional —me devolvió la pulla—. ¿Y cómo no me voy a preocupar si me han dicho que te van a rajar de arriba abajo? ¿Se puede saber en qué andas metida?

—En lo de siempre. Tranquilízate, por favor. Luego te veo.

—De verdad, Manuela...

—Hazme caso, anda.

Gallardo, que había escuchado toda la conversación, no sabía dónde meterse y parecía tener el corazón dividido cuando me dijo:

—Ándate con ojo, Manuela. Me temo que cuando detengamos a estos hijos de perra se van a complicar todavía más las cosas.

—Las cosas siempre se complican, Gallardo. La putada es que en prostitución y drogas siempre hay alguien que se nos escapa.

—¿Te acompaño a ver al juez?

—Sí. Hay que pincharles los teléfonos cuanto antes. Ardo en deseos de ponerles las esposas a esos malnacidos —le dije.

—Si alguien le hiciera algo así a mi hija sería capaz de matarlo con mis propias manos —me contestó Gallardo con una sinceridad que me oprimió el pecho y me provocó una ansiedad que quedó ahí, confinada en el tórax, bloqueando mi capacidad de razonar.

Alberto suele decir que es importante estar relajado antes de tomar buenas decisiones. Pero en aquel momento no había nada en el mundo capaz de relajarme, y ocultarle mi ansiedad a Gallardo sólo sirvió para agravarla. Recordé entonces las pulseras de la amistad de las chicas y aquella frase de Susana: «Los amigos no son como los libros». Qué razón tenía. En los libros de criminología, por ejemplo, todo está claro y muy bien explicado, pero en la vida real, hijo mío, las decisiones de los investigadores son a veces arriesgadas. Como ir a ver a un juez a media tarde y esperar que te dé lo que le pides.

9

Su señoría

La gente, hijo, piensa que los policías venimos a ser una especie de justicieros con licencia para meter las narices donde se nos antoje y que lo único que necesitamos para que nos abran todas las puertas y acceder a todos los secretos de los malos es decirle a un juez que eso es lo que nos hace falta para averiguar la verdad y su señoría, que está siempre a la que salta, se limita a firmar el papel que le ponemos delante.

Ya quisiéramos. En la realidad, antes de que un juez te autorice a pincharle el teléfono a alguien, o a meterte en sus cuentas, o no digamos ya meterte en su casa, tienes que justificar como si el presunto delincuente fueras tú que todo eso es absolutamente imprescindible. Que no hay otra manera de esclarecer el delito y obtener las pruebas para imputarlo a sus autores y que no te mueve el oscuro deseo de fisgar por morbo en la vida del prójimo. Y lo de necesitar hablar con el juez y que este esté para atenderte cuando te conviene también es un cuento de las películas. A mí me ha pasado llamar a una juez un miércoles para una diligencia que yo creía inaplazable y que me diga que se está marchando de puente y que ya se ocupará el lunes, cuando regrese. Y me ha colgado sin más el teléfono.

Si pudimos contactar con el juez Bermúdez ese mismo día, y aceptó, bien que a regañadientes, vernos para someterle nuestras peticiones, fue gracias a que mi fiel Gallardo, que no sólo era un hombre fiable, sino también un excelente relaciones públicas, por cómo combinaba la habilidad y la prudencia, se lo había trabajado ya la víspera, cuando tuvo que ir a pedirle de urgencia el permiso para acceder a toda la información correspondiente a los teléfonos y las líneas móviles que utilizaba Susana. Lo que para otro policía menos ducho en el arte de tratar con la autoridad judicial no habría pasado de ser un recado cumplido con más o menos eficacia, en su caso se había traducido en una cabeza de puente en toda regla en aquella playa a la que tendríamos que acercar nuestra barca una y otra vez. Entre otras cosas, había salido del juzgado de guardia, donde ese día lo atendió Bermúdez, con su número de móvil y el ofrecimiento de que si necesitaba alguna otra cosa lo llamara sin más trámite.

Como también te enseñará la vida, hijo, que alguien te diga que está a tu disposición no significa necesariamente que vaya luego a estarlo: es más, por definición los seres humanos no suelen estar a disposición incondicional más que de sus deseos y caprichos, y cuando decimos otra cosa suele tratarse de una licencia poética que no conviene tomarse al pie de la letra. Bermúdez le cogió el teléfono a Gallardo, eso sí; pero cuando mi subinspector le explicó el motivo de la llamada, a saber, que pretendía ir a verlo con su jefa, o sea yo, para exponerle algunos hallazgos y algunas cuestiones urgentes de la que ya habíamos bautizado como Operación Lesly, la respuesta primera del juez no fue entusiasta. Lo advertí por cómo se le arrugó el entrecejo a Gallardo, y también por la explicación que a renglón seguido le escuché darle a quien tenía al otro lado de la línea:

—Tenemos indicios claros de conductas criminales, señoría, que van mucho más allá de la impresión inicial. Y tememos que si no intervenimos con rapidez pueden desaparecer pruebas vitales para la resolución del caso. Se trata además de personas con las que no se puede descartar, incluso, que opten por alzar el vuelo.

Las arrugas que a Gallardo se le hicieron esta vez en la frente me hicieron concebir alguna esperanza. La astuta alegación de mi compañero había hecho mella y el togado se lo estaba pensando.

—De acuerdo —dijo Gallardo al fin—. ¿En su juzgado? Como usted ordene, señoría. Vamos en seguida para allá.

—¿Se deja? —pregunté, aún sin terminar de creérmelo.

—Se deja. Se ha resistido porque está saliente de guardia y dice que esta noche apenas ha dormido, pero que ha ido al juzgado a adelantar un par de cosas pendientes y que nos recibe ahora allí.

No pude aguantarme el comentario.

—Joder, yo tampoco he dormido y no me vendo tan cara.

—Manuela, afloja, que nos ha dicho que sí.

—Está bien. Conduzco yo.

La distancia entre la Brigada y los juzgados, en la madrileña plaza de Castilla, no es mucha, pero me las arreglé para cubrirla en un tiempo récord. No quería darle margen al magistrado para que se pensara mucho que había aceptado atender a dos maderos y dejar que lo apartaran durante un rato de las que fueran sus propias y personales urgencias. Aparqué en un hueco que encontré muy cerca de la sede judicial —ventajas del verano en Madrid—, y fuimos sin pérdida de tiempo hasta la puerta, donde enseñamos al policía que estaba de plantón nuestras placas y nos colocamos la mascarilla reglamentaria. Ya cuesta acordarse, pero en aquel verano todavía era obligatorio usarla en espacios cerrados, y aunque cada vez la gente se relajaba más cuando estaba en un ámbito de cierta confianza, en una oficina pública y para ir a ver por añadidura a la autoridad judicial ni Gallardo ni yo lo dudamos un instante. El compañero nos dejó pasar y fuimos por pasillos y escaleras medio vacíos hasta la puerta del juzgado de Bermúdez, al que Gallardo avisó con un SMS tan pronto como traspusimos la entrada del inmueble.

El juez nos estaba esperando allí, en la puerta, y al vernos llegar enmascarados rebuscó con cierto nerviosismo en el bolsillo de su pantalón hasta que dio con una mascarilla quirúrgica arrugada, que tenía toda la pinta de acumular ya varios días de servicio. Tampoco eso resultaba entonces demasiado preocupante. Con la vacunación extendida, las cifras habían bajado y la psicosis frente a la pandemia que al principio iba a exterminarnos había disminuido mucho.

—Buenas tardes, subinspector. Inspectora...

Bermúdez me tendió la mano.

—Mauri —dije mientras se la estrechaba—. Muchas gracias por recibirnos, señoría, y más saliendo como está de una guardia.

No se me escapó el brillo de alivio en los ojos de mi buen subinspector. No me costaba tanto, a fin de cuentas, hacerle sentir que su jefa no era una cavernícola que iba a dejarle mal. Que me habían dado una educación y no carecía por completo de dotes diplomáticas.

—Espero que tengan una buena razón —nos dijo el juez—. Si me pillan hoy aquí es porque tenía otros asuntos que despachar. De no ser así, preferiría estar en cualquier otro sitio. Más fresco, sobre todo.

Bermúdez era un hombre en la cincuentena, el pelo en franca retirada, algo pasado de kilos. Llevaba pantalón de traje y camisa de vestir, pero iba sin corbata y se había remangado. Unas gotitas de sudor perlaban su frente. Aquel julio seguía siendo inmisericorde, y se veía que a aquellas horas, con el edificio sin público y sin apenas personal, alguien había decidido que podía bajarse la potencia del aire acondicionado. También yo empezaba a tener calor.

—No le robaremos mucho tiempo —me comprometí—, pero lo que tenemos es lo bastante gordo como para pedirle audiencia.

—Pasen al despacho. Hablaremos allí.

Los despachos de los jueces tampoco son como los sacan en las películas. Son algo mejores que el mío, que además comparto con el resto de mi grupo, no les faltan estanterías con libros y tienen en un rincón la bandera de España; pero nada de esas suntuosas estancias forradas de madera del suelo al techo. Salvo excepciones, que casi siempre vienen de otra época, los despachos judiciales son espacios tirando a desangelados, donde no apetece pasarse más horas de lo indispensable. Bermúdez se sentó tras su mesa y nos invitó:

—Ustedes dirán.

Crucé una mirada con Gallardo. Aunque él había derretido el hielo de la capa superior, ahora era a mí a quien le tocaba sacar el pico para tratar de llegar al fondo. Servidumbres de la jefatura.

Le expliqué al juez todo lo que habíamos averiguado hasta allí. En mi ánimo lo principal era hacerle ver que no se trataba sin más de una chica que había tenido la mala idea de iniciar a una edad en exceso prematura su relación con las sustancias estupefacientes y que había medido mal la dosis que podía soportar su cuerpo. Que lo que allí había era una red de prostitución de menores con al menos otras dos víctimas y una clientela numerosa y totalmente consciente de que accedía mediante precio al trato carnal con jóvenes que no habían cumplido los dieciocho años. Que no podíamos ni siquiera descartar, por lo tenebroso que era el contexto, que la muerte con la que nos veíamos no fuera un accidente, fruto de la imprudencia, sino la decisión de alguien que había tenido la necesidad de quitar de en medio a una chica que además de víctima podía llegar a ser un testigo incómodo de todas aquellas actividades delictivas.

En su honor, he de decir que el juez me escuchó

con atención, a pesar del calor que reinaba en aquel despacho, de los documentos que tenía a medio redactar en el ordenador y de la presión que a causa del cansancio y del poco sueño debía de notar en el cráneo y que podía imaginarme muy bien a partir de la que sentía yo misma. También admito que su primera reacción fue irreprochable:

—Por lo que me cuenta, me equivoqué ayer dejando que fuera sólo el forense al levantamiento del cadáver. Espero que a pesar de todo lo entiendan ustedes; cuando uno está de guardia en Madrid no sabe hasta qué punto va a complicarse el día, no puedes ir como loco a todo lo que sucede. Si te dicen sobredosis, y que es alguien joven que ha aparecido en un portal, lo último que piensas es que detrás pueda haber una trama delictiva. Lo que me cuenta me deja claro que hay que abordarlo de un modo radicalmente distinto.

—Le agradecemos la comprensión, señoría.

—Así que dígame, qué es lo que necesitan.

—Ante todo, investigar tan a fondo como podamos a esas tres personas con las que tenía relación la víctima y que según todos los indicios, creemos que suficientes, aparecen como responsables de su explotación sexual y de la de sus compañeras. Que ninguna de ellas haya querido hablar con nosotros ya es todo un síntoma.

El juez me observó con ojos cautelosos.

—Concréteme eso de «tan a fondo como podamos». Tendré que firmar un papel, y en él sólo puedo ordenar diligencias precisas.

—Sus teléfonos, sus redes, sus cuentas, identificación de sus vehículos si tienen, posibilidad de balizarlos; y, a la mayor brevedad posible, necesitaremos también entrar en sus domicilios.

Aquí Bermúdez resopló por primera vez.

—Bueno, inspectora, no vayamos tan deprisa. Tampoco hay que echar puertas abajo así como así, y menos sin tener la certeza aún de que esto sea un homicidio. Lo de los teléfonos, las redes y los datos bancarios y tributarios me parece bien, hágame el informe, mándemelo y mañana temprano, cuando tenga gente aquí, lo pongo en marcha. Y si me averigua lo de los coches y me lo justifica, me lo pienso. Para las entradas en domicilio vamos a esperar un poco.

—Como le ha dicho el subinspector, podrían destruir pruebas. Incluso desaparecer para sustraerse a la acción de la justicia.

—Todo el mundo puede destruir pruebas, en teoría. Y no por eso vamos reventando puertas por sistema. Como juez instructor, para llegar a ese punto, exijo algún indicio suplementario.

—Como usted diga, señoría —me sometí, haciendo gala de una docilidad impropia de mi carácter—. Se los buscaremos.

—¿Alguna cosa más? —preguntó inquieto.

También conviene en la vida identificar cuando alguien, que ya te ha concedido algo, no está demasiado dispuesto a ir más allá, aunque te dé pie a pensarlo. No es que carezca yo de la capacidad de reconocer esos momentos; lo que me falta es la mansedumbre que se necesita para aceptar lo que te parece insuficiente.

—La verdad es que sí —dije, para consternación de Gallardo.

—A ver —me invitó Bermúdez, ya con alguna impaciencia.

—Hemos localizado a más de medio centenar de clientes. De ellos, cuatro recurrían de forma habitual a los servicios sexuales de Susana, según atestigua su diario y nos confirman sus amigas y las comunicaciones de su teléfono móvil. Nos gustaría tener acceso a esos teléfonos. Creemos que pueden apuntalar la prueba.

Gallardo levantó las cejas. Aquello no se lo esperaba. No creía, me imagino, que su jefa pudiera llegar a ser tan insensata. Tampoco el juez Bermúdez había previsto que pudiera atreverme a tanto.

—¿Me está pidiendo que le pinche cincuenta teléfonos?

Aquel era el punto en el que cualquiera habría cedido. No yo.

—Más o menos. Si prefiere, podemos ir por orden.

—¿Por qué orden?

—Primero los cuatro clientes habituales. Luego el resto.

—Inspectora, me parece que se equivoca.

—¿En qué sentido, señoría?

Gallardo, a esas alturas, quería que lo tragara la tierra.

—No está en el despacho de un funcionario de la Stasi. Soy un juez que pretende seguir siéndolo de un Estado de derecho.

No pude aguantarme, aunque habría debido.

—Hablamos de sujetos que pagaban por acostarse con niñas, señoría. No me malinterprete, claro que valoro las garantías de los derechos fundamentales y que sé que esa es su responsabilidad. Se trata de delitos muy graves. Y de víctimas muy indefensas.

A Bermúdez le irritó este último comentario.

—¿Qué cree, que soy insensible a eso? Ya le he dicho que le doy acceso a la información de los proxenetas. Prostituir menores es un delito, y por lo que me cuenta ninguno de ellos ignoraba la edad de las chicas a las que explotaban. Me parece tan repugnante como a usted que alguien se lucre así a costa de alguien inocente, y que para ello lo manipule como parece que ha sucedido aquí, con drogas de por medio. Pero las chicas tenían poco menos de dieciocho, y los que pagaran por acostarse con ellas no tenían por qué ser conscientes.

—¿Ha visto la foto de Susana? —le pregunté.

—No aún.

—Se la enviaré con el informe. Y las de Luna y Yolanda. Yo las he visto a las tres, bueno, a Susana muerta. Y hay que ser un cerdo del quince para hacerse el tonto y creer que eran mayores.

—Eso lo dice usted, inspectora.

—¿Y si hubieran cumplido los dieciocho? —osé inquirir.

—Serían mujeres adultas. Y si una mujer adulta consiente en vender sus favores sexuales a un hombre le recuerdo que en este país ahí no hay ningún delito, salvo que medie alguna coacción.

—Algo que quizá habría que repensar algún día, ¿no cree?

Aquí Gallardo ya optó por darme una patadita.

—Lo que yo crea, como lo que crea usted, no es relevante a este respecto ni en este momento —me ilustró el juez—. Yo, como usted, estoy aquí para actuar dentro de la ley vigente, no puedo, ni usted tampoco, pedir una a la medida de mis ideas y mis deseos. Puede que no estemos de acuerdo en la consideración penal que merece quien paga por sexo adulto y consensual, a lo mejor tampoco vemos igual la existencia de mujeres que prefieren por lo que sea seguir ese camino en la vida, en lugar de deslomarse en un supermercado. En todo caso, le vuelvo a decir, no es eso lo que cuenta aquí y ahora.

—¿Cree de verdad que hay mujeres que prefieren con libertad absoluta abrirse de piernas ante cualquiera para ganarse la vida?

—Basta, inspectora. —Bermúdez se puso de pie, dándonos con ello la señal de hacer otro tanto. Gallardo se apresuró a hacerlo.

—Disculpe si he sido demasiado vehemente —le pedí entonces, mientras hacía el esfuerzo añadido de levantarme—. Entiendo lo que me dice, pero comprenda usted que una mujer lo ve de otro modo.

El juez alzó las manos para zanjar el asunto.

—Estar aquí obliga a comprender muchas cosas —dijo—, hasta le diría que en cierto modo ya no hay nada que escape a mi comprensión. Seamos constructivos y vayamos a por esa gentuza que tiene identificada. En cuanto a lo otro, trabájenme un poco más, y si me pueden poner encima de la mesa algún indicio sólido y concreto que haga pensar que alguno de esos hombres sabía que se estaba tirando a una niña, ya veremos qué es lo que hacemos. Con la ley en la mano.

—Gracias por su tiempo, señoría —terció Gallardo.

—Sí, muchas gracias —me adherí—. Y mis disculpas otra vez.

Bermúdez concluyó en tono conciliador.

—Nos pagan para esto. Para ponerle dique al mal. Pero hay que ser realistas. El mal es muy grande. Y nosotros, por desgracia, no. No se puede correr a la vez en todas las direcciones. Hay que elegir.

A la salida de los juzgados, Gallardo se limitó a decirme:

—Manuela, tú quieres que un día me dé un infarto.

10

La fiscalía

Podría haberme limitado a cumplir las instrucciones del juez, haber escrito el informe que me pedía para acordar las diligencias que ya estaba dispuesto a concedernos y haber puesto a mi equipo a buscar más indicios para ver si sólo con ellos conseguíamos que se estirara un poco más. Fue lo que una y otra vez me dijo Gallardo en el camino de regreso a la Brigada, mientras volvía a aconsejarme por enésima vez que abandonara el deporte de riesgo de tensar la cuerda con quienes nos dirigían. Sin embargo, si le hubiera hecho caso, no sería yo. Y menos aún desde que caí en el detalle de que en aquel procedimiento tendríamos como fiscal, por ser el que estaba asignado al juzgado, a José Urriaga, con el que había trabajado en un par de asuntos en los últimos años.

La implicación del fiscal en la fase inicial de una investigación no suele ser mucha, salvo que se trate de una investigación que haya impulsado la propia fiscalía, por denuncia o en el marco de sus competencias en el caso de la delincuencia especializada. Eso no quiere decir que no pueda implicarse más, y por otra parte coincide que los fiscales tienen encargada con carácter general la protección de los menores, además de las atribuciones de la fiscalía de menores en relación con los que cometen delitos. Y yo recordaba de las veces en que había tratado con él que Urriaga, un chaval de treinta y pocos años, diligente, competente y comprometido, tenía una sensibilidad especial hacia las víctimas. Se supone que todos los que trabajamos con ellas deberíamos tenerla; que a quien por razón de su oficio se ve una y otra vez ante personas destrozadas por el dolor y por la crueldad ajena cabría exigirle una compasión reforzada hacia ellas. La verdad es que en esto, como en todo, influye el carácter de cada cual, y hay una propensión en absoluto despreciable a no dejar que las desgracias ajenas alteren demasiado la existencia propia. No son pocos los fiscales, y los jueces, y hasta los policías, a los que en el curso de los años he visto tomar una distancia confortable respecto de los damnificados por los crímenes, a cuyo sufrimiento prefieren no acercarse más de la cuenta, no vaya a ser que los salpique.

Yo sabía que Urriaga no era así, lo había comprobado una y otra vez, así que esa noche lo llamé por teléfono. Y al día siguiente, mientras Gallardo iba a ver al juez Bermúdez para hacerle entrega de nuestro informe y pedirle las diligencias que habíamos debatido la víspera, y de paso a rogarle que disculpara la brusquedad de la jefa incivil que le tocaba padecer, yo me personé en las oficinas de la fiscalía, con la idea de tratar de formar desde el principio un frente común contra las reticencias que había advertido en su señoría de cara a la investigación de aquel caso. Al final, durante la instrucción de un procedimiento, es el juez quien tiene la decisión sobre todo, pero lo que puede o no puede hacer está influido por lo que le piden las partes; y la primera que interviene es la fiscalía, que también puede recurrir sus resoluciones, lo que no deja de ser una presión que supera con mucho a la que podemos hacer los agentes de policía judicial, que no somos más que unos mandados de los de las togas. Unir a mis fuerzas las de la fiscalía y contar con su complicidad me interesaba en aquel caso como en todos, pero más desde que había comprendido que el juez Bermúdez no estaba inclinado a otorgar cuanto le pidiéramos para buscar las responsabilidades criminales más allá de los que explotaban y le facilitaban droga a la chica.

Urriaga, además de un jurista brillante —el número dos de su promoción—, era un tipo simpático y cordial. Apenas me vio en la puerta, se puso de pie y antes de colocarse la mascarilla me saludó con una amplia sonrisa:

—Hombre, Manuela. ¿Te apetece un café?

—Siempre —le respondí—. Y por la mañana más.

—El que te ofrezco es una puta mierda. De máquina.

—Soy adicta a ese, también. Y ayuda a despejar el tracto.

—¿El qué?

—El tracto. Intestinal. No quería decir la palabra.

—Qué prudente —bromeó—. No pareces tú.

—Me estoy reformando.

Una vez en la máquina, y mientras rebuscaba en el bolsillito de la cintura de su pantalón a la caza de monedas, me preguntó:

—¿Cómo lo quieres?

—Con leche. O lo que sea que le pongan. Sin azúcar.

—No diría que tienes problemas con la línea.

—Todas las mujeres tenemos un problema con la línea. Gracias a los y las indeseables que no publican una foto sin retocar.

—Combativa te veo —observó.

—No te creas. Estoy cansada, últimamente. La edad.

—Anda, que no te queda guerra por dar todavía.

—Cada vez menos, como a todos. Gracias por hacerme hueco.

—Lo que me avanzaste anoche me pareció que lo justificaba. Si te parece, ahora en el despacho me cuentas todos los detalles.

No le escatimé ninguno. Ni la situación en la que nos habíamos encontrado el cadáver, ni los hallazgos en el diario de Susana, ni las comunicaciones que atestiguaban las líneas telefónicas de la chica con sus explotadores y sus clientes, ni las vacilaciones y el derrumbe final de Yolanda y de Luna durante nuestras entrevistas con ellas. Urriaga me escuchó en silencio mientras el gesto se le iba torciendo hacia una mueca de asco a duras penas contenida. Cuando hube acabado mi exposición, sacudió la cabeza a uno y otro lado, miró al techo y exhaló el aire con tanta fuerza que ahuecó la mascarilla.

—Qué vergüenza, joder —dijo.

—¿Vergüenza? —tanteé prudentemente, por una vez.

—Sí, vergüenza. Me avergüenza vivir en una sociedad en la que puede suceder algo así. No creo que esos cincuenta y tantos sujetos sean gente marginal. Son demasiados. Ahí hay gente común.

—Eso me temo. Estamos haciendo la lista y todavía no hemos contactado con ninguno, pero no descartes que haya de todo.

—Y tengo otra razón para avergonzarme.

—¿Cuál?

—No sé si debo decírtela.

—¿Por?

—Es demasiado íntima. Y aquí no estamos, ni tú ni yo, para ocuparnos de nuestras intimidades, sino de las de esas chicas.

—Oye, que también puedo ser discreta, cuando hace falta.

—No es eso lo que me retiene, sino mi propio pudor. Es algo que siento desde siempre. No puedo suscribir esa demonización de los varones que tanto les gusta a algunas y a la que alguno no deja de sumarse, pero llevo desde pequeño viviendo entre ellos y hay algo que me jode de ser un hombre. Compartir esa condición con quien permite que lo que le colea entre las piernas le haga olvidarse de la dignidad propia y de la dignidad del prójimo. Hay que estar muy vacío de principios para comprar la intimidad de alguien que sólo siendo muy ignorante puedes creer que no está de algún modo en desventaja ante ti para cerrar esa transacción. Y si se trata como aquí de menores, ya hay que ser un desalmado, sin paliativos.

—Estamos de acuerdo —le dije.

—Dicho lo cual —prosiguió—, tú me dirás a

qué debo el honor de que la fuerza pública se sienta inclinada a participarme con tanta generosidad y desde momento tan prematuro toda la información que tiene sobre un caso. No es un privilegio al que los fiscales de a pie como yo estemos demasiado acostumbrados. Me temo que por culpa de la fama que nos adjudica algún que otro maledicente.

—No sé de qué me hablas —observé con ironía.

—Vamos, seguro que tú también nos conoces por ese nombre.

—¿Qué nombre?

—Cuál va a ser. Los Inmortales.

No me resultaba ajena esa maldad, que me parecía, como todas las maldades, tan pertinente en algún caso particular como injusta en un sentido amplio. Era cierto que en el proceso penal español el fiscal, aunque aquello se llevaba discutiendo desde hacía décadas, no tenía un papel tan protagonista como en otros países, donde se le atribuye el impulso de la instrucción —que aquí asumen los jueces—, lo que permitía a más de uno escurrir el bulto, si estaba en su condición. Pero no era menos cierto que había ocasiones en las que un fiscal esforzado, a pesar de la falta endémica de medios con que trabajaban, lograba que la acción de la justicia llegara ahí donde no parecía ni remotamente probable que pudiera llegar. También lo había visto, y por eso no podía suscribir la generalización. Urriaga me guiñó el ojo.

—No me irás a decir que ignoras el porqué de ese apelativo.

—No —le reconocí.

El fiscal me observó con amargura.

—No podemos pasar a mejor vida, dicen. A ver si alguien se lo explica una noche de estas a mi mujer, si es que no me deja antes.

—En honor a la verdad, no todos se lo toman tan en serio —le dije, por no parecerle en exceso zalamera—. Alguna vez me he encontrado con que un compañero tuyo nos ha arruinado en la vista oral cientos de horas de investigación, para alborozo del malo.

—Habría que saber con cuánto tiempo le pasaron el sumario, también, aunque conozco a mi gremio y tampoco te digo que no.

—En todo caso, si estamos aquí los dos es porque sabemos que contigo no corro ese riesgo —dije—. Y por una razón más.

—Estoy deseando saberla.

No me anduve con rodeos.

—El juez Bermúdez.

—Ah —se limitó a decir.

—Me temo que esta cuestión de la compra de carne humana para recreo de los impulsos viriles no la ve como tú y como yo.

Urriaga se retrajo ligeramente en el asiento.

—No me hago ilusiones —traté de tranquilizarle—. Sé que el que tiene la sartén por el mango es él y que lo que está en tu mano es apretarle sólo hasta cierto punto, pero ayer fuimos a informarle y lo encontré remiso a ir más allá de lo que se cae por su peso.

—¿A qué te refieres exactamente?

—Resumiendo mucho, no va a poner pegas para meterles mano a los proxenetas y la madame, aunque en alguna cosa se muestra un poco menos expeditivo de lo que a mí y a mi gente nos gustaría.

—¿En particular?

—Cuando los tengamos, creo que vas a tener que justificar un poco más que de costumbre la petición de prisión incondicional. Y a lo mejor nos ayuda que le insistas para que no retrase demasiado la orden de entrada y registro en los domicilios de los sospechosos.

—Para eso tendrás que darme munición.

—En ello estamos, y procuraremos no tardar en tenerla. Lo que creo que va a estar más crudo con él es ir a por los clientes. Me vino a decir que tendremos que justificar con pruebas fehacientes que no sabían que las niñas eran niñas, aunque se les viera a la legua.

—Sabes que algo sí que lo tendremos que acreditar, a no ser que quieras darles todo el trabajo hecho a sus abogados en el juicio.

—Lo sé. Lo que también me gustaría saber es que en este punto estamos en línea tú y yo. Y que voy a poder contar contigo.

—¿Te refieres a darles caña a los puteros?

—A eso mismo. No sé a ti, pero a mí me parece que si aquí sólo reciben los explotadores, incluso aunque logremos colgarles la muerte de Susana, por imprudencia o a propósito, habremos hecho el trabajo a medias. Esa chica no está muerta y sus amigas destrozadas sólo porque se cruzaron con una chusma que sabía cómo engatusarlas, sino porque había decenas de cerdos dispuestos a aprovecharlo.

—En eso estamos de acuerdo. Y si de mí depende,

se sentarán todos en el banquillo y les caerá alguna pena. Pero hay que ir con cabeza y a la hora de la verdad ser realistas y tener en cuenta que querer abarcar mucho a veces lleva a que la presa se te escape.

—Me gustaría interrogarlos a todos, nos lleve lo que nos lleve, y también meterles mano a sus comunicaciones. Que vean que no son sólo unos incautos que pasaban por allí, sino que están en el centro de esta mierda y forman parte de ella. Ellos y los que son como ellos.

Urriaga asintió, despacio.

—Y tendrás mi apoyo. Si se te quita esa cara de vengadora. No nos va a beneficiar, ni ahora con Bermúdez ni luego en el juicio.

—Perdona. Tienes razón. Pero tendrías que haberla visto, bajo la manta térmica. Y tendrías que ver temblar a sus amigas.

—Lo último acabaré teniendo la mala suerte de verlo, me temo. No te creas que no te entiendo, pero también conozco a Bermúdez. Por las malas, no vamos a sacar mucho de él. Es mejor hilar fino.

—Confianza por confianza, no celebro que estuviera de guardia el día que encontramos el cuerpo de la chica. Ya podría haber sido otro, u otra, aunque tampoco el sexo del juez garantiza nada.

—Bermúdez es de la vieja escuela. Y tiene sus rarezas, pero al menos no es un loco. Que ya sabes que con toga también los hay.

—Lo sé. Sólo que hay algo en lo que no puedo dejar de pensar desde ayer, por alguna de las perlas que tuvo a bien soltarme.

—¿En qué?

Aquel sí que era el momento para morderme la lengua, pero el tono de confidencia que había adquirido la conversación me empujó a dar el paso y a no callarme lo que me cruzaba por la mente:

—En su señoría yéndose de putas.

—Caramba —exclamó Urriaga.

—Las razones que daba para normalizar ese acto —añadí—, la manera en la que se refirió a las mujeres que «tomaban ese camino», el afán por no molestar más de la cuenta a los clientes. Me casan al cien por cien con los motivos y las justificaciones de los puteros de toda la vida. Y te recuerdo que en España el porcentaje de tíos que han pagado por sexo es de dos dígitos y el primero no es un uno. Eso también incluye a los que acceden a la magistratura, me temo.

Urriaga enrojeció visiblemente.

—O a la fiscalía o a la policía, ya puestos. Aunque me atrevo a esperar que sea un poco menos que entre la población general.

—No sé yo —dudé.

—Aunque sólo sea por prudencia —alegó—. Y por algún caso que ha habido de jueces grabados en situación embarazosa por los mismos sobre los que luego tenían que acabar decidiendo.

—Después de oírle, por este yo no apostaría.

El fiscal me miró como si me diera por imposible.

—Haré como que no he oído eso. Y a ti más te vale hacer como que nunca se te ha ocurrido esa idea. Hazlo aunque sea por mí.

—Está bien —le concedí—. Es justo.

Urriaga relajó el gesto.

—Me tienes de tu lado, no lo olvides. En este despacho hay un idiota que se lo cree, que se cree de verdad que su misión en la vida es defender el imperio de la ley y los derechos y las libertades de los demás, sobre todo de los más desvalidos, frente a los espabilados, los oportunistas y los que prefieren no ver lo que no les interesa. Lo que pasa es que también soy consciente de que hay que jugar con las cartas que te reparten, y en esta partida tenemos a Bermúdez.

—Nadie dijo que perseguir el mal fuera fácil —le respaldé.

El fiscal desgranó entonces su estrategia.

—Por eso iremos por partes. Con lo que os va a dar ya podéis ir afinando los indicios que tenéis contra esos tres. Tan pronto como lo veamos maduro, pedimos la entrada y los detenemos. Y si podéis avanzar en paralelo con los clientes, esperaremos al momento en el que podamos poner a Bermúdez en aprietos si se niega. Pero sin que parezca que le estamos doblando el brazo. Además de su orgullo, tiene trienios suficientes para hacerlo valer y el mazo de decidir.

—Sobre todo eso último. Trienios también tengo yo.

—Gracias por llamarme novato —me hizo notar.

—No era la intención.

—Era broma. Y aquí me tienes, y tienes también mi número. Si me vas informando, allí donde pueda empujar, empujaré.

—Se lo agradezco mucho, señor fiscal. Ya sabía yo que no me equivocaba viniendo a verle. Y gracias también por los consejos.

—A ti. Estaré encima de esto, te lo prometo.

—Más no puedo pedir —admití.

Salí de allí con una sensación que de vez en cuando necesita una para no terminar de volverse una cínica inútil y peligrosa. Por más oscuridad que haya en la condición humana, también brilla en ella la luz de la decencia y la inteligencia. Con ese refuerzo, marqué el número de Gallardo y me dispuse a seguir dando la batalla.

11

El acecho

De la lista de diez números de teléfono que logramos que el juez Bermúdez nos autorizara a pinchar, y que se correspondían con los que a tenor del historial del móvil de Susana y los testimonios de Luna y Yolanda habían utilizado los sospechosos para comunicarse con ellas, tan sólo dos nos resultaron útiles. Los otros ocho no dieron ninguna señal de vida. Eso nos hizo pensar que nuestros objetivos, después de las llamadas que les habíamos hecho, casualmente a tres de las líneas ahora inactivas, habían creído oportuno bajar el perfil y cambiar de móvil para comunicarse. Lo corroboraba el hecho de que ni Luna ni Yolanda recibieran ninguna llamada, cuando hasta un par de días antes la interlocución con sus explotadores era continua. Eso me trasladó una presión adicional para reunir los indicios que nos permitieran convencer a su señoría de echarles la puerta abajo y detenerlos. Si tardábamos, me temía que podían esfumarse.

Por fortuna, algo que la experiencia me ha enseñado es que la delincuencia es una forma de vida mucho más exigente de lo que cree la inmensa mayoría de quienes la eligen. Para resultar exitosa, o lo que es lo mismo, para que no te corte el camino y las alas alguien como yo, o como mis compañeros, no basta con tomar alguna que otra precaución más o menos evidente, como la de dejar de usar los móviles que les habían servido para la gestión habitual del negocio que hacían a costa de las chicas. Hay que ir más allá, hacer memoria y pensar en cualquier teléfono que uno haya usado aunque sea de manera esporádica, y en todos los que a su vez sea posible vincular con él, porque si no, a quien tenga la paciencia y las ganas necesarias, como las tenía yo y las tenían los miembros de mi equipo, no le costará mucho esfuerzo reconstruir el camino que conduce hacia aquello que preferirías sustraer a su vigilancia.

Para hacer la historia corta, resultó que Concepción no dejó de usar uno de los teléfonos de los que se servía, bajo la presunta titularidad de una tal Fátima Ahmed; se lo habíamos localizado en el histórico de mensajes de Susana, a quien había cometido el desliz de contactar una sola vez por ahí. Y tampoco Ángel se acordó de que había enviado un SMS a Susana desde otra línea, contratada por un tal Karim Ahmed —se veía que la familia Ahmed era un chollo para el negocio de las tiendas de telefonía—, un día que la batería de su móvil habitual se le había muerto antes de tiempo. Gracias a estas dos líneas pudimos no sólo averiguar la otra que cada uno de ellos utilizaba, sino las dos con las que operaba en aquellos días su cómplice Gabriel. Con la transcripción de las grabaciones, despaché a Gallardo al juzgado para pedirle que nos ampliaran la orden de intervención telefónica a los nuevos números. Una vez controlados todos, mantuvimos el seguimiento y la escucha sobre sus usuarios durante dos días en tiempo real. Tener intervenido el teléfono móvil de alguien no sólo te permite escuchar lo que habla, sino también acceder a su navegación por internet y averiguar por dónde anda en cada momento. Un filón que no íbamos a dejar de explotar.

No es que Concepción, Ángel y Gabriel fueran muy explícitos en las conversaciones que mantenían. Solían, como es habitual entre quienes viven al otro lado de la línea de la ley, utilizar frases cortas y sobreentendidos, además de algunas palabras en clave. Pero desde el principio pudimos advertir, por el tono de lo que se decían, que la muerte de Susana había abierto una ostensible brecha entre ellos. A un lado estaban Ángel y Gabriel, que mantenían en sus diálogos cierta camaradería, bien que algo tensa, como también es corriente en el gremio delictivo; al otro, Concepción. Cuando esta hablaba con los dos hombres no dejaba de traslucir un cierto resquemor que incluso llegaba a traducirse en alguna expresión áspera y desabrida.

Los tres coincidían en una inquietud. Lo que pudiera pensar una cuarta persona, a la que todos se referían con la misma alusión enigmática: Eli. Fue Gallardo, que tenía la mente rápida para estas cosas, quien dedujo el origen del apodo, que por lo que de él decían cuadraba completamente con la información que teníamos.

—Es una abreviatura —aventuró mi buen subinspector—. Debe de venir de *el Izan*, el jefe, ese al que alude Susana en sus diarios y que nos confirman los testimonios de Yolanda y de Luna.

Nadie cuestionó su hipótesis, así que en adelante la asumimos como correcta. Era Concepción la que más lo mencionaba: urgía a los otros dos a que hablaran con él y se mostraba contrariada por el hecho de que Ángel y Gabriel parecieran querer retrasarlo. Estos dos, cuando hablaban entre ellos, sobre todo después de hacerlo con Concepción, discutían sobre si debían o no ponerse en contacto con el tal Eli. Gabriel, que parecía el que de los dos tenía la cabeza mejor amueblada, o menos desamueblada, no era partidario de llamarlo, pero Ángel trataba de convencerlo. Interpretamos que la manera habitual para ellos de relacionarse con aquel misterioso sujeto era que él decidía cuándo y cómo, y sólo en situaciones excepcionales se autorizaba a Ángel y a Gabriel a tomar la iniciativa. En cuanto a Concepción, parecía evidente que no sabía cómo contactar con él, porque de lo contrario ya lo habría hecho por sí misma.

Aquellos dos días nos sirvieron también para controlar todos los movimientos de los tres y ubicar sus respectivas guaridas. La de Ángel estaba en el piso de la calle San Romualdo donde prostituía a las chicas y sospechábamos que había facilitado a Susana la droga que iba a causarle la muerte. Gabriel solía parar en un estudio que tenía alquilado en las inmediaciones de la plaza de Manuel Becerra. Y en cuanto a Concepción, esto fue lo que más nos sorprendió, tenía su domicilio, oficial y habitual, en un apartamento nada barato de la calle Goya, del que figuraba como propietaria, aunque sobre él pesara una hipoteca de la que le restaba una parte por liquidar.

De los tres, el que más se movía era Gabriel, a quien no podía, con los medios con que contaba, someter a seguimiento exhaustivo, pero del que pudimos comprobar que tenía un amplio radio de acción que abarcaba buena parte de la ciudad. A lo largo de esos días se desplazó por Moratalaz, Vallecas, Villaverde... Ángel se mantuvo en las inmediaciones de su barrio, y en cuanto a Concepción, apenas abandonó su piso para salir a hacer alguna compra. En el curso de la vigilancia que le pusimos, Guadalupe la vio entrando en el portal con una veinteañera vestida de forma discreta. A primera vista, me dijo, no parecía una chica que se dedicara al mismo negocio que aquella mujer, pero la relación entre ambas parecía de confianza.

Tuvimos la diligencia de recopilar las imágenes de las cámaras de seguridad que podían servirnos para nuestros propósitos: las que estaban cerca de los domicilios de los tres sospechosos y las que nos permitían supervisar el movimiento en torno al portal de la propia Susana. En un primer visionado, que le encargué a Miguel, fue esta la única ubicación que nos proporcionó imágenes significativas: una secuencia lejana y borrosa captada por la cámara de un cajero, en la que se veía cómo un coche rojo se detenía a unos metros del portal y de él se bajaban dos sujetos cubiertos con viseras que ayudaban a una chica a entrar y luego se iban a toda prisa. Por la complexión, podían ser Ángel y Gabriel. Por la envergadura de la chica, y por lo desmadejada que aparecía en el vídeo, ella debía de ser Susana. En cuanto al vehículo, era un Seat León de color rojo y modelo antiguo. Aunque la matrícula no se veía, no nos costó mucho confirmar que Gabriel conducía de forma habitual un coche de ese color y modelo que, como tantas otras cosas de las que utilizaba, no estaba a su nombre. Las piezas iban encajando, pero nos faltaba encontrar una que nos sirviera para vencer las reticencias del juez Bermúdez.

El histórico de las llamadas de los dos móviles de Susana, que en el caso del que no habíamos encontrado teníamos gracias a la compañía telefónica, era una prueba sólida. La intensidad de las comunicaciones de la chica con aquellos tres era por sí sola apabullante, y más que suficiente para probar que existía entre ellos una relación anómala y respaldar la credibilidad de los testimonios de Yolanda y Luna. Incluso nos permitía prescindir de ellos, si a la hora de la verdad las chicas se acababan echando atrás. En relación con el teléfono que llevaba encima la víctima la tarde de su muerte, el hecho de que lo hubieran hecho desaparecer no impedía reconstruir sus movimientos, gracias a la información que había quedado registrada en las antenas y que también recabamos. Lo que resultó de esa reconstrucción era congruente con todas las demás pruebas: Susana se había trasladado esa tarde al piso de la calle San Romualdo, donde pasó hora y media larga. La señal de su móvil se movió después hasta su portal, donde se apagó, seguramente al tiempo que uno de los dos que la transportaron hasta allí le quitaba la tarjeta. Era todo lo que podían hacer, una vez que ya había dejado el rastro anterior. Eso me hizo pensar, por otra parte, que no nos las veíamos con una muerte premeditada. Podía ser accidental o no, podía deberse a un mal cálculo o a la decisión de alguno de los dos de exponer a Susana, por el motivo que fuera, a ese final; pero el modo en que se habían deshecho del cadáver y habían tratado de reducir las pruebas incriminatorias denotaba improvisación. Si uno aspira de verdad a quedar libre de responder por un delito, no sólo tiene que cuidarse de lo que hace después, sino sobre todo de lo que hace antes, que es lo que por definición ya no le cabrá alterar.

Sin embargo, y por más que tratamos de sacarles punta a todas las conversaciones que les grabamos a los sospechosos, y en especial a las más conflictivas, que eran las de Concepción con los otros dos, el empujón definitivo nos lo dio la que tuvieron al final del segundo día Gabriel y Ángel, y que empezó de la forma menos prometedora, con un intercambio de frases vacías y rutinarias entre ambos.

—Hola, tú —empezó Ángel.

—Qué pasa, tío —respondió Gabriel.

—Nada, aquí.

—Ahí dónde.

—En casa, tratando de ver la tele. Qué mierda todo, tronco.

—¿Y?

—Nada, que he estado pensando.

—Sobre qué.

—Ya sabes.

—Ya sé. Pero qué.

—Que estoy jodido.

Ahí fue donde Gutiérrez, que era quien en ese justo momento los estaba escuchando, reparó en un detalle. La voz de Ángel sonaba pastosa, como si estuviera bebido. Sí, no tuvo ninguna duda: estaba borracho. Escuchó con atención mientras iba tomando nota.

—Jodido estoy yo también —dijo Gabriel—. Por qué será.

—Vas a echarme la culpa —protestó Ángel.

—Tú sabrás. Tú tendrás que explicarlo.

—En eso estaba pensando ahora.

—Deja de pensar, anda.

—¿Has hablado con Eli?

—No, ni pienso.

—Se va a cabrear.

Gabriel carraspeó en la línea.

—No será conmigo, ya te lo digo yo.

—Oye. ¿Me lo vas a echar encima? —se temió Ángel.

—Que no, tío, que cada uno tiene encima lo que tiene, y ya. Tú lo tuyo, yo lo mío. Y esto es cosa tuya, si no recuerdo mal.

—Tú también te la tirabas.

—Mira, voy a colgar.

—Espera.

—A qué, ¿a que estés más pedo y digas más gilipolleces?

—Me voy a largar, tío.

—¿Cómo que te vas a largar? ¿A dónde?

—A donde sea. A Portugal. A Marruecos.

—No digas chorradas.

—Que sí, que estoy acojonado.

—Mira, ya lo hemos hablado. Aguanta quieto ahí.

—Llama a Eli. Cuéntaselo. Pregúntale qué hacemos.

—Te lo he dicho mil veces. Ya llamará él cuando crea.

—No voy a poder aguantar —dijo Ángel con voz quebrada.

—Tienes que poder, ¿estamos? Y ya. Vete a dormir.

—Gaby, tío...

—Adiós.

Y llegados aquí, Gabriel colgó sin más. Un par de minutos después, marcó el número de Concepción. La madame lo atendió con recelo:

—Hola, qué quieres a estas horas.

—Hola, Concha.

—No me gusta que me llames así.

—Y cómo te gusta que te llame.

—De ninguna manera. Qué quieres.

—Tenemos que vernos, los tres.

—Para qué.

—Para hablarlo todo.

—Creía que pensabas que era mejor que no, por ahora.

—He cambiado de opinión.

—¿También en lo de Eli?

—Lo hablamos todo cuando nos veamos.

—Cuándo.

—No sé. Mañana. O a lo mejor pasado. Te llamo.

Concepción suspiró ruidosamente en la línea.

—Me alegra que al fin uses la cabeza.

—No dejo de usarla. Un beso, guapa.

—Mejor me callo —dijo ella, antes de colgar.

No hubo más llamadas ese día, tampoco nos hicieron falta. Esa misma noche transcribimos las dos conversaciones y preparamos el informe para el juez junto con la solicitud de la orden de entrada y registro en las casas y de detención de los tres sospechosos. A los nuevos indicios que habíamos ido juntando se unía ahora el riesgo inminente de fuga, cuando menos de uno de ellos, y se agravaba el de destrucción de pruebas, ante esa reunión que proyectaban. Una vez que tuvimos el informe listo, se lo adelanté al fiscal. Aunque ya era tarde, me llamó apenas veinte minutos después de recibirlo.

—Felicita a tu gente, Manuela —me dijo—. Lo veo.

—¿Nos apoyarás entonces? —le pregunté.

—Al cien por cien. En cuanto lo pidas.

—Lo quiero pedir para ya.

—Pues por mí adelante.

Tuve aquella conversación con Urriaga en el coche, que acababa de aparcar enfrente de mi casa, después de una larguísima jornada. Cuando interrumpí la comunicación, me quedé mirando la calle, que se ofrecía vacía y silenciosa a mi vista. Me acordé del cuerpo inerte de Susana, de la expresión que había en su rostro: se parecía mucho a la de una persona que se hubiera quedado dormida, con los ojos cerrados, las facciones relajadas, la boca entreabierta. Como si al fin descansara de la pesadilla destructiva en la que la habían obligado a vivir. Y ahora, después de tantas horas de trabajo, mías y de mi equipo, estaba más cerca el momento en el que los responsables iban a tener que enfrentarse con las consecuencias de sus acciones.

De pronto sonó mi móvil. Un número oculto.

—¿Sí? —lo atendí.

—Ten cuidado, zorra —dijo una voz de varón—. Sabemos a qué colegio va tu hijo pequeño. No te gustará que lo recojamos.

Y colgaron.

Entonces, con las neuronas que me quedaban activas, discurrí a toda prisa lo que me tocaba hacer esa noche y a la mañana siguiente. Tenía que hablar con Alberto, y sin darle detalles, pedirle que se ocupara de que Manuel no estuviera solo cuando no pudiera yo acompañarlo. Tenía que llamar a Carranco, no sólo para darle novedades respecto de la Operación Lesly, sino para informarle de que estaba recibiendo amenazas y sugerirle, como precaución mínima, que la comisaría de mi barrio se ocupara de situar una patrulla cerca del colegio de Manuel. Y tenía, en fin, que ocuparme de que el juez Bermúdez le diera curso rápido a nuestra petición para echarles el guante a Ángel, Gabriel y Concepción antes de que alguno de ellos decidiera poner tierra de por medio. Aquella, hijo, fue una de las muchas noches en las que no pude evitar dudar de las razones por las que alguna vez creí que era una buena idea hacerme policía.

12

El diagnóstico

La detención de Ángel, Gabriel y Concepción resultó tan fácil como decepcionante. Estaban los tres juntos en el piso de Ángel, contando dinero y haciendo paquetitos de mil euros. De la tarea nos ocupamos Gutiérrez, Gallardo y yo, con el apoyo de un grupo de la unidad de intervención. El piso estaba lleno de pruebas: dinero en metálico, sustancias estupefacientes ilegales e incluso anotaciones con sus cuentas. Un delincuente sensato, tras la muerte de la chica, habría levantado el vuelo, o al menos hubiese hecho desaparecer cualquier prueba que pudiera resultar incriminatoria. No era el caso de aquella gente.

Siempre cabe esperar alguna tensión en una detención, incluso cuando el detenido acepta lo que le ha caído encima; en el caso de Ángel, un hombre violento y aficionado a golpear a las mujeres, quedó pronto en evidencia que no era tan bravo cuando un par de hombres armados, más fornidos y mejor entrenados que él, se le echaban encima. Lo que le hizo reaccionar, y le sacó el gallito que llevaba dentro, fue que después de que ellos le pusieran las esposas una mujer le leyera los derechos. Yo pensé en su exmujer, golpeada con su hijo en brazos, en Susana, en Yolanda, en Luna, y noté que mis pulsaciones aumentaban vertiginosamente. Sin embargo, estaba entrenada para controlar el subidón de adrenalina y así lo hice.

Eran momentos como aquellos, individuos como aquel, los que me hacían odiar el mundo caótico que heredaréis tú, hijo mío, y tu hermano Manuel. No pude evitar pensar qué clase de niño había sido Ángel, qué padres tuvo, qué factores sociales, ambientales y culturales habían marcado su vida y en qué momento había tomado la decisión de prostituir mujeres y vivir de la explotación sexual de sus cuerpos. En otras palabras, ¿qué pasa en la vida de un niño para que acabe convirtiéndose en un repartidor de daño a granel?

Aquellas respuestas no las tendría nunca, porque veía muy claro que Ángel no era un sospechoso dispuesto a colaborar con la Policía y, además, no estaba arrepentido en absoluto de sus actos. Era un sujeto sin conciencia ni valores a quien sólo le importaban él mismo y su propia supervivencia. Una vez que se vio reducido a la condición de hombre esposado y quedó enterado de sus derechos, el grupo operativo se lo llevó hacia el salón. Fue entonces cuando me fijé en la mirada de Concepción y también pude ver con claridad que ella era distinta: una mujer fracturada, enganchada a las drogas, con la mirada perdida y el estigma del miedo en el rostro.

Observé, archivé y examiné todo lo que encontramos en aquel piso: los paquetes llenos de billetes me produjeron náuseas. Los sospechosos vendían droga y anabolizantes para conseguir dinero. Prostituían menores para conseguir dinero. El sucio y poderoso dinero estaba detrás de aquella organización criminal tan lucrativa como repugnante. Era tan simple como eso. Algún día habría que reflexionar sobre cómo pudo ser que un buen invento —lo explicaba el maestro José Luis Sampedro: a fin de cuentas no está mal que uno pueda pagarle al frutero con algo que al frutero le interesa, y no con lo que sea que uno produce y que al frutero bien puede no servirle para nada— haya acabado provocando efectos tan nefastos.

De pronto comencé a toser. Gutiérrez, cual caballero andante, se sacó un pañuelo blanco de tela del pantalón de su bolsillo, con sus iniciales cosidas a mano en hilo de color azul, y me lo ofreció:

—Toma. Me los borda mi abuela —me dijo—. Tiene noventa y seis años y vive sola en un castillo. Algún día te contaré su historia.

Acepté el pañuelo para limpiarme y me percaté de que lo había manchado un poco de sangre. Intenté arreglarlo para que Gutiérrez no la viera, pero al devolvérselo lo desdobló para volver a doblarlo como me lo había ofrecido y, entonces, vio la mancha roja.

—Manuela, te llevo ahora mismo a urgencias —sentenció.

—¿Estás loco o qué te pasa? No eres mi padre ni mi novio ni mi marido. Ya tengo bastante con Alberto —me quejé—. Tenemos tres detenidos y setenta y dos horas para ponerlos a disposición judicial. No voy a pasarme el día en urgencias por un poco de sangre.

—Has perdido mucho peso en muy poco tiempo, no paras de toser y ahora esto. Ya sé que no soy tu marido ni tu novio, pero te pongas como te pongas te llevo a urgencias ahora mismo. A estos les vendrá bien esperarnos un poco, así se ponen más nerviosos.

—De eso nada, Gutiérrez —me revolví—. ¿Es que no escuchas las noticias? Las urgencias vuelven a estar colapsadas: no hay camas ni personal suficiente en La Paz, ni en el Gregorio Marañón ni en el Doce de Octubre. Están saturados y yo puedo esperar.

—Dime que tienes la cobertura privada que nos ofrecieron.

—Pues no lo sé, delegué en Alberto la gestión —le confesé.

Gutiérrez llamó a Alberto para preguntarle; él le dijo que yo disponía de la cobertura y que fuéramos al hospital Montepríncipe y que nos encontraríamos allí. Me puso de muy mal humor que dos hombres tomaran decisiones sobre qué era lo mejor para mi salud, pero a decir verdad estaba mareada y no me sentía del todo bien, y para empeorarlo todo había empezado a dolerme el brazo. De modo que no opuse resistencia y acepté que, a veces, lo primero es cuidar de uno mismo y lo demás puede esperar un poco.

Alberto conocía a la coordinadora de urgencias del hospital, se llamaba Cristina y era una antigua novia, a la que en otro tiempo le había escrito varios poemas. Algunos de ellos, muy a mi pesar, todavía los guardaba yo en la memoria, ya que los había leído sin permiso tiempo atrás, al poco de que empezara a ser mi novio.

Llegué y me atendieron en seguida. Me hicieron radiografías, algunas pruebas y muchas preguntas relacionadas con aquel dolor que sentía en el pecho y que se extendía por mi brazo. De golpe, empecé a temer que sucediera. Lo que el médico me contó fue en un principio deliberadamente impreciso. Me dijo que iban a tener que hacerme más pruebas, entre ellas una biopsia. La palabra hizo sonar ya a plena potencia todas mis alarmas. Le pregunté si lo que había visto podía ser un cáncer; le pedí que no me maquillara la realidad. Escuché el diagnóstico del médico con atención, consciente de que mi vida iba a cambiar a partir de aquel momento. No le interrumpí, dejé que me explicara. Me dijo que esa era una de las posibilidades, pero que, si se confirmaba, el tumor era pequeño y el pronóstico no tenía que ser necesariamente malo. Que creía que con quimioterapia y radioterapia era probable que pudiera afrontarse con éxito.

Sin dar nada por supuesto, sólo le hice una pregunta:

—Y si tengo que recibir ese tratamiento, ¿podré trabajar?

El médico arrugó la frente.

—Si se confirma, habría que organizar ciclos de quimioterapia y ciclos de descanso. Los ciclos duran entre tres y cuatro semanas y estarías en tratamiento entre cuatro y seis meses —me informó el doctor—. La medicación te dejaría muy cansada, pero continuar con una actividad profesional reducida puede ayudar psicológicamente. Sin embargo, recuerda que tendrías derecho a estar de baja y que no debes sentirte ni culpable ni peor profesional si necesitas pedirla.

—Lo tendré en cuenta.

—En todo caso, esto que te acabo de decir es todavía hipotético. Hay que esperar al resultado de las pruebas para tenerlo claro.

No pude ahorrarme la ironía, aunque esta vez fuera a mi costa.

—Gracias por el intento. Hay que ver cómo te cambia la vida en un instante —dije, mientras no paraba de pensar en cómo iba a darle la noticia a mi familia. Si debía decíroslo a Manuel y a ti.

En ese momento, sin saber la razón concreta, me derrumbé y me eché a llorar. El doctor, un hombre un poco mayor que yo, se acercó a mí y vi que dudaba. Supongo que vacilaba entre mostrarse más cercano o no. Recordé entonces cómo Gutiérrez había abrazado a Yolanda, a Guadalupe con sus padres, y pensé que vivimos en una sociedad en la que la Policía, pese a la mala fama que sigue teniendo entre no pocos ciudadanos, se mostraba más cariñosa y humana que los médicos. Finalmente, aquel doctor no se acercó a mí. Pero en tono cordial me siguió informando de los pasos siguientes:

—Esta cadena hospitalaria tiene tres hospitales especializados en oncología. —Me dio un folleto con información—. Te sugiero que elijas el más cercano. Si necesitaras el tratamiento, es mejor iniciarlo cuanto antes, para evitar que el tumor se expanda.

Miré aquel folleto con fondo azul sin acabar de creerme aún del todo lo que me estaba pasando. Alberto estaría fuera, esperando; seguramente su amiga

Cristina, contraviniendo la confidencialidad médico-paciente, le había informado ya. ¿Y Manuel? ¿Estaría fuera también mi hijo pequeño? ¿Le habrían dicho algo? ¿Cómo miraría a su madre a partir de ahora sabiendo que tenía cáncer? ¿Como a una enferma? ¿Alguien te habría avisado a ti? ¿Y tú... habrías venido? ¿Seguiría Gutiérrez fuera esperando o se habría ido cagando leches a la Brigada a estrenarse como jefe de grupo ahora que yo, la inspectora al mando, estaba fuera de juego? No sabía por qué, pero esas eran las cosas que procesaba mi mente en aquellos momentos. Te pasas toda la vida acomplejada con tu cuerpo: que si los pechos, que si las piernas, que si las caderas, los kilos de más, mientras te bombardea esa publicidad machacona de chicas preciosas e irreales que en nada se parecen a ti. Y un día, de golpe, ante un percance como el que yo estaba viviendo, te das cuenta de que darías cualquier cosa porque ese cuerpo tuyo, tan imperfecto, pudiera quedarse como está.

—Pide cita para lo antes posible, Manuela —dijo el médico, y sus palabras me devolvieron a la realidad—. Te acompaño.

Cuando te han dado una noticia que te pone la vida del revés y sales por la puerta corredera de un hospital y ves a tu familia ahí, en la sala de espera, sabes que no puedes quejarte. Hay personas a las que nadie espera, a las que nadie acompaña, que están solas en el mundo. Y comprendes, con el abrazo de tu novio, que tú no eres una de esas personas y te sientes afortunada. Me abrazaron Alberto y Manuel, y mi hijo pequeño se echó a llorar. Por más que le dije que estaba bien y que había tenido suerte, porque iban a darme una medicina que podía curarme, Manuel tenía miedo de perder a su madre. Tú no estabas. No sé si es que no te dieron la noticia, hijo, o que no quisiste venir. Me sorprendió ver a mi hermana Candela, que se apresuró a abrazarme como hacía siglos que no lo hacía.

En ese momento, abrazada a mi hermana, recordé cuando de pequeña un día me caí con la bicicleta y me hice heridas por toda la pierna y ella, mejor ciclista que yo, corrió en seguida a auxiliarme, cogió su botiquín de emergencias y empezó a echar agua oxigenada en mis heridas mientras yo, aguantando el llanto y la rabia por la caída, le suplicaba: «No se lo digas a papá..., no se lo digas a papá». Exactamente igual que Yolanda cuando supo que conocíamos su triste verdad: «No se lo digáis a mi padre». Qué relación tan peculiar tenemos las hijas con los padres, pensé; por un lado ellos nos tratan como princesas, como seres irreales, como la proyección de su sueño femenino; por otro, nosotras nos empeñamos en ocultarles cosas de nuestro lado más humano, el que precisamente nos hace mujeres. Cuánto me hubiera gustado poder abrazarme a mi padre en aquel momento... Por desgracia, hace tiempo que, para contactar con tu abuelo, sólo puedo mirar hacia arriba y pensar en lo infinito.

Alberto habló con el médico. Seguramente estaba eligiendo el hospital por mí y concertando la primera visita. Yo miré a Gutiérrez, que continuaba allí. Tal y como me imaginaba: me miraba diferente. Todos me miraban de forma distinta. Me preguntaba de cuánto tiempo dispondría para encajar los interrogatorios a los sospechosos que teníamos detenidos, y fue Alberto quien disipó esa duda.

—Tienes la biopsia programada para la semana que viene y la primera visita con el oncólogo dentro de dos semanas, no hay nada libre antes. Si al final se confirma el diagnóstico, él te explicará los efectos secundarios de la quimioterapia, firmarás el consentimiento informado y a partir de ahí te tratarán en el hospital de día.

—Gracias por ocuparte, Alberto. Sé que no...

No sabía cómo decirles a mis familiares, tan preocupados por mí en aquel momento, que lo que necesitaba era regresar al trabajo y que tenía tres interrogatorios por hacer. Había comprendido que no iba a poder ocuparme al cien por cien de la Operación Lesly y que al final tendría que delegar en el flamante inspector Gutiérrez, pero dos semanas eran tiempo suficiente para dejar encarrilado el caso.

—No te esfuerces, ya te conozco —se me adelantó Alberto—. No quieres ir a casa a descansar, quieres volver a la Brigada.

El pobre Gutiérrez no sabía dónde meterse.

—Sólo te pido que si te encuentras mal me llames —me rogó Alberto, al tiempo que le daba la mano a mi hijo Manuel.

—Lo haré, lo prometo —dije, y traté de ser convincente—. No te preocupes, Manuel. —Me acerqué y lo besé—. Mamá está bien.

—No vas a morirte, ¿no? —me preguntó con esa capacidad para decir la verdad desnuda que distingue a los niños.

—Por ahora no. Tengo que meter entre rejas a tres tipos malos.

—¿Y por qué no lo hace él? —Manuel señaló a Gutiérrez.

—Al inspector Gutiérrez le va a tocar hacer buena parte de mi trabajo en los próximos meses, me temo —pronostiqué.

—Lo que haga falta —contestó con los ojos húmedos.

Realmente, yo quería irme a casa. Refugiarme en mi mundo. Abrazar a Alberto y Manuel. Pedirle a Candela que preparara algo de comer. Llamarte a ti. Meterme en la cama. Desahogarme. Pero a veces no coincide lo que quieres con lo que tienes que hacer. Se me partió el alma cuando Alberto, que lo había dejado todo por estar allí, se llevó consigo a Manuel y Candela y regresó a casa sin mí. Yo tenía un nudo enorme en la garganta y quería decirle muchas cosas a mi novio, pero no me salía nada. Sólo lo pensé: «Gracias, gracias, gracias por estar ahí, por quererme tanto, por ser como eres».

Gutiérrez los vio marchar igual que yo.

—¿Estás segura, jefa? —me preguntó—. Podemos ocuparnos.

—No tengo ninguna duda —le respondí—. No quiero ser como Carranco: un bulto de vacaciones. Con más motivo quiero apretarle las clavijas a ese cabrón de Ángel y que pague por sus pecados. Con los clientes, me temo, serás tú quien remate la faena. Gutiérrez...

—¿Sí?

Suspiré y cogí fuerzas para decirle lo que le tenía que decir:

—Dos cosas.

—A mandar.

—La primera: gracias por traerme.

Sonrió.

—Lo mismo hasta me has salvado la vida —añadí.

—No exageres, jefa. ¿Y la segunda?

—Tenemos dos días. Y luego, yo, dos semanas. O menos.

Gutiérrez entendió que no estaba para perder el tiempo y nos dirigimos a toda velocidad a la Brigada. El inspector jefe Carranco me llamó entonces desde no recuerdo qué isla para informarme de que le habían avisado de que la abogada Adela Enamorado estaría presente en los interrogatorios. Me advirtió que era muy buena en asuntos de proxenetismo y tráfico de drogas, que siempre conseguía sembrar en los jueces una duda razonable para no condenar a los acusados y que me anduviera con ojo: estaba muy bien relacionada y se le suponían vínculos oscuros, aunque nunca habíamos podido llegar a probarlo. La imaginé como una especie de Saul Goodman en femenino y me atreví a esperar que, como el protagonista de *Better Call Saul*, no alcanzara finalmente a ser capaz de taparlo todo.

Cuando me la encontré en la Brigada, empezó pisando fuerte:

—Me acaban de informar sus compañeros de que la primera detenida en declarar será Concepción —me comentó altiva.

—Si eso le han dicho, así será —le respondí.

En ese momento alguien me agarró del brazo.

Era Guadalupe, que parecía alterada por algo. Me aparté para hablar con ella.

—No vas a creerlo —me dijo—. El subinspector Pérez, del grupo de Rosario, quiere denunciarnos otra muerte. ¿Le tomas tú declaración?

Ante la contrariedad de Adela Enamorado, aplacé una hora los interrogatorios de sus clientes. Recordé las novelas de Marlowe: cuántas veces el detective californiano debía acudir a la policía para notificar que había encontrado un cadáver del que ellos no tenían ninguna noticia. Ahora un compañero se sentía Marlowe y yo tenía una hora para averiguar de qué iba aquello. En una hora puedes limpiar a fondo un cuarto de baño, hacer una tarta, ver un episodio de una serie mientras comes palomitas. Yo tenía sesenta minutos para, como dijo el propio Chandler, descubrir una verdad oculta.

13

Una pequeña nube

Ignacio Pérez, subinspector de homicidios y subordinado de Rosario Mañas, mi compañera y a la vez rival, estaba sentado frente al trío que formábamos el inspector Gutiérrez, el subinspector Gallardo y yo. Además de la inferioridad numérica, daba la impresión de ser un hombre arrollado por las circunstancias.

—Esta vida te tumba —dijo—. Siempre buscando dar con algo; y cuando al fin lo haces, el sistema te tumba. ¿Puedo encender un cigarrillo? —preguntó—. Estoy un poco nervioso.

Hubiera querido decirle que no. Que me acababan de decir que tal vez tenía un tumor en el pecho, que me habían prohibido fumar, que iban a hacerme una biopsia y me aguardaba la quimioterapia; pero la experiencia me ha enseñado a reconocer a un hombre roto por dentro y me plegué a su petición con un movimiento de cabeza. Gutiérrez, aunque me miró con desaprobación, no dijo nada.

—Un policía no se corrompe por dinero, no es eso —continuó nuestro compañero mientras tomábamos conciencia de que estaba a punto de desencadenar una catástrofe—. Es la puta soledad.

—Explícate, por favor —le rogué—. ¿Qué nos quieres decir?

Pérez respiró hondo y se lanzó.

—Hace más o menos un año investigamos un apuñalamiento en un narcopiso de Vallecas. El caso se resolvió rápido: traficante contra traficante, detenido y asunto cerrado. Pero el problema de los narcoburdeles en Vallecas no se solucionó ni se solucionará.

—Continúa.

—Hice algunas preguntas a los vecinos. Están tan cansados del problema de la droga que hablaron sin cortarse. Me señalaron varios narcopisos más, y en lugar de comunicárselo a mi jefa, la inspectora Mañas, quise ir por libre. —Ignacio fumaba y el humo de su cigarro formaba una pequeña nube de sustancias tóxicas que me recordaban lo que acababa de llegar a mi vida—. Como un gilipollas.

Gutiérrez y Gallardo miraban al subinspector Ignacio Pérez en silencio, como se observa a un hombre que anda perdido.

—¿Y qué encontraste en esos narcopisos, Ignacio?

—Lo de siempre: cocaína, crack, heroína, hachís y marihuana. También un entramado criminal que me ofreció dinero y drogas por mirar a otro lado —confesó—. Primero fue sólo hacer la vista gorda con esos narcoburdeles y otros pisos en Usera y Villaverde.

—¿Y después?

—Me ofrecieron más dinero y más droga por darles protección a los pisos: avisarlos si sabía que iba a haber alguna intervención. Eso les permitía mover la mercancía sin riesgos a otro almacén.

—Comprendo.

—Pero no accedí por dinero —se justificó—. Fue...

—Por la puta soledad —recordé.

—Suena extraño, pero sí. Entramos en un narcopiso, hacemos registros, intervenimos la mercancía, hacemos alguna detención. ¿Y qué? En menos de tres días hay otro abierto. Sientes que...

—Que tu trabajo no sirve para nada —completé su frase.

—Exacto. Que hagas lo que hagas no podrás evitar que suceda. Entonces, alguien te ve la grieta, puja y te dejas comprar. Y luego está la droga. Lo último que debe probar alguien que está jodido. Produce una sensación de euforia que no existe en la vida real.

—¿Euforia?

—Sí. Te proporciona de forma instantánea un falso bienestar que confundes con la felicidad. Necesito ayuda para dejarlo.

—La tendrás —le prometí—. No se abandona a un compañero.

—¿Aunque se pase al otro lado? —preguntó, abatido—. Di mi ayuda y mi protección a esos delincuentes: a la banda de Izan.

Gutiérrez, Gallardo y yo nos miramos: ¿existía una conexión entre aquellos narcoburdeles de Vallecas y la Operación Lesly?

—¿La banda de Izan?

—Así se hacen llamar, sí, por su número uno, al que conocen por ese nombre. Vive en México, de donde viene la droga, y en muy contadas ocasiones visita España. Yo no lo conozco, pero sí puedo proporcionar los nombres de una veintena de personas que trabajan para él en una decena de pisos donde se trafica con droga y se ejerce la prostitución en barrios de Villaverde, Carabanchel, La Elipa y Ciudad Lineal. Esa era la zona que controlaba yo. Y hay más.

—¿Más pisos? ¿En el centro de Madrid, por ejemplo?

—Más como yo —contestó mi compañero—. Conozco a cuatro policías comprados más: dos de la UDYCO y dos de la UFAM.

—¿De la UFAM? —Aquello sí que me sorprendió.

—Varias de las prostitutas a las que explotan en estos pisos son menores y algunas viven en centros de acogida de la Comunidad. El mes pasado se les murió una por sobredosis en un piso de Vallecas y me pidieron que los ayudara a hacer desaparecer el cuerpo. Y me da vergüenza reconocerlo, pero no pude negarme. Lo hice.

Me hubiera gustado preguntarle a Ignacio por qué, pero esa no era la pregunta correcta. Cuando preguntas «por qué» lo que haces es juzgar. Y mi compañero ya sabía, antes incluso de venir a hablar con nosotros, que era culpable. Y sin embargo, había dado el paso: reconocía su error y proporcionaba una información muy valiosa que no sólo podía ayudar a desmantelar toda una red de narcopisos y narco-burdeles instalados en el sur de Madrid, sino que también iba a arrojar algo más de luz sobre el piso de la calle San Romualdo donde Susana había tomado la droga que terminó con su vida.

—¿Me estás diciendo que dos policías de la UFAM saben de esa red de prostitución de menores y que miran hacia otro lado?

—Sí.

—Deben de pagar muy bien.

—No es sólo el dinero.

—Perdóname, pero no lo entiendo.

Pérez bajó los ojos.

—Formas parte de algo. De algo malo. Pero la maldad genera unos vínculos muy fuertes. Y te hacen sentir su agradecimiento.

—¿Más que tus compañeros policías?

—Sí —dijo con tranquilidad—. Por eso sucede, al final. Hacer lo correcto no tiene premio. El trabajo de policía, tan romántico y tan inspirador el primer año, se acaba volviendo rutinario y gris.

—¿Te gusta leer, Ignacio? —le pregunté.

La pregunta pareció desconcertarlo.

—Algo leo. *Thriller*, sobre todo. Para pasar el rato.

—¿Has leído a Raymond Chandler?

—Pues no, la verdad.

—¿Conoces al detective Philip Marlowe?

—De la película que hicieron hace siglos. Esa de Bogart.

—Te lo pregunto porque el Marlowe auténtico, el de Chandler, en su segunda novela, *Adiós, muñeca*, habla del dilema del policía.

—¿El dilema del policía? —me preguntó.

—Dice que hay policías íntegros, policías duros que pueden ser corrompidos y aun así no son del todo malos, policías inteligentes, pero sin libertad para hacer un trabajo en condiciones, y policías a los que se les ha agriado el carácter y han dejado de intentarlo.

—¿Y yo soy de los corruptos que no son del todo malos?

—Eso es. Como el policía Hemingway en esa novela. Necesito las direcciones de todos los narcopisos y narcoburdeles.

—Hecho —contestó Ignacio sin pensárselo siquiera.

—Nombres de todas las personas implicadas.

—Hecho.

—Las chicas, las menores...

—Por supuesto.

—Nombres de los policías que colaboran con ellos.

Ignacio se calló. Delatar a un compañero no es tan fácil.

—El lugar exacto donde llevasteis ese cadáver —proseguí.

—Yo era la primera vez que lo hacía, pero ellos no. —Ignacio encendió, a mi pesar, un segundo cigarro—. El que vino conmigo me dijo que aquella era la tercera vez que se deshacía de alguien.

—¿Dónde la llevasteis? —insistí.

Ignacio continuó callado.

—¿Se tendrá en cuenta que he colaborado? —me preguntó.

—Naturalmente.

—La tiramos al Tajo, en la zona de Toledo —dijo con una voz áspera y apesadumbrada—. Muchos desaparecidos acaban allí. No es casualidad. A las prostitutas que mueren en circunstancias que pueden ser problemáticas las arrojan al río para evitar que alguien haga preguntas. Como el policía que uno lleva dentro no descansa, averigüé sus nombres. ¿Me dejáis un papel y un bolígrafo?

Gutiérrez le acercó un bloc de notas e Ignacio apuntó y me lo pasó. Eran los nombres de las tres chicas que, más adelante, el grupo de buzos del equipo subacuático del Grupo Especial de Operaciones de la Policía Nacional buscaría en las turbias aguas del Tajo.

Ignacio nos proporcionó toda la información que le solicitamos: direcciones de los pisos, nombres de los traficantes, nombres de las menores que se prostituían en los pisos, el nombre de los policías al servicio de la red criminal, el nombre del centro de menores en el que no habían acertado a proteger a aquellas chicas como habrían debido; todo. Mientras él hablaba, yo pensé en muchas cosas, al tiempo que golpeaba con los pies en el suelo, me frotaba la nuca y respiraba con una ansiedad malsana aquella pequeña nube de humo que me recordaba lo jodida que es la abstinencia de nicotina.

Nos pasamos la vida drogándonos. Hay drogas que se aceptan socialmente y otras que no. A mí el tabaco, ya no me cabía duda, me había provocado cáncer de pulmón. El alcohol tiene pésimos efectos en nuestro cerebro y, sin embargo, qué partidarios somos de beberlo para celebrar cualquier cosa. La marihuana es la droga ilegal más consumida en el mundo. Vivir duele. Hace daño. Por eso es tan fácil caer en el consumo de sustancias que nos prometen terminar con ese sufrimiento. Pensé en Susana, en Yolanda, en Luna, en Ignacio, en esa falsa euforia que produce la cocaína y a la que acompaña una sensación de poder, confianza y energía. Pensé en mi compañera Rosario Mañas. Cuando se supiera que uno de sus subordinados, el subinspector Ignacio Pérez, era una manzana podrida, su reputación como jefa caería en picado y no podría hacer nada por evitarlo: todo aquello había pasado ante sus narices, sin que ella se lo oliera.

Pensé en muchas cosas. En vez de a Rosario podría haberme ocurrido a mí. Y otra vez a las mazmorras, como ya me sucediera con el suicidio del inspector Rodrigo Alonso y aquel feo asunto de su academia de oposiciones. Todo el mundo me vio entonces, de la noche a la mañana, como la oveja negra, sin comerlo ni beberlo, ya que yo no había hecho nada. Lo mismo le iba a pasar a Rosario: sin haber participado en nada ni ser responsable de lo sucedido iba a ver su credibilidad como jefa de grupo arrastrada por los suelos.

Rosario no era consciente de las acciones de su subinspector, pero iba a pagar por no haber sido capaz de ver lo invisible. Se nos exige mucho a los policías, quizá demasiado. Quería ser yo quien le diera la noticia a Rosario y sentía la necesidad de ayudarla de algún modo a evitar el descrédito, aunque no tenía claro si mi compañera se iba a dejar ayudar por mí. A veces, es una pequeña nube la que anuncia la tormenta. Cuando informara al inspector jefe Carranco de todo aquello iba a llover de lo lindo. Sus idílicas vacaciones en el mar se irían a la porra: había que contactar con la UDYCO, con la UFAM, con los GEO, con la unidad de Personas Desaparecidas y con Asuntos Internos. Por no hablar del centro de menores y de los familiares de las tres chicas cuyos cadáveres habían arrojado al río. Escuchando hablar a Ignacio y saboreando su nube tóxica de humo me acordé de nuevo de mi padre, que solía leerme la Biblia de niña. Por una de esas raras conexiones mentales, vino a mi mente la nube de lluvia que anunció el profeta Elías tras una larga sequía.

Ignacio Pérez era nuestro profeta. Su confesión iba a suponer el final de su carrera como policía y arrastraría a varios compañeros y mancharía el buen nombre de la inspectora Rosario Mañas. Pero nada podía hacerse para impedir aquel proceso.

Cuando terminó su confesión, aquel hombre tenía la mirada perdida. Le pedí a Gallardo que llamara a Miguel y que trajera el expediente de la Operación Lesly. Minutos después, Miguel entró en la sala con Gallardo y puso la carpeta sobre la mesa. La abrí y le enseñé a Pérez las fotografías de Concepción, Ángel y Gabriel.

—Míralas bien —le pedí—. ¿Te suenan de algo sus caras?

Ignacio guardó silencio un momento, como había hecho cuando le pregunté si sería capaz de delatar a sus compañeros. A nadie le gusta convertirse en un soplón, pero el subinspector, después de tanto equivocarse, buscaba una manera de reparar el daño.

—Por qué creéis que he venido a contaros lo que os he contado —dijo al fin, buscándome la mirada—. Justamente hoy.

—Dímelo tú.

Señaló la fotografía de Gabriel.

—Este.

—¿Sí?

—Traía la droga a los pisos. Cantidades ingentes de droga. Lo llaman Gaby Tequila. Es uno de los que tienen conexión directa con México para introducir aquí la droga, pero no cantará.

—¿Por qué estás tan seguro? —le pregunté.

Por la mirada del subinspector cruzó una sombra amarga.

—Izan se ocupará de que tenga el mejor abogado, de que no le falte de nada en la cárcel y de que le siga llegando el dinero igual para que, cuando salga, pueda continuar haciendo su trabajo.

—¿A ella no la conoces? —señalé la foto de Concepción.

—No, no la he visto nunca. Pero al otro tipo sí.

Acerqué a Ignacio la fotografía de Ángel.

—Le hice de guardaespaldas más de una vez —dijo.

—¿Cuándo?

—Cuando recogía el dinero de los pisos. Se juntaba un dineral allí. La droga y la prostitución son dos negocios muy lucrativos, no sabría decirte cuál rinde más. Había pisos que recaudaban veinte mil euros a la semana. Ángel movía el dinero y necesitaba protección. Y yo iba armado. Una vez le robaron y desde entonces no se fiaba.

—¿Sabes quién le robó?

A Pérez se le escapó una risa lúgubre.

—La competencia. O algún zorro que lo vigilaba.

—¿Alguna vez fuiste a un piso en la calle San Romualdo, en Madrid? —le pregunté entonces—. Está cerca de la calle Alcalá.

—Claro. Ángel vivía allí. Allí guardaba la pasta.

—¿Y luego qué hacía con el dinero?

—Mandarlo a sus jefes.

—¿Cómo?

—Pueden matarme por esto, Manuela.

—No puedes dejarlo a medias, Ignacio. Un *coitus interruptus* ahora, no. Supongo que anoche lo pensaste antes de dar el paso.

—No lo sabes tú bien. Era venir a verte o huir de España.

—Me alegra que tomaras la decisión correcta —dije.

—Hace mucho que ya no sé dónde está el camino correcto.

Le apreté la mano. Necesitaba lo que todos necesitamos cuando estamos solos y la adversidad llama a nuestra puerta. Cariño.

El subinspector Pérez soltó el aire que se había quedado preso en sus pulmones. Y con él, aquello que no le convenía revelar.

—Tienen una serie de negocios legales que absorben el dinero que obtienen con las drogas y la prostitución. Adquieren empresas e inmuebles para reintroducir el dinero en un circuito legal.

Fantástico, pensé. Habría que hablar también con la UDEF.

—Hay al menos un empresario, que yo sepa, que blanquea el dinero. Gestiona por cuenta de la red un montón de sociedades y una legión de testaferros. Hay mucha gente metida en la trama.

—¿Y cómo se llama ese pájaro?

Ignacio calló y encendió su tercer cigarro. La pequeña nube de humo se hizo más grande y se expandió por toda la habitación. Me dio la sensación de que era como la podredumbre que brotaba de aquel negocio infame y que sin que nadie se diera cuenta se repartía por el aire y lo iba impregnando todo, incluso lo que parecía estar al margen del mal. Lamenté que ninguno de mis compañeros, absortos en las palabras del subinspector, pensara en abrir una ventana.

14

El sujetador

A esas alturas de la jornada, el sujetador me apretaba de mala manera y me producía un dolor de espalda espantoso, así que decidí entrar al baño y librarme de él antes de interrogar a la detenida. Guardé mi sujetador blanco sin adornos en el bolsillo del pantalón tejano y recé para que nadie se percatara de que llevaba los pechos al aire bajo mi camiseta negra de Decathlon. Me estaba limpiando una mancha cuando Guadalupe entró en el baño y me acercó una carpeta con el informe toxicológico de Susana y el definitivo de la autopsia. Antes de que pudiera echarle un vistazo entró Rosario.

—Me acabo de enterar —dijo—. De las dos cosas. La confesión del subinspector Pérez y que han tenido que llevarte a urgencias. Lo siento, Manuela. Si necesitas algo no dudes en contar conmigo.

—Veo que las malas noticias vuelan —observé.

—¿Cómo estás?

—Bien. Tienen que hacerme unas pruebas, pero bien.

—Y lo otro... No me lo puedo creer.

Su cara era un poema. No le oculté los detalles:

—Se llamaba Isabel Domínguez, tenía diecisiete años y por lo visto no fue la primera que corría esa suerte. Según Pérez, la banda arrojó al Tajo a dos menores más: Ana Luengo y Marisol Morales.

—Cómo se ha complicado esta mierda —dijo—. Y encima... ¿De verdad estás bien? Eso de las pruebas ha sonado regular.

A Rosario se la veía abatida y desencajada. Tenía pendiente una conversación con ella, pero iba a ser en otro lugar y otro momento. Mucho me temía que Adela Enamorado acabaría perdiendo los nervios si no me presentaba pronto a cumplir con mis obligaciones. Sin pensármelo dos veces abracé a Rosario y sentí como ella se derrumbaba. Recorrí con mis manos su espalda y finalmente le di un beso en la mejilla. Ella se apartó con suavidad y se secó las lágrimas con el dorso de la mano: en otro tiempo, hacía siglos, habíamos sido buenas amigas.

—Perdóname, no quiero molestar. Tienes mucho trabajo.

—No molestas en absoluto, pero ya hablaremos con más tranquilidad.

—De acuerdo. Oye, Manuela...

—Dime.

—¿No llevas sujetador?

Guadalupe me miró. Ella también lo había notado.

—Pues no. Pero no es un acto de rebeldía para la liberación de mis pezones, la razón es mucho más práctica: me aprieta como una soga en el cuello de un condenado. ¿Vamos, Guadalupe?

En ese momento la oficial Guadalupe Larbi, mi

subordinada pero también amiga y confidente, madre de una niña de siete meses y ojos azabache a la que daba el pecho aún, se llevó las manos a la espalda, se levantó un poco la camiseta, se desabrochó el sujetador y se sacó la primera tira por la manga del brazo derecho y después la segunda por el brazo izquierdo. Hizo un gesto rápido y guardó su sujetador de lactancia en el bolsillo derecho de su pantalón.

—Vamos —dijo, sin darle importancia a su gesto solidario.

Por el camino hacia la sala de interrogatorios, tras despedirme de Rosario, miré a toda velocidad el informe de la autopsia. Lo que vi en sus páginas no sólo ratificaba una de mis intuiciones: también era un arma que no iba a privarme de utilizar. Crucé con Guadalupe una mirada de complicidad y me dispuse a afrontar mi tarea.

Una vez dentro de la sala, escruté a Adela Enamorado: mujer, más o menos de mi edad, peinada de peluquería, ni una sola cana, muy maquillada, cejas levantadas, cara sin expresión, posiblemente infiltrada de bótox; vestida con un traje carísimo de marca, bolso prohibitivo para la mayoría de las mortales, blusa blanca y sujetador en su sitio. Era mi antípoda y, como era de esperar, estaba de muy mal humor cuando comenzamos a hablar con Concepción.

—Buenas tardes —saludé a esta—. ¿Cómo se encuentra?

—Ha estado mejor —respondió la letrada.

—Preferiría que me contestara ella.

La miré. Concepción estaba nerviosa, no paraba de restregarse las manos una contra otra, sudaba, le costaba respirar. Probablemente necesitaba ya una dosis de droga que sabía que no iba a llegarle y se le habrían pasado muchas cosas por la cabeza. Miré su cabello rizado y despeinado, su rostro ojeroso, su ropa arrugada y deslucida.

—No me encuentro demasiado bien —dijo.

—¿Y eso?

Me miró con rencor antes de contestar.

—Estoy detenida. No es plato de gusto para nadie.

—Entiendo. ¿Le gusta el cine, Concepción? ¿Suele ver series en la tele? —le pregunté con aire distendido.

—¿Qué es esto? —se quejó la abogada—. Nos hace esperar más de una hora y ahora... ¿se va a poner a hablar de series?

No me inmuté ante su reproche.

—Pues sí. De una en concreto. *The Bridge*. Norteamericana, *remake* de otra sueco-danesa llamada *Bron*. ¿La ha visto?

—No —contestó lacónica la madame.

—Qué pena. Si la hubiera visto sabría que esa serie, entre otras cosas, denuncia los cientos de muertes de mujeres jóvenes mexicanas en Ciudad Juárez. Muertes que, en su mayoría, quedan impunes.

—¿Y qué tiene eso que ver conmigo? —dijo, enfadada.

—Más de lo que parece. En la serie, unos indeseables pueden secuestrar y violar a la joven Eva porque otros cooperan o callan.

—Y a mí qué.

Tenía que bajarle los humos. Decidí apretar.

—Ángel y Gabriel podían prostituir a Susana,

Yolanda y Luna porque tenían a alguien como tú, que se las conseguía. ¿O no?

—Yo no sé nada. ¡Déjame en paz! —gritó.

—Puedes gritar, si quieres, pero tenemos testigos y audios que prueban tu labor como captadora. ¿A qué edad te captaron a ti?

Concepción no contestó. Adela le susurró algo al oído.

—¿Crees en Dios? —le pregunté a la detenida.

—Pero, bueno, inspectora —se quejó de nuevo la abogada—, qué despropósito de interrogatorio es este. Primero le pregunta por series de televisión y ahora por su religión. Esto no es serio.

Señalé a Concepción la medalla dorada que llevaba al cuello.

—Es la Virgen de Montserrat, ¿verdad? La Moreneta, como la llaman allí. Mis padres me llevaron una vez al monasterio cuando era pequeña. Es como una madre que está contigo, ¿me equivoco?

Concepción no contestó.

—Qué casualidad. En Chile es la Virgen de los narcos. ¿Izan te regaló la medalla? ¿Acaso te captó él? —le pregunté con aire indiferente.

Concepción no contestó.

—¿Por qué lo encubres? —insistí—. ¿Te robó él la infancia? ¿A qué edad te captó? ¿Dieciséis? ¿Diecisiete? ¿Les has hecho a esas chicas lo mismo que te hicieron a ti? ¿Por eso les has jodido la vida?

—¡Cállate! —me gritó fuera de sí.

—Sabes que Izan estaba coladito por Susana, ¿verdad? Era su capricho, su nueva muñeca. ¿Te fastidiaba que la prefiriera a ti?

—Vete a la mierda —rezongó, con aire resentido.

Me levanté. Caminé despacio.

—Verás, Concepción. Tenemos pruebas de sobra para ponerte a disposición judicial. Si colaboras se tendrá en cuenta en una posible reducción de condena. Puede ser la diferencia entre comerte un buen marrón o salir más o menos pronto con permisos y demás; pregúntale a la letrada, que seguro que te informará lealmente.

La abogada Adela Enamorado me lanzó una mirada sulfúrica. Aproveché para jugar una carta todavía más arriesgada.

—¿Sabes que teníamos a un infiltrado en vuestra banda?

—Mientes, mientes, mientes... —repitió la detenida.

La letrada se removió incómoda en el asiento.

—Si se ha inventado usted lo que acaba de decirle a mi cliente, pediré la nulidad de esta toma de declaración —me advirtió.

—Yo no invento nada. Y hay algo más.

—Qué —me espetó Concepción

—¿Sabes que Susana estaba embarazada? ¿De Izan, quizá?

—Cállate, zorra.

—No soy ninguna zorra. Soy inspectora de policía. No hago justicia, sólo soy una funcionaria al servicio del Estado de derecho, pero ahora soy lo único que tiene Susana para atormentarte. Ella te dijo que estaba embarazada y que quería dejar de prostituirse.

—Yo la ayudé.

—¿La ayudaste?

Concepción alzó los ojos hacia mí. Volví a sentarme.

—Yo era como una madre para ella —dijo.

—Hay madres y madres —observé—. Mira, Concepción, no tengo todo el tiempo del mundo. Quiero tu confesión: tú la captaste, tú la llevaste con Ángel y Gabriel, aun sabiendo que era menor, tú la incitaste a prostituirse a cambio de droga y tú le ofreciste ayudarla a abortar si convencía a sus amigas para ponerse en tus manos.

—Yo...

—Todo eso lo tengo claro. Pero no sé qué pasó hace cuatro días, la tarde del 12 de julio de 2021 en el piso de San Romualdo. Es decir, sé que Ángel y Gabriel estaban con Susana en el momento de su muerte, pero no sé dónde estabas tú ese día a las siete de la tarde.

—No tengo por qué contestar —se defendió.

—No, pero te pueden caer hasta cinco años por chica. Quince años de prisión, si no colaboras. Es mucho tiempo.

Adela le volvió a susurrar algo al oído a la detenida. Supuse que le decía que yo estaba hablando de la condena máxima.

—¿Sabes lo que más me jode en el mundo, Concepción? Que una mujer putee a otra mujer —le dije—. Y te aclararé otra cosa. Yo no tengo un especial interés por ayudarte. Me das igual.

—Ya lo supongo.

—De hecho, me encantará que te pudras en la cárcel, porque te lo mereces. Pero si colaboras, tu calvario pasará más rápido.

La abogada golpeaba la mesa con sus largas uñas postizas. Yo seguía sentada en la silla y pensaba en el método infalible de Rust Cohle, uno de los investigadores de *True Detective*, para hacer que el detenido confiese. Recuerdo que me impresionó cuando lo vi en pantalla por primera vez: aceptar que todos guardamos dentro una gran cantidad de oscuridad, que no existen los buenos y los malos, sino que todos somos buenos y malos y nos movemos en arenas movedizas. Los detenidos sólo son personas que en cierto momento se desviaron más hacia un lado del camino que hacia el otro.

—¿Sabes una cosa? Mi padre se iba de putas y mi madre lo odiaba por ello —inventé sobre la marcha, en un intento de hacer mío el *método Cohle*. Aquella era una mentira que la abogada nunca podría comprobar ni alegar para tratar de anular nada.

—Vaya una novedad —respondió Adela, aparentando estar ya aburrida de estar allí y mirando su costoso reloj de muñeca.

—La prostitución es un privilegio patriarcal —me lancé—. Está basada en la creencia masculina de que los hombres tienen derecho a servirse de los cuerpos de las mujeres si pueden pagar por ello.

Gutiérrez me miró, desconcertado. Yo estaba segura de que él nunca había pagado por servicios sexuales. Guadalupe, en cambio, asintió discretamente: había intuido por dónde quería ir.

—No conseguimos acabar con la prostitución, entre otras cosas, por culpa de mujeres como tú —le dije a Concepción con crudeza.

Me miró con odio. Era lo que buscaba.

—No sabes de lo que estás hablando. Mi madre era prostituta —confesó—. Nací en un club de alterne de León y pasé la infancia recorriendo burdeles de carretera. Izan me conoció en un prostíbulo de Toledo. Perdí la virginidad a los dieciséis años, pero no fue con él ni por su culpa. Para entonces yo ya pasaba de los veinte. Izan se aficionó a mis servicios y me llevó a uno de sus locales. Era su chica, de aquella manera. Andando el tiempo, la magia se acabó.

Se hizo un silencio general. Concepción prosiguió su relato.

—Izan vivió algún tiempo en España. Fue en esa época cuando me conoció y montó su red. Yo todavía era joven. Ahora tengo casi cuarenta años y llevo más de veinte prostituyéndome. Si a eso le sumas la droga, es un milagro que todavía no me haya muerto.

Adela Enamorado contuvo la respiración. Vi como su cerebro funcionaba a toda velocidad, pero sólo pudo decirle a su cliente:

—Concepción, no tienes por qué contarles nada.

—Lo sé —dijo la detenida.

—Lo sabe —corroboré—. Y lo que quiera callar, que lo calle.

Concepción asintió, en silencio. Sobre sus hombros cargaba el peso no ya del oficio, sino de la mentira más grande del mundo.

—Sólo hablaré de lo que tiene que ver con Susana —me avisó.

—No sólo me interesa eso —le advertí.

Concepción sacudió la cabeza.

—No me pidas lo que no puedo darte. Ángel, Gabriel y yo nos ocupábamos de todo en el piso de

San Romualdo; Ángel controlaba a las chicas, Gabriel les pasaba la droga y yo las captaba.

—Y un tal Benjamín Flores os lavaba el dinero —arriesgué.

Ahí la detenida volvió la mirada a su abogada.

—De eso no sé —dijo.

—Creo que sí sabes.

—Es igual. De eso no hablo.

—Está bien —me plegué—. Sigue.

—No fue fácil aceptar que Izan perdiera el interés por mí y se marchara a vivir fuera, pero con el tiempo me resigné. Si has tenido una vida de mierda, aprendes a encajar los golpes. Por otra parte, cuando se fue también me sentí, cómo diría..., liberada.

—¿Liberada?

—Sí, por primera vez en mi vida ningún hombre controlaba mi dinero. Lo que ganaba era para mí, no tenía que compartirlo.

—Entiendo.

—Gané bastante, no creas. Pero también eso se fue acabando. A medida que cumplía años, ya no tenía tantos clientes. Entonces, hará unos tres o cuatro años, volví a ver a Izan. Me dijo que necesitaba gente de confianza, y me ofreció participar en sus negocios.

—Explotando a chicas jóvenes.

Concepción se encogió de hombros.

—Llámalo como quieras.

—Y así llegaste a Susana. Y a través de ella a Yolanda y a Luna. Y quién sabe a cuántas menores de edad más, antes de ellas.

—Sólo voy a reconocer lo que ya te he dicho.

—Está bien. Me vale de momento.

—Aunque no me creas, yo intentaba cuidarlas.

—Ya. Pero con Susana algo se torció...

—Se quedó embarazada, eso ya lo sabes. De Izan o de quien fuera. Eso lo cambió todo. Entonces ella se empeñó en dejarlo. Yo estaba dispuesta a conseguirle una clínica para poder abortar.

—A cambio de la colaboración de sus amigas.

—Nunca hice ese trato con ella.

—Ya. ¿Y dónde estabas la tarde que murió Susana?

—En mi casa. En mi estudio de la calle Goya.

—Un estudio muy bien situado, por cierto.

—Mis ahorros —explicó—. Me dolía la espalda, bebí mucho ese día y me quedé en cama. Lo último que podía imaginarme era que esos dos idiotas iban a drogar a Susana hasta hacerla reventar.

—¿Alguien puede confirmar tu coartada?

—Sí. Alquilo una habitación a una estudiante italiana. Se llama Loredana y estudia en la Complutense. De hecho me gustaría que alguien le dijera que estoy detenida para que no se asuste.

Increíble. Concepción, la mujer que les había robado la infancia a tres chicas, le ofrecía su casa a otra y se preocupaba por ella.

—No voy a dejar de preguntarte lo que quiero saber —le dije—. Dónde está Izan. Cuál es su nombre verdadero. Qué sabes de la muerte de Isabel Domínguez, Ana Luengo y Marisol Morales.

Concepción me miró con aire fatigado.

—Nunca he visto un documento de identidad de

Izan, no sé cómo se llama, tampoco dónde está, y si lo supiera no te lo diría. Y esos tres nombres que acabas de decir es la primera vez que los oigo.

La abogada suspiró con alivio. Una vez acabada su confesión, Concepción se llevó las dos manos a la espalda. Quizá a ella, con aquellos pechos tan enormes, también le apretaba el sujetador.

15

Receso

Salí de la entrevista con Concepción más fatigada de lo que convenía a la tarea que me aguardaba con sus dos cómplices, y que cabía suponer que sería bastante más ingrata. Esto debió de pesar en mi ánimo, pero no fue la razón principal por la que en la puerta de la sala de interrogatorios, mientras Miguel y Guadalupe sacaban a la detenida para conducirla esposada hasta los calabozos, me volví a Gutiérrez y Gallardo y les dije con tono brusco e imperativo:

—Los dos. Conmigo. A mi despacho.

No se escapó a mi atención la mirada que me lanzó la letrada Adela Enamorado, porque en el fondo ella, aunque no lo pareciera, era la destinataria principal de mis palabras. Era ella la que no sabía, a diferencia de mis compañeros, que yo no tenía despacho. Era ella, en fin, a quien perseguía descolocar con aquella maniobra.

Una vez que estuvimos los tres en el despacho del grupo, con la puerta cerrada, les revelé mis intenciones a mis subordinados:

—Vamos a parar por hoy.

Ninguno se atrevió a preguntarme por qué. Había una razón para que yo no alargara la jornada, después del diagnóstico que acababa de recibir hacía sólo unas horas; pero no era tan evidente que las diligencias, y en particular el interrogatorio de los otros dos individuos que teníamos en los calabozos, no debieran continuar en mi ausencia y sin más demora. Como vi que ellos no iban a hablar, decidí ser yo la que asumiera voluntariamente la explicación.

—Sé lo que estáis pensando —les dije—. Lo primero, que la abogada se va a cabrear. Eso no me importa ni os debería importar a vosotros. Lo segundo, que van a tener tiempo de hablar con ella, prepararse y reaccionar a lo que nos ha contado Concepción.

—Es lo previsible —aventuró Gutiérrez.

—Eso es precisamente lo que quiero. Que sea ella la que les cuente que la mujer ha largado y les ha complicado un poco la vida. Si lo hiciéramos nosotros resultaríamos mucho menos creíbles.

Gallardo no se calló la pertinente observación:

—También los asesorará sobre cómo contrarrestarlo.

—¿Y qué van a hacer o decir para contrarrestar que la mujer se desentienda de ellos y de la muerte de la chica, lo que de paso los pone a ellos en primera línea para pagar los platos rotos?

—Algo se le ocurrirá, seguro —apostó el subinspector.

—Tengo otras razones —dije.

Los dos se miraron con aire grave.

—No, no es esa. Tenga lo que tenga en el pulmón, no entra en mis planes morirme a corto plazo;

por lo menos no antes de que a esos dos miserables los condenen a pudrirse en una celda.

—No te vas a morir —vaticinó Gutiérrez.

—Claro que sí, antes o después. El caso es que he atado un par de cabos que creo que aconsejan adelantar otras cosas. No os he dicho nada, sólo se lo confié a Carranco cuando lo llamé ayer para darle cuenta de que íbamos a detener a los sospechosos. Han vuelto a amenazarme. Esta vez han llamado a mi móvil.

—¿Y cómo no nos lo has...? —saltó Gutiérrez.

Le agradecí el gesto con mi mejor sonrisa.

—Porque no tenía por qué distraeros del trabajo, por algo que no es vuestra responsabilidad solucionar. Soy yo la que tengo que ocuparme de mi autoprotección y era Carranco el que podía pedir a quien corresponde, como lo ha hecho, que tome las medidas que van más allá de eso en función de la credibilidad de la amenaza.

—Joder, Manuela, así y todo —se quejó Gallardo.

—La cuestión a la que voy es que me había estado preguntando cómo era posible que en tan poco tiempo no sólo supieran que yo llevaba la investigación, sino el número de mi casa y el de mi móvil. Y ahora lo tengo claro: esos policías que están a sueldo de la red de crimen organizado de la que forman parte Ángel y Gabriel, y que se ha visto tan inoportunamente expuesta con la muerte de Susana.

—Blanco y en botella —asintió Gutiérrez.

—Lo que me lleva a otra consideración. Lo primero de todo, y la declaración de Concepción me lo confirma, es atender ese frente. O lo que es lo mismo, volver a joderle a Carranco su crucero.

—Nos va a odiar —dijo Gallardo.

—Trataré de convencerle de que debería odiarnos más si no se lo contáramos. Es él quien tiene que coordinar nuestra investigación con todas las demás unidades afectadas: sobre todo con los de Asuntos Internos y los de la UDEF y con las que tienen agentes pringados en la trama. A nosotros nos faltan galones para eso, y ya bastante ocupados estamos con lo que nos traemos entre manos. Nos vendrá bien que los expertos se ocupen de seguir el dinero y la droga mientras nosotros nos centramos en nuestros detenidos.

—Ahí coincido —se adhirió Gutiérrez—. Bastante hay ya con lo que tenemos, somos muy poca caballería para tanto apache.

—¿Y dónde no coincides? —lo puse a prueba.

Mi nuevo inspector no se calló lo que pensaba.

—No podemos desaprovechar el tiempo que están en nuestras manos. Las setenta y dos horas no van a dejar de correr.

—¿Quién dijo que vayamos a desaprovecharlo?

—Eh... —dudó.

—Para empezar, vamos a tratar de dormir ocho horas, que no viene nada mal de vez en cuando. Mañana estaremos todos aquí, a primera hora, para batirnos con esos dos. Quiero creer que la alcoba que va a albergarlos esta noche les va a poner cuesta arriba soñar con los angelitos, o con lo que sea que sueñen. Tampoco creo que su abogada duerma a pierna suelta. Si nosotros estamos frescos, en cambio, tendremos ventaja en la confrontación. Eso ya es algo.

—Así visto...

—Para continuar, y sin perjuicio de lo anterior, vuestra jefa de grupo no os prohíbe que este receso lo aprovechéis repasando todo el material que ya tenemos, a la luz de lo que nos ha dicho nuestra detenida, para apretarles mejor las tuercas a sus dos socios.

—Con eso ya sabes que puedes contar —dijo Gallardo.

—Incluso podemos destinar la pausa a pensar la estrategia que vamos a seguir a continuación de esos dos interrogatorios. Siento enfriar vuestros posibles entusiasmos, pero lo más probable es que ninguno haga mucho más que negarse a declarar. En el tiempo que nos quede, tenemos que hacer lo que esté en nuestra mano para darle al fiscal Urriaga argumentos con los que pedir que nuestros sospechosos no salgan ni siquiera bajo fianza. Y me permito recordaros que el caso no acaba ni mucho menos ahí.

—Los clientes —apuntó Gallardo.

—Exactamente. El otro objetivo es conseguir que el juez nos respalde para empapelarlos también a todos. Y no es proclive.

—A eso tal vez deberíamos renunciar —sugirió Gutiérrez.

—¿Cómo dices?

Gutiérrez levantó las manos.

—Entiéndeme, Manuela. Si por mí fuera, no habría uno solo que se quedara sin comerse una buena hostia. Pero con el juez arrastrando los pies, la presunción de inocencia y el lío que es para el Estado hospedar a cincuenta ciudadanos, muy difícil lo tenemos, quizá conviene que vayamos mentalizándonos.

—¿Mentalizándonos o rindiéndonos? —le piqué.

—¿Me has visto rendirme en alguna investigación?

—No, ni quiero verlo.

—Tú eres la jefa —acató—. Se hará como digas.

—Como su señoría diga, más bien. Hasta donde nuestro amigo Urriaga sea capaz de llevarlo. Voy a ponerlo al corriente de todo.

Me puse en pie y ambos me imitaron.

—Echadlo si queréis a la pajita más corta —les dije—. Que uno vaya y le diga a la superabogada que no vamos a interrogar a sus dos clientes hasta mañana y que puede irse a tomar el aire.

—Me lo pido —dijo Gutiérrez.

—No me gusta estropear el placer ajeno —se apartó Gallardo—. Aunque a lo mejor se te pone flamenca y acabas arrepintiéndote.

—Ya sabes qué decirle, si se rebota —intervine.

—Claro —repuso Gutiérrez—. Que tenemos que completar las diligencias para garantizar mejor los derechos de sus patrocinados.

Mi primera llamada, por cortesía y por obligación moral, fue a mi superior jerárquico. Antes de marcar su número procuré ordenar bien mis ideas para entretenerlo y amargarlo lo menos posible. El inspector jefe Carranco ya debía de tener la mosca detrás de la oreja, porque sólo dejó que el tono de llamada sonara un par de veces.

—Hola, Manuela —me saludó resignado. Al

fondo se oía el rumor del viento y del mar. Imaginé la bella noche que lo rodeaba.

—Ya lo siento, jefe. ¿Cómo van las vacaciones?

—Aquí estaba, admirando el cielo. Acaba de pasar una estrella fugaz y le he pedido un deseo. Acaba de no concedérmelo.

—No te puedes fiar de ellas. De nadie, en el fondo.

—Tú me dirás. Asumo que hay novedades importantes.

—Si no, no te llamaría. Te lo juro, jefe.

—Anda, vacía ya el cargador.

Creo que no le hice un mal resumen. Ceñido a lo esencial, sin alarmismos innecesarios, pero con las advertencias insoslayables. También procuré darle la mayor cantidad de problemas resueltos, y dejarle botando y colocados los balones que sólo él podía chutar. Me cronometré y comprobé que al final había sido capaz de resumírselo en poco más de cuatro minutos. Me permití darme un notable.

—Cuando dije novedades, no esperaba tantas, ni de ese calibre —observó, después de dejar un breve silencio para sopesarlas.

—Creí que era mejor tenerte al corriente.

—Y creíste bien. Manuela...

—Dime.

—Te tengo que pedir un favor.

—Como si son dos.

—Me gustaría celebrar alguna boda más, después de estas de plata. Y para eso va a ser muy importante que hagas dos cosas.

—Soy toda oídos.

—La primera, seguir al pie de la letra lo que diga

el comisario en lo concerniente a la relación con otras unidades. No tengo más opción que llamarle y pedirle que se ocupe él de avisar a quien toca. De lo que haya que hacer sobre el terreno, te tendrás que encargar tú.

—Entendido. Cuenta con ello.

—Y la segunda, que me cuides al juez. Que esté contento, que sienta que somos sus lacayos, que sólo vemos lo que ven sus ojos, que no pensamos más que lo que piensa su cerebro. Que lo de la muerte de esa chica quede cerrado sin reveses ni sobresaltos.

—¿Qué te hace pensar que podría ser de otro modo?

—No sé, acabo de tomarme un daiquiri. Por si acaso.

—Descuida. Le costará distinguirme de su chacha.

—En serio, Manuela. Por lo que acabas de decirme, esto es una movida de las chungas. Si conseguimos que la empresa no salga demasiado maltrecha ya habremos hecho bastante. No es la ocasión para lucirse, y mucho menos para ponernos estupendos.

—Me queda cristalino. Pierde cuidado.

—Y en fin. Ya me cuesta decirlo, pero gracias por llamar.

—A tus órdenes siempre.

Cuando colgó, caí en la cuenta de que no le había contado todo lo que quizá debía saber. Le había ahorrado la noticia de que ese mismo día había tenido que ausentarme unas horas del trabajo para ir a urgencias y allí habían visto lo último que deseaba que vieran. Pensé que no iba a gustarle mucho, cuando se enterase, que se lo hubiera ocultado. No dejaba de ser un dato relevante para evaluar si era yo —alguien con un problema que no podía dejar de afectar a su claridad de juicio— la más indicada para gestionar aquella situación. Para apartarlo de mi mente, marqué el número del fiscal Urriaga.

Sonó media docena de veces y entró el contestador. Preferí no dejarle un mensaje grabado. Me irrita tener que oír los que me dejan, incluso si no son largos, y ya aprendí de niña que no debes hacerles a otros lo que no te gusta que te hagan a ti. Así que colgué y por un instante me quedé sola, sin otra compañía que mis pensamientos. Por suerte, en seguida el fiscal Urriaga me devolvió la llamada.

—Manuela, me has llamado... —me saludó.

—Gracias —le dije, aún algo abstraída—. Sí, quería contarte.

—¿Cómo va eso? ¿Se han derrumbado?

—Sólo la hemos interrogado a ella. Algo ha dicho, pero no sé si lo describiría de esa manera. El asunto se ha enredado un poco.

Le conté todo lo que habíamos averiguado a lo largo de aquella jornada desde que habíamos irrumpido en el piso de Ángel. Sobre todo, la conexión de nuestro caso con una trama mucho mayor en la que, por no faltar, ni siquiera faltaban policías corruptos. Urriaga me escuchó con toda atención, sin interrumpirme más que para precisar algún detalle. Cuando hube terminado mi relato, el fiscal dijo:

—A Bermúdez no le va a hacer ninguna gracia.

—Por una vez, lo comprendo.

—Es un embolado enorme. Uno de esos casos que te revientan el juzgado, salvo que le pongan un juez de apoyo o encontréis tú y tus compañeros la manera de desgajar algún pedazo significativo del asunto en diligencias separadas y llevárselo a otro juez.

Pese a lo obtusa que a esas alturas me sentía, tuve una idea.

—Se puede hacer. A partir de la chica que el subinspector Pérez nos ha contado que arrojaron al río. Y sacar el resto del hilo de ahí.

—No parece mala idea.

—¿Nos lo aconsejas?

—Cuanto menos lío tenga Bermúdez, mejor podré manejarlo.

—Así se lo plantearé a mis jefes, entonces.

—Y si puedo aconsejarte una picardía...

—No te diré que no.

—Llevad la denuncia del subinspector al juzgado mañana, que está de guardia la juez Soldevila —me sugirió—. A esa, a diferencia de Bermúdez, no le entran dudas con según qué cuestiones.

—Le debo una, señor fiscal.

—Para lo de Susana, en cambio, seguimos amarrados a él. La pereza no figura entre sus defectos. Inhibirse a favor de otro juez acerca de algo que ha empezado a conocer no entra en su estilo.

—Confiaremos en tu capacidad de persuasión.

—En todo caso, ya lo sabes, soy mucho mejor cuando me dan buenas armas. ¿Qué tenemos para pedir prisión incondicional?

Hice memoria.

—Estaban empaquetando el dinero, y hay en la trama terceras personas sin identificar cuyo nombre no nos han dado ni creo que nos vayan a dar y que podrían favorecer su fuga, igual que se han ocupado de pagarles esa cara abogada. Además, hemos encontrado de todo: drogas, sustancias anabolizantes prohibidas y una pila de material pornográfico que estamos analizando, pero en el que ya te digo que hay imágenes de nuestras chicas. O sea, menores.

—No pinta mal.

Dudé si decirle lo que estaba pensando. Al final me lancé.

—Quería decirte otra cosa. En confianza.

—De qué se trata.

—Me han dado malas noticias. Tengo problemas de salud.

—¿Qué problemas?

—Aún no lo sé con certeza. Y prefiero no hablar de ello. El caso es que no resulta nada improbable que en algún momento tenga que pedir la baja, quizá antes de que cerremos del todo este caso.

—Vaya.

—No es seguro, pero si sucede, quedará al frente el inspector Gutiérrez. Es un buen profesional. Te ruego que le apoyes.

—Claro. Oye, y cualquier cosa...

—Te lo agradezco, de verdad. Tengo que irme, disculpa.

Cuando colgué, para evitar que se me quebrara la voz, vi que tenía tres llamadas perdidas de Alberto y un mensaje de texto. Decía así: «No he querido molestarte antes, ¿pero no va siendo hora de que vuelvas a casa y te dejes cuidar?». Ahí ya no pude impedir que las lágrimas desbordaran mis ojos y corrieran por mis mejillas. Me dije que sí, que tenía derecho a que me quisieran un poco. Máxime cuando lo que a la mañana siguiente me aguardaba era un par de malas bestias que iban a darme cualquier cosa menos afecto.

16

El gran jefe

Nada más llegar a la Brigada la mañana siguiente, y eso que lo hice antes de la hora, me salió al paso la oficial Guadalupe Larbi.

—Manuela, el gran jefe. Que vayas a su despacho. Ya.

—¿Ni siquiera me puedo tomar antes un café? —gruñí.

—No me parece muy aconsejable. Llamó hace diez minutos.

—Está bien. ¿Cómo han dormido nuestros huéspedes?

—Tienen ojeras. Los dos.

—¿Y la togada fantástica?

—También ha llamado, hace un momento. Que cuándo narices les vamos a tomar declaración. Y que la avisemos con tiempo.

—¿Ha dicho eso, «narices»?

—Ajá.

—Qué remilgada. Bueno, voy al cadalso. Deséame suerte.

—Suerte, jefa. Sobrevivirás. Creo.

—Nada la anima a una como la fe de los suyos.

Para una inspectora de tropa, como yo, verse convocada a las esferas celestes donde habita la clase comisarial siempre resulta inquietante. Dice la teoría del ajedrez que las excursiones de los peones hacia la zona del tablero que ocupa la aristocracia rara vez le reportan beneficio al peón, y cuando llamé a la puerta del comisario, el gran jefe a cuyo trato rara vez se me admitía —lo que tenía que decirme, cuando era el caso, me llegaba a través de mi superior inmediato—, me forcé a recordar lo que me jugaba entrando allí.

—¿Da su permiso? —pregunté.

—Adelante —invitó el comisario Navarrete.

No llevaba mucho tiempo en la Brigada, pero desde el primer día nos había hecho notar a quienes trabajábamos a sus órdenes que tenía las ideas tan claras como directo el discurso. No era hombre dado a la retórica, tampoco el prototipo de jefe colérico que una y otra vez prefieren los guionistas de las series de televisión. Nunca le había oído alzar la voz, pero en según qué sitios y situaciones se aprende a estar más alerta ante los que no se alteran que ante los que pierden fácilmente los estribos. Otra cosa que tenía Navarrete era que se trataba de un policía nato, uno de esos tipos que casi se diría que salieron del vientre de su madre con la placa y el afán de fisgarlo todo, a lo que había que sumar que no le faltaba experiencia. Según abrí la puerta me recorrió con la mirada desde la frente hasta la punta de las zapatillas deportivas que llevaba yo ese día, y que no se veían nuevas, precisamente. Me sentí como en esas máquinas de los aeropuertos en las que hay que entrar descalzo y posar con los brazos levantados sobre la cabeza. Escaneada, más que examinada.

—Pasa y siéntate, Mauri —me dijo.

Esa era una orden fácil de cumplir, así que me apliqué a ello.

—Me llamó anoche Carranco —prosiguió, y en ese punto clavó en los míos sus ojos, pequeños, oscuros y vivaces—. La que nos has liado a partir de una muerte rutinaria por sobredosis.

—Jefe, yo...

—Era broma, mujer —aclaró—. Has hecho tu trabajo, y además bien, y tu gente igual. El caso es que, con lo que habéis encontrado, tenemos una situación, que diría Tarantino.

No sabía que Navarrete era cinéfilo. Aquella salida me lo hizo más simpático. Denotaba curiosidad, ingenio, también cintura.

—Soy consciente —dije—. Por eso llamé a mi inspector jefe.

—Y por eso te llamo yo a ti ahora, y ya anoche hice como media docena de llamadas más. El primer mensaje que quiero que te quede claro es que de este asunto ni podemos, ni queremos ni de ningún modo nos interesa asumir el liderazgo. Nosotros sólo gestionamos cadáveres, y ya nos dan tarea más que suficiente. Para las drogas, el blanqueo y sobre todo los compañeros que se olvidan de su lugar en este mundo hay otros que son los que saben. No hay que ser nunca avaricioso en este oficio. Que se lleven otros las medallas.

—No puedo estar más de acuerdo —apunté.

—Quien puede decidirlo ha resuelto que la coordinación y la dirección de todo la lleve Asuntos Internos, mano a mano con los de delincuencia organizada. Nosotros nos centraremos en las chicas, para lo que nos tocará coordinarnos con los de la UFAM, pero como aquí hay muertos, en esa parte mandamos nosotros, o sea tú.

—Me queda claro.

—Lo que ahora urge —continuó Navarrete— es que tenemos a unos ciudadanos en la nevera. Si por mí fuera los dejaría ahí hasta que fermentaran, pero resulta que tienen unos derechos, y esa es ahora nuestra prioridad. Hay que cerrar lo de la chica de la calle de Alcalá, ante todo, sin dejar de ocuparnos de las otras. Ya lo siento, pero la denuncia del subinspector ha caído en tu semana de guardia, así que le toca a tu grupo resolver la papeleta. Por la complejidad del caso, he quedado con mi jefe en que un par de los nuestros se integrarán en la fuerza conjunta para ocuparse de las diligencias de las tres muertes.

Intenté asimilar a la velocidad que me convenía todo lo que me iba contando el comisario, que tenía claves de las que yo carecía y que daba por sobreentendidas cosas que a mí no me quedaba más remedio que adivinar. Empecé entonces a echar de menos el café que me faltaba, pero tenía que recuperar la iniciativa como fuera y hacerle ver a Navarrete que lo que había entrado en su despacho esa mañana era algo más que una becaria más o menos solícita.

—Hay un detalle... —dije.

—¿Cuál?

—Uno que no es pequeño, precisamente. Su señoría.

—Ah, sí, algo me ha dicho Carranco. ¿Qué pasa con él?

—No es el preferible para una trama de este calibre.

—Te refieres al que lleva lo de la chica de la calle Alcalá.

—A ese mismo. Bermúdez.

Navarrete levantó las cejas.

—Fama tiene, ahora que lo mencionas.

—¿Lo conoce?

—No he tenido el honor, pero algo me ha llegado.

—El caso es que nos está costando que se mueva. Tenemos que justificárselo mucho todo. Creo que es mi deber advertírselo.

Navarrete me observó con detenimiento. Lo que a continuación dijo no me sonó como un reproche. Era su estilo, simplemente.

—Y además de advertencias, ¿tienes alguna solución?

—Ahí quería ir. Ayer hablé con el fiscal.

—¿Y?

—Me dio una idea. Que la denuncia del subinspector Pérez la llevemos al juzgado hoy, que está de guardia la juez Soldevila.

—¿No es un poco precipitado?

Inspiré hondo. Me tocaba pisar fuerte.

—La denuncia es bastante completa. Que la investigación nos vaya a llevar semanas o incluso meses es otra cuestión. Soldevila es lo contrario de Bermúdez, y dice el fiscal que no va a torcer el gesto por tener que instruir una macrocausa. Es aún relativamente joven, o sea, que no está tan desgastada ni es tan resabiada como el otro.

—No siempre el desgaste o el resabio es cuestión de años, ni la juventud sinónimo de empuje y diligencia, inspectora.

Mientras calculaba los años que podía sacarme Navarrete, no menos de diez, tuve la incómoda sensación de que insinuaba algo entre líneas. Al final, y sin querer, había acabado metiendo la pata.

—Desde luego —me apresuré a aclararle—. Se lo digo porque quizá le parezca conveniente pasarles la sugerencia a los de Asuntos Internos, ya que van a llevar ellos el peso principal del caso.

—Lo haré, descuida —me aseguró, como un alumno modélico cuya aplicación pusiera en duda una maestra despistada—. Luego será el comisario de ellos el que decida si es o no buena idea.

—Claro.

—Tú piénsate un par de elementos de tu grupo para que se pongan al habla con el inspector Treviño, de Asuntos Internos; es el que me han dado como enlace. Por razones de anonimato de sus agentes, será el único de su unidad con el que se relacionen los que no pertenecen a ella. Y dales el encargo de que te tengan en todo momento informada, para que tú me tengas informado a mí.

—Entendido.

Navarrete se echó hacia atrás en su sillón directivo.

—Dichoso Carranco, qué tino tuvo para reservarse el crucero.

¿Era una trampa? Reaccioné como si lo fuera.

—Son veinticinco años —dije—, hay que celebrarlos.

—En fin. Nos da la oportunidad de conocernos mejor.

A eso no se me ocurrió cómo responder.

—Es bueno saber de primera mano cómo es la gente que tienes a tus órdenes —explicó—. A veces, el lío del día a día y los escalones intermedios de mando no le dejan a uno ver el bosque. Veo que eres resolutiva y te anticipas a las situaciones. Me alegra que así sea.

—Gracias.

Entonces vi el destello en sus pupilas. Súbito, felino.

—Carranco me habla bien de ti, pero también dice que tienes un lado algo impulsivo. Te pido que en este caso lo contengas.

Puse cara de no haber roto nunca un plato.

—No puedo ser más prudente, jefe, se lo aseguro.

—Sé que tienes a más de cincuenta marranos localizados y que la sangre te pide llevártelos a todos por delante. Lo comprendo: si yo estuviera en tus zapatos querría exactamente lo mismo.

—Aparte de lo mal que me caigan, es un delito tener relaciones sexuales con una menor pagándole por ello —le recordé.

—Faltaría más, y nos pagan por descubrir y probar los delitos y llevar a los responsables ante los jueces. Lo que te pido, Mauri, es que encuentres aquí el equilibrio entre no dejar de hacer lo que se debe y no perder de vista el sentido práctico. Ante la duda, más vale resolver este capítulo que alargarlo hasta el infinito. Por desgracia, tenemos mucha más madera esperándonos en el aserradero.

—Seremos tan eficientes como podamos —le prometí.

—Está bien. Elige quiénes de tu grupo se incorporan al equipo conjunto y que el de más galones llame a Treviño cuanto antes.

Lo interpreté como la señal para levantarme de la silla.

—Así se hará —acaté—. Si da su permiso...

—Ve. Muchas gracias, Manuela.

Mientras pronunciaba mi nombre, sostuvo mi mirada.

—Y si hay cualquier problema, me llamas —añadió—. Te aviso con lo que me digan de Asuntos Internos sobre lo de la juez.

Por el camino hacia el cubículo de mi grupo, casi a traición, y una vez que había superado la presión psicológica de mi excursión a las alturas, me asaltó el pensamiento que había turbado mi sueño la noche anterior, dejándome de propina el aparatoso par de ojeras con el que, como nuestros detenidos, afrontaba la jornada y que —pensé entonces— tampoco habría escapado al ojo atento del comisario. Una y otra vez me aferraba a la esperanza de que el rictus lúgubre del médico que había examinado mi radiografía la víspera estuviera fuera de lugar y la biopsia descartara lo que ambos temíamos y no me había querido confirmar hasta disponer de ella. Una y otra vez se me derrumbaba esa esperanza ante los ojos y quedaba, perpleja y asustada, ante la certidumbre de que el mal me había alcanzado y lo que ahora me tocaba era intentar, como fuera, sobrevivir a él. Me sentí afortunada, dentro de mi infortunio, por tener una tarea en la que debía empeñar todas mis energías mentales, que me apremiaba y que no podía bajo ningún concepto rehuir o traspasar a otro.

Ya estaba todo el grupo allí, entregado a la actividad.

—Espero que hayáis descansado —los saludé—. El día va a ser largo, la mies es mucha y nuestra clientela antipática.

—¿La qué es mucha? —preguntó Miguel sin entender.

—La mies, criatura —repetí—. El cereal. De donde sale el pan, vamos, que no brota sin más en los lineales del Mercadona.

Miguel enrojeció hasta la raíz de los cabellos. De pronto, me sentí como la peor jefa posible. Necesitaba animarme, buscar el lado cómico del drama, pero reírme de mi gente no era la manera.

—Es un dicho de toda la vida —expliqué—. De toda la vida de los vejestorios, perdóname. A veces una se olvida de que viene de un mundo ya desaparecido. A lo importante: tengo noticias.

Todos levantaron las orejas.

—Van a formar un equipo conjunto para afrontar el tinglado del Izan y el asuntillo de sus empleados de azul —les dije—. Lidera Asuntos Internos, así que será cosa supersecreta, peliaguda y todo lo que os podáis imaginar a partir de ahí. Me pide el gran jefe, o más bien me manda, que dos de vosotros os integréis en ese equipo para llevar la parte de los cadáveres, tanto si aparecen como si no.

Gallardo y Gutiérrez se miraron.

—Como tal vez haya que hablar con algunas de las chicas que estos cabrones no han tirado todavía al Tajo, me temo que te toca ser una de los dos, Guadalupe —dije, mirando a la aludida—. Por lo que a la jefatura respecta, he pensado que quizá a nuestro flamante inspector Gutiérrez le haga ilusión desempeñarla. Tú me dirás, Rafael.

Gutiérrez quedó un instante descolocado y dubitativo.

—¿Esto es para ya? —preguntó.

—Para ya mismo. Hay un inspector de Asuntos Internos a la espera de la llamada del designado para coordinarse con él.

Gutiérrez pareció darle vueltas a algo.

—¿Qué dudas tienes? —le espeté.

Al fin se atrevió a formular sus reservas.

—Me gustaría estar contigo para interrogar a estos dos.

—¿No me ves capaz? —salté sin pensarlo mucho.

Gutiérrez me dedicó una expresión dolida.

—Esa sería la última razón que podría moverme —dijo—. Quiero apretarles las tuercas contigo. Este es el caso del grupo; lo demás ya veo, por lo que nos dices, que va a ser de otros. Pero la jefa eres tú y se hará lo que a ti te parezca mejor, por supuesto.

Procesé sus palabras más con el corazón que con la cabeza. Me hallaba en un estado en el que lo emocional se imponía a lo racional, que es lo último que un investigador de homicidios debe permitir que le suceda. Aun así, cuando las tripas se hacen oír, sólo puedes decidir en sintonía con lo que ellas te mandan, y lo que me decían a mí las tripas era que yo también quería tenerlo esa mañana a mi lado.

Me volví entonces hacia Gallardo.

—Qué me dices. ¿Te fastidia mucho hacerte cargo tú?

—A tus órdenes —respondió sin vacilar.

Pensé que no era malo que la representación del grupo en el equipo conjunto la asumiera un tipo discreto como Gallardo, que no sólo era de confianza absoluta para mí, sino que sabría inspirarle a cualquiera esa misma confianza de manera inmediata. Confortada por la sensación de que las piezas encontraban de forma natural la mejor distribución posible, me apresuré a zanjar la cuestión.

—No se hable más. Tienes que contactar con un tal Treviño, de Asuntos Internos. Apúntate el número y lo llamas ahora mismo. Y a partir de ahí me vas contando, pero Guadalupe y tú os dedicáis con prioridad absoluta a lo que él te diga. Si os sobra tiempo, el grupo no dejará de agradecer que arriméis el hombro, sobre todo cuando haya que hacer el papeleo para pasarle al juez la responsabilidad sobre nuestros invitados. Y esto es todo. Hala, manos a la obra.

Cada uno se aplicó a partir de ahí a la labor que tenía asignada. Gutiérrez se me acercó y me dijo en tono de confidencia:

—Gracias.

—¿Por?

—Por tener en cuenta mi criterio. Espero que entiendas que te lo digo desde la lealtad. Y que sé dónde estoy yo y dónde tú.

—No tengo la menor duda —le dije—. Disculpa si antes te ha dado otra impresión. Supongo que no estoy precisamente en mi día más inspirado, a ver si espabilo y remonto de aquí en adelante.

—¿Cómo estás?

—Como ayer. Lista para la refriega. Pero lo estaré más si me agencio ese café que el comisario me ha impedido tomarme.

—Voy contigo —ofreció—. Tampoco a mí me vendrá mal.

—Y si te parece, mientras esperamos a que la máquina nos sirva nuestra droga, resolvemos la gran cuestión del momento.

—¿Cuál?

—A quién sacamos antes del chiquero. ¿Ángel o Gabriel?

—Buena pregunta —me concedió con un guiño cómplice.

17

Ángel caído

No nos llevó más de un segundo de debate. El primero tenía que ser Ángel, que era el que en las escuchas había dado muestras de zozobra. Con lo que le sacáramos iríamos mejor a por Gabriel, y con lo que este dijera podíamos dar otra vuelta al que veíamos más flojo. El interrogatorio de los malos es una diligencia que cada vez da menos fruto, sobre todo con los malos medianamente cuajados, que son los que mejor saben que pueden no decir nada y que todo lo que se le dice a un policía poco vale frente a lo que se declare ante el juez; pero nunca hay que perder la esperanza de obtener algo, así sea sólo una contradicción que permita abrir alguna vía para probar lo que le interesa a uno. Con ese ánimo afrontamos la tarea.

Llamamos a la abogada con el tiempo justo o, para ser más exactos, con algo menos, de modo que cuando llegó ya estábamos en la sala de interrogatorios con el detenido, esperándola. Adela Enamorado entró en el cuarto resoplando y con cara de reproche.

—No habrán empezado sin mí, ¿no?

Sentada junto a Gutiérrez, con Miguel detrás, y sin dejar de buscarle en ningún momento la mirada a Ángel, que se esforzaba en esquivar la mía, hice acopio de toda mi dulzura para responder:

—Ni siquiera le he dado aún los buenos días, aunque llevamos aquí un rato esperando a que disponga de asistencia letrada.

—He venido en cuanto me han llamado —protestó Adela—. Ahí fuera hay una ciudad a reventar de tráfico, ¿sabe usted?

—Tengo una vaga idea. ¿Podemos empezar?

—Usted sabrá. Por mí esto ya estaría hecho. Desde ayer.

Me volví a Gutiérrez. Asentimos al unísono.

—Muy bien —dije—, comenzamos pues la toma de declaración. Buenos días, Ángel, espero que haya descansado esta noche.

El aludido levantó un segundo los ojos de la mesa donde los mantenía clavados. No exactamente para mirarme con arrobo.

—Mi compañero llevará la diligencia —le anuncié.

—Sabe de qué se le acusa —comenzó Gutiérrez—, ya se le dijo ayer en el momento de la detención, y también se le ha trasladado a su letrada aquí presente, pero si necesita que se lo refresque puedo repetirle todos los cargos uno por uno. Usted me dirá.

—No hace falta —masculló Ángel—. Se equivocan.

—¿En qué nos equivocamos?

La abogada Enamorado vio la primera ocasión de meter baza. Y no era persona apocada ni que soliera dejarse nada en el tintero.

—Tengo que protestar —dijo—. Antes de preguntarle nada a mi cliente no sólo tienen que decirle de qué se le acusa, sino de qué pruebas se valen para ello. Así lo exige la jurisprudencia de...

—Nos sabemos la jurisprudencia, letrada —la corté—, alguno de nosotros hasta ha estudiado Derecho. El subinspector se limitaba a hacer una pregunta coloquial. Las pruebas que tenemos contra su defendido son testificales, técnicas, imágenes, y están en curso, para lo que necesitaremos de su colaboración, pruebas biológicas.

—Mi cliente no consiente en dar muestras.

—No pasa nada, se las sacaremos con orden judicial. Tardará un poco más, pero tenemos todo el tiempo del mundo.

—Y esa descripción que ha hecho es demasiado genérica.

Conocía la objeción. Incluso tenía una respuesta estándar.

—Sea paciente —le aconsejé—. Cuando se levante el secreto de las actuaciones ya tendrá usted acceso a todo lujo de detalles, y su cliente también, para poder preparar mejor sus futuras actividades delictivas, una vez que salga de prisión. De momento, me temo que tendrán que contentarse con lo que les he dicho. Prosigamos.

—Usted verá. Anularé esta declaración.

—Suerte en el intento. Me llama la atención que ayer no estaba usted tan combativa con su otra defendida —observé.

El dardo no dejó de hacer mella. En ella y en Ángel.

—Hoy estoy más prevenida —se rehízo sobre la marcha—. Y le recuerdo que antes de salir de prisión mi cliente tendrá que entrar, y que eso aún no ha pasado. Ya veremos, cuando dejen de retenerle aquí y lo pongan a disposición del juez, si acaba entrando.

—Ya lo veremos, sí. Y ahora, si no le molesta...

Le hice una seña a Gutiérrez.

—La primera pregunta es obligada —reanudó su discurso mi compañero—. ¿Admite alguno de los cargos o los rechaza todos?

—Mi cliente los rechaza todos —terció la abogada.

Otra vez tuve que intervenir.

—Su cliente tiene lengua, y el detenido es él. No estamos aquí para recoger sus declaraciones, sino las de él. Con su permiso.

—Los rechazo todos —corroboró Ángel.

Gutiérrez asintió lentamente.

—¿Me va a decir que no conocía a la chica de nada? —lo sondeó.

Ángel calló, pero sus ojos titubearon.

—Se lo digo porque, en fin, tiene derecho a no contarnos nada, a mentir y todo eso, ya lo sabe usted y si no seguro que se lo recuerda su letrada, que para eso está, y a la pasma puede uno soltarle lo que le dé la gana, pero si va a mantener eso en el juicio, no sé yo. Vaya, que hay mentiras que pueden ayudar y otras que pueden hundirte. De que tenía relación con Susana hay un millón de pruebas.

El alegato de mi segundo fue aplastando a Ángel contra la silla.

—No he dicho que no la conociera —dijo.

—Ah, algo es algo —saltó Gutiérrez—. ¿Y de qué la conocía, acaso tenían debilidad por la misma marca de muñecas?

—Eso está fuera de lugar, inspectora —se me quejó la abogada.

—No veo por qué —aprecié, sin inmutarme—. La víctima tenía muchas muñecas en su cuarto, parecía coleccionarlas.

—¿Era eso? —insistió el inspector.

Ángel lo miró con rabia apenas disimulada.

—Jugábamos a otras cosas —respondió.

—¿A las casitas? ¿A la comba?

—A cosas de adultos.

—¿A la bolsa, al póquer?

Gutiérrez lo estaba bordando. El tipo se deshacía cada vez más.

—Nos enrollábamos de vez en cuando, ¿vale?

Mi compañero dio un respingo.

—¿Se enrollaban?

—Eso es.

—Disculpe, pero no tengo muy claro el alcance de esa palabra. Con enrollarse, ¿se refiere usted exactamente a qué?

—A qué va a ser.

—Quiero decir, hasta dónde llegaban.

Ángel pareció rehacerse.

—Debería saber que la chica tenía la edad de consentimiento para el sexo —alegó—. Y tenía bastante predisposición, además.

—Ya. Pero yo estaba calculando otra cosa...

—Qué cosa.

—Tenía también edad para ser su hija. Habría

bastado con que hubiera tenido un despiste con su novia de la universidad.

—Yo no he ido a ninguna universidad.

—¿Ah, no? —dudó Gutiérrez con aire cándido.

—Y qué importa eso —se metió la abogada—. Si la chica tenía la edad legal para consentir las relaciones, su juicio moral sobra.

—Importa que demuestra una diferencia de madurez que juega a la hora de manipular la conducta de otra persona para inducirla a hacer cosas que a esa persona no le convienen y sí al inductor —me permití advertirle—. Y creo que los dos saben por dónde vamos.

Gutiérrez sacó entonces el hacha y la descargó sin piedad.

—¿Indujo usted a la chica a prostituirse con otros hombres?

—Ella tenía su vida y hacía lo que le parecía.

Mi compañero no aflojó.

—Le repito. ¿Era usted su proxeneta? ¿La ponía en contacto con sus clientes? ¿Le dejaba su piso para que tuviera allí los encuentros con ellos? ¿Le proporcionaba la seguridad para que ella se atreviera a ir empalmando relaciones sexuales con decenas de desconocidos? ¿Le controlaba las ganancias y se quedaba una parte? ¿Le facilitaba drogas para aumentar su necesidad de dinero y tenerla cada vez más a su merced? Son todas preguntas muy concretas. Sí o no.

Ángel tragaba saliva. No era el suyo un caso extraño. Abunda la gente que no tiene, a la hora de justificar ante otros sus acciones una vez que quedan expuestas, tanta soltura como la que demuestra en el momento de autorizarse a sí misma a realizarlas y disfrutar de sus rendimientos. Sin embargo, tampoco dejaba de ser un profesional del crimen, y sintió la obligación de demostrar alguna solvencia.

—Todo eso es mentira —dijo.

—Lo niega, entonces —deduje.

—No voy a decir más. Pruébenlo ustedes, si pueden.

Gutiérrez quiso cerciorarse para hacerlo constar en acta.

—¿Hace uso de su derecho a no declarar, entonces?

—Eso es.

Adela Enamorado se removió inquieta en la silla.

—¿Hay algo más que quieran preguntarle a mi cliente?

—Sí —dijo Gutiérrez—. ¿Vio usted a la chica en algún momento del 12 de julio? O sea, del día que apareció muerta en su portal.

—No recuerdo haberla visto.

—¿No recuerda o no la vio?

—Si no lo recuerdo, no debí de verla.

Gutiérrez tamborileó en la mesa con los dedos.

—Ángel, que tenemos testigos —le advirtió—. Llamadas.

—No me acuerdo, joder.

—Que vas a darle muy mal rollo a quien te juzgue, criatura.

—Eso también está fuera de lugar —se quejó la letrada.

—Que vas a tener que admitirlo, antes o después.

—Ya he dicho que no voy a declarar nada —gritó el detenido, fuera de sí. Su mirada dejaba traslucir una profunda inseguridad.

Ahí fue donde Gutiérrez se deshizo por completo de cualquier contemplación y le asestó, minuciosamente, el golpe definitivo:

—Entonces, ¿me juras por tus muertos que no eres uno de los dos sujetos a los que tenemos grabados bajándose de un coche rojo delante del portal de Susana para abandonar su cuerpo allí?

El detenido abrió los ojos de par en par.

—Ahí tiene usted una de las pruebas por las que preguntaba antes, letrada —le hice notar a Adela mientras le guiñaba un ojo.

—Exijo ver esa grabación —replicó pálida.

—La verá, no se preocupe. En su momento.

—No te están enseñando nada —le advirtió a su cliente.

—No sé de qué me habla —se enrocó Ángel.

Gutiérrez se echó hacia atrás y dejó escapar un suspiro, como si aceptara que el ataque, con toda su artillería, había fracasado. Era la señal convenida. Tomé aire y me dispuse a hacer mi papel. Era ese momento crucial que una y otra vez me había encontrado en mis años de estudiante de Historia en la universidad, y que me hacía sentir como un bicho raro cuando lo comentaba con alguna de mis compañeras, que no se interesaban por aquellas cosas. Lo registraba el relato de muchas de las grandes batallas de la historia como el truco que una y otra vez habían utilizado los mejores estrategas: forzar una situación de aparente empate, incluso que pareciera ser de derrumbe de las fuerzas propias, para, una vez que el enemigo se confiara, arrojar sobre él el cuerpo de reserva y aplastarlo. Nunca terminé esa carrera, pero la idea se me quedó grabada, como tantas otras cosas. A veces, resulta que lo que nos ayuda a salir adelante en las encrucijadas imprevistas de la vida es aquello que creímos inútil mientras lo aprendíamos, en función de expectativas y propósitos que luego no pasaron la prueba del tiempo. No me he dedicado nunca a la guerra, ni tengo especial interés, pero mi trabajo me ha hecho a entablar otro tipo de combates, y a comprobar que conviene saber cómo buscarle el flanco débil a quienes tienes enfrente.

—Dieciséis años, ocho meses y tres días —dije muy despacio.

—¿Qué? —respondió Ángel con aire de desconcierto.

—No, no es la condena que va a caerte —le aclaré—. Espero y haré todo lo que pueda para que te caiga más. Es la edad exacta que tenía esa chica cuando tú y tu compadre la tirasteis como un perro muerto en su portal. Dieciséis años, ocho meses y tres días.

—¿A qué viene eso? —no pudo evitar preguntar la abogada.

—A que es un detalle que no dejará de señalar el fiscal cuando te sientes delante del tribunal que va a juzgarte, Ángel. No sé qué jueces te tocarán, de todo hay, pero todos y cada uno de los pegotes y los cuentos que les quieras endilgar los van a pesar a la luz de ese dato. Ya puedes pensarlos mejor de lo que los traes pensados hoy. Me has decepcionado horriblemente: me parecías más curtido. Y tu abogada, ¿no te ha dicho que ayer tu amiga Concha declaró que tú explotabas a la chica, que con tu amigo Gabriel la aficionaste a la droga y que hasta vino a reconocer que con ella la reventasteis?

—Miente. No declaró eso —saltó Adela.

Me fijé en sus pómulos incendiados, en su mirada desencajada. Me lo anoté como un triunfo. Y no dejé pasar su objeción.

—Poco más o menos, esa fue su versión de los hechos.

—En todo caso, es su palabra contra la mía —dijo Ángel.

—No deja de tener su interés —le hice notar.

—Qué credibilidad tiene el testimonio de una puta. Que a lo mejor resulta, encima, que es la que tiene algo que esconder.

—Tú tampoco eres un catedrático. Ni Martin Luther King.

—¿Quién?

—Nada, olvídalo. Vas a tener tiempo para recapacitar, lo que quiero transmitirte es que a lo mejor te interesa, como a Concepción, reconocer alguna cosa para no acabar comiéndotelo todo y de la peor manera posible. No sé, que te esfuerces algo más y te busques un cuento que no te haga parecer el ángel que no eres, que eso tiene poco futuro, sino por ejemplo, pongamos, un cabroncete machista, ruin y aprovechado al que se le fue la mano sin querer con la pobre chica que tuvo la mala suerte de cruzárselo por el camino.

Creí que Adela iba a decirme algo, a fin de cuentas acababa de insultar a su cliente, una vejación verbal indebida e innecesaria, pero por alguna razón prefirió dejarlo correr. En cuanto a él, me miraba con ojos de ternero asustado, como si no supiera a dónde iba.

—Mira —continué—, si volvemos a sentarnos contigo, que no sé si nos va a merecer la pena, piensa si no quieres convencernos de que todo fue un accidente, de que te pusiste nervioso, de que estás arrepentido y avergonzado. No te prometo que me lo vaya a creer, pero me caerás menos mal de lo que me caes ahora mismo. Lo que ahora mismo estoy pensando es que voy a devolverte a la nevera y que vamos a hacer lo imposible por que te caiga la del pulpo.

El odio brilló entonces en sus ojos como plomo fundido.

—No se pase de sabihonda —me avisó—. A lo mejor no le conviene.

No pude no acordarme, entonces, de las llamadas anónimas que se venían recibiendo en mi casa y en mi teléfono móvil.

—Hacen falta diez como tú para asustarme —le dije—, y para tu información, y la de tus jefes, esto ya se os ha ido de las manos; si no soy yo, otro será el que os haga un traje a la medida. Qué vueltas da la vida, ¿eh? Por una chica que no valía nada para vosotros.

En ese momento, Gutiérrez lo señaló con el dedo.

—Vuelve a amenazarla, payaso, y te arranco la cabeza.

—¿Qué ha dicho usted? —saltó la abogada.

—No he dicho nada —se le encaró el inspector—, y no lo podrá probar nunca, pero él sí lo ha oído y ya sabe a qué atenerse.

Tampoco me interesaba que aquello fuera a más.

—Bien, vamos a dejarlo aquí —dije—. Por ahora.

Entonces me puse en pie y le hice una seña a Miguel. Se fue a donde estaban el detenido y su abogada y se dirigió a ella:

—Si es tan amable, venga conmigo, ya le pasamos luego el acta de la declaración para la firma. Tenemos que llevar a su cliente de vuelta al calabozo y traer al otro. Cuando esté, la avisamos.

Adela se dejó sacar reticente de la sala, mientras Gutiérrez le ponía suavemente la mano en el hombro a su defendido.

—Vamos, campeón —le invitó con su tono más indulgente—. No te la has ganado, pero ahora te llevamos la merienda.

Lo vi irse con ese porte inconfundible del ángel caído, que no tiene nada de la elegancia que le otorgó aquel escultor, Bellver, al que en el parque del Retiro preside una luminosa rotonda. Más bien se arrastraba, como gusano que huye de la pisada que lo acecha.

18

Gaby Tequila

Gracias a mi oficio me he aficionado al análisis comparativo de las conductas y las actitudes humanas. Cuando tuve delante de mí a Gabriel me percaté en seguida y sin esfuerzo de lo muy diferente que era su personalidad de la de su compañero de correrías. Ángel era un tipo fornido, de buena estatura y rostro áspero, pero bajo esa cáscara, como habíamos podido comprobar, se ocultaba un carácter indeciso e inseguro. Gabriel era algo más bajo, nada aparatoso en ningún sentido, aunque se le veía duro y fibroso, y sus facciones eran perfectamente anodinas. Exhibía una expresión entre distraída y ausente, lo que me puso inmediatamente en guardia. Hace falta mucho dominio de uno mismo para mantenerse así en una sala de interrogatorios, con las manos esposadas delante de uno, la abogada al lado y enfrente tres maderos dispuestos a hacerte picadillo.

Sus labios permanecían rectos y unidos, sin definir. Con esto digo, de paso, que a diferencia de su socio y de todos los que nos encontrábamos allí, prescindía olímpicamente de la mascarilla.

—¿Sabe usted que la mascarilla es obligatoria? —le dije.

—No ha habido modo de convencerle —informó Miguel—. Le he ofrecido una antes de entrar, pero no ha querido ni cogerla.

Gabriel no despegó los labios.

—¿Me ha oído? —insistí.

—La he oído —dijo sin apresurarse.

—¿Y?

—Paso.

Me dirigí a su letrada.

—¿Sería tan amable de indicarle a su cliente que lo que le estoy recordando es una obligación legal y que se expone a una multa?

—Ya lo está haciendo usted.

Le pedí a Miguel la mascarilla y la puse sobre la mesa. Gabriel no hizo ningún ademán de alcanzarla. Ni siquiera la miró.

—Muy bien —dije—. Miguel, luego preparas la denuncia y se la pasas, por si quiere firmar la notificación. Y le damos curso.

—Esa denuncia quedará en nada —auguró la leguleya.

—No crea —objeté—. Que alguien cumpla la ley sirve para que la ley siga existiendo, pese a todos los listos que se la saltan.

A eso ya no respondió; a fin de cuentas también gracias a que la ley seguía existiendo ella podía engordar la cuenta corriente que le permitía comprarse el elegante conjunto color cereza que llevaba aquella mañana, y que tasé en un par de veces todo mi guardarropa. A mi ojo no escapó, tampoco, que la Adela

Enamorado de ahora no era la misma abogada que había acompañado a Ángel. También ella era capaz de percibir como yo el distinto talante de aquel hombre, que le aconsejaba estar mucho más alerta; pero intuí que aparte de sus dotes de observación influía sobre ella otra circunstancia, de la que no podía no ser conocedora: dentro de la trama de la que ambos formaban parte, Gabriel, igual que en la vida y en la predisposición a hacer daño al prójimo, tenía muchos más galones que Ángel.

—Cubierto este trámite, procedamos —dije.

Gutiérrez atendió de inmediato a mi señal.

—Muy bien, Gabriel, ya estás informado de los cargos.

El detenido lo observó con indiferencia.

—Tu abogada insiste en que te demos cuenta también de las pruebas que tenemos contra ti, y que como ya le hemos dicho a tu amigo son testificales, técnicas, imágenes y pruebas biológicas para las que te pido que nos facilites voluntariamente una muestra...

—Paso —lo atajó Gabriel.

—... o solicitaremos del juzgado que te sean tomadas de forma coactiva, lo que por tu respuesta ya veo que va a ser el caso.

El rostro de su interlocutor continuó inalterable.

—Dicho todo lo cual, la pregunta es evidente y ya te la sabes. ¿Reconoces los cargos que se te imputan o alguno de ellos?

No se me escapó el detalle. En lugar de empezar tratándolo de usted, para en algún momento crítico del interrogatorio pasarse al tuteo, como teníamos oficiosamente por costumbre, Gutiérrez había arrancado sin más con el tú, o lo que es lo mismo, buscando desde el primer instante el cuerpo a cuerpo. De entrada, la técnica no pareció surtir en su oponente un efecto demasiado prometedor.

—No voy a declarar —dijo—. Estáis perdiendo el tiempo.

—¿Estás seguro, Gabriel? —intervine.

Ahí se dignó mirarme por primera vez a los ojos.

—Bastante.

—Dime sólo una cosa, por curiosidad —lo tanteó Gutiérrez—. ¿Conocías a la chica? ¿Qué tipo de relación mantenías con ella?

—De verla en el piso de Ángel alguna vez.

—¿Sólo eso?

—Ángel anda con muchas. No me fijo demasiado en ninguna.

—No es eso lo que tenemos entendido.

—Y qué tenéis entendido.

—Que te acostabas con ella. Que los dos lo hacíais.

—No, que yo recuerde.

—Así que tampoco te acostaste con ella el 12 de julio.

—Ya me has entendido antes, ¿o no?

—Te he entendido. Era sólo por... Bah, nada, una tontería.

—Qué tontería.

Gutiérrez jugueteó con el bolígrafo mientras le explicaba.

—La chica había mantenido relaciones sexuales ese día. Y en el cadáver el forense ha encontrado vestigios de esas relaciones. Vamos, que hay ADN de los interesados. Y me apuesto un huevo, por no decir los dos, a que cuando lo crucemos con el tuyo va a salir bingo. Y ahí, chaval, se te va a empezar a poner cuesta arriba seguir haciendo de Clint Eastwood. Vaya, que nada te impide que sigas con esa cara de póquer, pero va a dejar de jugar a tu favor, y en quienes tengan que decidir sobre tu futuro sólo tendrá una lectura: este tío miente y además nos toma por gilipollas. Te hago *spoiler*: no les gustará.

Gabriel le aguantó el desafío.

—Lo superaré.

—No digo que no. La cuestión es dónde.

—Sé cuidarme.

—Tampoco lo dudo. ¿De verdad no quieres recapacitar?

—Sobre qué.

—Te lo habrá dicho tu abogada en el rato que nos ha pedido estar contigo antes de entrar aquí. Te tenemos grabado bajando el cuerpo de un coche rojo, delante del portal de la chica. Y algo más: hemos relacionado el coche contigo, aunque no esté a tu nombre.

—No he visto esas imágenes. Creo que te las inventas.

—Yo sé que no. Vamos, Gaby, tonto no eres.

—Tampoco me vas a convencer con eso.

—Sólo quería darte la oportunidad de mejorar tu historieta ahora, que estamos empezando. Si esperas a la vista del juicio te va a quedar mucho peor, pero si insistes en rechazar nuestra ayuda...

—No recuerdo habérosla pedido.

Gutiérrez juntó sus manos ante la nariz.

—Está bien. No conocías de nada a la chica, sólo era una más de las muchas que pasaban por el piso de Ángel, que era una especie de Casanova. A lo mejor tú, en cambio, tienes voto de castidad.

Adela Enamorado ya había callado bastante.

—De verdad, no sé a dónde conduce esto —protestó.

Me miró a mí, pero yo no la miré a ella.

—Siga escuchando —le pedí—. Adelante, Rafael.

Gutiérrez asintió y se lanzó con todo.

—Lo que me gustaría que me explicaras es por qué Concepción, ahí mismo, donde estás sentado tú ahora, nos reconoció que estabas al corriente de que Ángel explotaba a esa y a otras chicas, que le suministrabas la droga a la que las enganchaba y que la tarde del 12 de julio le debisteis de dar una dosis tan grande que se la cargó.

Gabriel no se dio por sorprendido. De hecho, lo esperaba.

—¿Estaba allí Concepción esa tarde, acaso? —preguntó.

Gutiérrez meneó la cabeza.

—No, estaba en su apartamento —hubo de admitir.

Ahí Gabriel sonrió por primera vez.

—Entonces no sabe nada. Se lo imagina.

—¿No traficas con drogas?

—Ya os he dicho antes que no voy a declarar sobre ninguno de los cargos. Haced vosotros vuestro trabajo, si sabéis.

—¿No le diste droga a la chica esa tarde?

—Y dale.

—¿No estabas allí cuando perdió el conocimiento y no ayudaste a Ángel a deshacerse de ella llevándola en el coche a su portal?

—Inspectora —me apeló la abogada—. Mi cliente ya le ha dicho que niega esos hechos, no sé si su compañero es de la vieja escuela y no está al día de las leyes actuales, pero esto que está haciendo no es de recibo y además no va a servirles a ustedes para nada.

—No se impaciente —le dije—. Acabamos en seguida.

—¿Miente entonces Concepción? —preguntó Gutiérrez.

El detenido se encogió de hombros.

—Habla de más —sentenció.

—¿Y por qué cree que lo hace?

Gabriel lo observó con una especie de condescendencia. Y de pronto mostró que también tenía su vanidad. No se me ocurrió otra razón para que se explayara como no lo había hecho antes:

—No lo sé, ni me importa. Tampoco hay que hacerle demasiado caso a lo que cuenta una puta. Tienen la lengua larga y tendencia a fantasear. Yo que vosotros no esperaría mucho de un testigo así. Si tanto os preocupa la muerte de la chica esa, más vale que os curréis un poco mejor la investigación, me da que os estáis confiando.

No me ofendió que menospreciara nuestra competencia como policías, tampoco la cara de sobrado que tenía mientras le largaba aquella retahíla a Gutiérrez. Lo que de verdad me irritó fue que por segunda vez en el mismo día alguien me instruyera sobre el poco valor que tiene el testimonio de una mujer prostituida, y que para mayor oprobio ese alguien fuera de nuevo un beneficiario. Y algo más, algo que puesto encima de todo lo anterior me impidió seguir asistiendo a aquella declaración sin sacar la ira que se me había ido acumulando dentro. Consciente como era de que podía írseme de las manos, me forcé a hablar en el tono más sereno posible.

—Susana —dije sólo.

Gabriel y su abogada se volvieron a la vez hacia mí.

—Se llamaba Susana —repetí, sin darles tiempo a replicarme—. «La chica esa», como la llamas, esa de la que no te acuerdas apenas, tenía un nombre: se llamaba Susana, quería ser bióloga, y por culpa de alguien, que insistes en que no eres tú, ahora ya no es nada.

—Inspectora... —comenzó a decir la letrada.

—Lo que quiero decirte, Gabriel —impuse mi voz a la suya—, y de paso a la persona que tienes sentada a tu lado, es que quien sea no ha atropellado una liebre con el coche; lo que se ha llevado por delante es un ser humano que tenía una vida entera por vivir. Y eso se merece un mínimo respeto. Todo el mundo merece un respeto. Hasta las putas, o por lo menos ten claro que nosotros sí hacemos caso a lo que nos dicen, y procuraremos que se lo hagan otros.

Cuando menos había conseguido que me escuchara, y algo más: que se le quitara aquella cara de no estar allí. Lo aproveché:

—Y si no quieres o no puedes decirnos nada que se tenga en pie, está bien, es tu derecho y cerramos este paripé aquí, que antes de entregarte al juez hay que hacer papeles y no quiero que mi gente desperdicie el tiempo. Sólo voy a hacerte una última pregunta.

Dejé que el silencio se espesara, entre la expectación de los míos, la expresión desafiante de Gabriel y la inquietud que de nuevo se había apoderado de los ojos de Adela, al filo de la mascarilla.

—Dime, Gaby Tequila —subrayé adrede el apodo, que era la primera vez que pronunciaba ante él—. ¿Qué o quién es Eli?

Se esforzó por que no se le notara, pero no consiguió hurtar a la sabuesa que lo observaba su sobresalto. Quizá se había hecho ya a la idea de que el interrogatorio terminaría sin que aquella presencia, que era la que menos le apetecía, sobrevolara la conversación.

—Quiero decir: por qué te cagas en los pantalones, como haces ahora mismo, sólo de pensar en lo que quiera que Eli sea.

Gabriel mostró por primera vez la pasta oscura de la que estaba hecho. Y que mi estocada no se había perdido en el vacío.

—No tengo ni idea de qué me estás hablando, zorra.

Gutiérrez hizo ademán de levantarse. Lo paré con la mano.

—Tranquilo, Rafael, no ofende quien quiere.

—Si tiene otra pregunta, hágala —pidió Adela Enamorado, con menos presencia de ánimo que otras veces—. Mi cliente ya les ha dicho que no va a declarar, toda esta tensión es innecesaria.

—No tengo más preguntas, hemos acabado —dije, y antes de que la abogada pudiera respirar, añadí—: Tan sólo me queda una pregunta retórica, ni siquiera espero que su cliente me la responda. ¿Por qué habrá tenido Concepción el valor de decirnos ese nombre que, a la vista está, tú ni te atreves a pronunciar, Gaby Tequila?

No se derrumbó. No perdió los estribos. Era orgulloso, y para mantener ese orgullo tenía que aparentar imperturbabilidad.

—No piensas mucho, para creerte tan lista —me escupió.

—Enséñame tú, corazón —le reté.

Gabriel no perdió la ocasión de quedar encima.

—Una puta no es nada y lo sabe. Se le perdonan cosas que a un hombre no se le perdonarían. Aunque sólo sea por lástima.

Sopesé durante unos instantes su explicación.

—No sé si me convence —dije al fin—. No veo la diferencia. Un hombre que pone la cara y el culo para que otro se forre, y que está dispuesto a callar y a pringar para no delatarlo, no deja de ser una puta, a su modo. Peor, si lo hace por vicio y no por necesidad.

Gabriel ya no pudo contenerse. De un salto se abalanzó hacia mí, y apoyando la rodilla en la mesa quiso agarrarme con esposas y todo. Se lo impidió la reacción fulminante de Gutiérrez, que tras placarlo lo volteó hacia el suelo, donde cayó encima de él con todo su peso y lo aplastó boca abajo. Gabriel se resistía, y a mi segundo le hizo falta que Miguel le echara una mano para inmovilizarlo por completo. Fue entonces cuando se volvió hacia su abogada:

—Dígale a su cliente que se esté quieto, que si no le voy a hacer daño y que será legal, aparte del gusto que me va a dar hacérselo.

Entre tanto fui a la puerta de la sala y reclamé la presencia de los dos agentes uniformados que estaban más próximos. A la vista de la situación, la abogada se avino a prestar sus buenos oficios.

—Gabriel, por favor, hazles caso. Protestaré por el trato que te están dando, los denunciaremos si quieres, pero ahora te conviene no empeorar más las cosas. Esto es un triunfo que les das.

—Eso es, Gabriel, si quieres nos denuncias —dijo Gutiérrez—, seguro que encuentras algún psicólogo que te certifica el trauma que te hemos causado, pero ahora te vas a estar quietecito. ¿Vale?

—Está bien —masculló el detenido—. Está bien.

Me pareció que era el momento de intervenir.

—Esto, como sabe su abogada, vamos a tener que ponerlo en el atestado —le dije, restituyéndole el tratamiento—, pero pórtese bien y le prometo que no cargaremos demasiado las tintas.

—He dicho que está bien —gruñó—. No voy a resistirme.

—Miguel, llévatelo de vuelta al calabozo. Compañeros, si sois tan amables de acompañarlo para que no haya problemas...

Los dos agentes de uniforme asintieron y agarraron cada uno de un brazo a Gabriel para levantarlo. El detenido salió sin mirarme y sin dirigirme la palabra. Estaba claro que no me había ganado un amigo y que su abogada tampoco me agradecía el mal rato que le había hecho pasar. Para compensarla, quise tener un detalle.

—Gracias por calmarlo —le dije.

Me miró, muy digna.

—No apruebo sus métodos. Un día le darán un disgusto.

—Qué se le va a hacer. Espere fuera por favor a que le pasemos el acta para firmarla. Y con esto habremos terminado por hoy.

Sólo cuando la abogada salió de allí me di cuenta de hasta qué punto me había afectado lo que acababa de suceder. Casi me dejé caer a plomo en la silla. Mi buen Gutiérrez no dejó de advertirlo.

—¿Estás bien, Manuela?

—Estoy —dije.

De pronto, como nunca antes, sabía cuánto valía eso.

19

Una valiente

Cuando Miguel volvió de llevar a Gabriel al calabozo, en sus ojos había un brillo elocuente, al menos para su jefa, que era yo.

—¿Qué, cómo se ha quedado? —le pregunté.

—Jodido, pero calladito. Vaya repaso le habéis metido.

—Nos ha dado igual —dije—. No ha soltado prenda.

—Nos queda día y medio. Lo mismo...

—Aprecio tu optimismo, Miguel, pero va a ser que no.

Entonces, sin pensarlo más, agarré mi pequeño bolso mochila, me lo colgué al hombro y les propuse a mis dos subordinados:

—Vamos. Os invito a comer.

Fuimos a uno de los restaurantes de menú del día próximos a la Brigada. Allí nos conocían, como nosotros conocíamos a buena parte de la clientela, gente de la empresa en su mayoría. No era el mejor lugar de Madrid para intentar irte sin pagar o para montar una bronca, no digamos ya para tratar de llevarte la recaudación. Tenía el inconveniente de que nunca podías hablar muy alto de asuntos sensibles, porque ya se sabe que nada tiene más peligro que la cuña de la propia madera, y nunca vino el dicho más a cuento. A cambio, por los catorce euros que te cobraban, precio más que ajustado en el Madrid de los años veinte del siglo XXI, lo que te echaban en el plato era comestible, no sabía a fritanga y no solía provocar luego contratiempos. Aunque vivía en un país de *gourmets* sobrevenidos, no era mucho más lo que le pedía a quien me daba de comer.

La situación era fácil de resumir. Teníamos buenas bazas para lograr que los mandaran a los tres a prisión provisional, por las pruebas de su relación nada común con tres chicas menores, por las grabaciones, los testimonios y, sobre todo, la sospecha de que al menos uno de ellos podía estar pensando en darse a la fuga y los tres podían intentar borrar pruebas de una trama criminal que iba más allá de sus personas. También nos habíamos hecho con el coche rojo en el que la habían trasladado, y del que habíamos confirmado que Gabriel era el conductor habitual. Las primeras impresiones que me había trasladado Paco, de la Científica, eran que habían logrado dar con algún cabello, posiblemente perteneciente a Susana, y que tenía esperanzas de encontrar algún otro vestigio biológico.

En contra teníamos que sólo la mujer se hubiera derrumbado, y de aquella manera, y que algunas de las pruebas que podían resultar más directamente incriminatorias, en particular las biológicas, aún tardarían en confirmarse. Frente a la celeridad sensacional con que en la ficción se completan los análisis de ADN, en la triste realidad policial, donde los medios disponibles no son ilimitados y el trabajo de los laboratorios tiende a acumularse, hay que dejar un margen con el que allí, desde el momento en que habíamos dado el paso de la detención, estábamos muy lejos de contar. Por otra parte, estaba en curso una operación más amplia que debíamos tener en cuenta, y a la que se habían incorporado Gallardo y Guadalupe. Una vez que repasamos todo el panorama, traté de ordenar la estrategia.

—Lo primero es documentar muy bien en el informe lo que ya teníamos antes de trincarlos: mensajes, llamadas, declaraciones de testigos, grabaciones... Que no quede duda de que si Susana se prostituía, igual que sus amigas, era por instigación y bajo el control férreo y continuo de los detenidos. Ocúpate de eso tú, Miguel.

—Esa parte está hecha, prácticamente —alegó.

—Prácticamente no me vale, tiene que estar hecha de tal modo que el juez Bermúdez, que no es el presidente de nuestro club de fans, no tenga más remedio que llegar a esa misma conclusión.

—Vale, entendido.

—Luego, tenemos que ponernos con todo el material que les hemos intervenido en el registro, y no sólo hacer un inventario, sino entresacar lo que pueda servirnos mejor para trasladarle a quien lea nuestros papeles que estamos en presencia de unos facinerosos que son un peligro público. De eso nos ocupamos tú y yo mano a mano, Rafael. Con el grupo mermado aquí nos toca remar a todos.

—Aquí me tienes —dijo Gutiérrez.

—Y hecho esto, y después de recapitularlo todo, quizá tenga sentido volver a sentarnos con uno de ellos. No porque espere nada, sino por no quedarnos luego con la comezón de no haberlo hecho.

—Ángel —dedujo Gutiérrez.

—Eso es. Con Gabriel no hay que perder más tiempo, tampoco quiero que acabes expedientado por defenderme. Y en la mirada de Concepción vi muy claro que ya llegó tan lejos como va a llegar.

—Tenemos un plan, entonces.

En ese momento sonó mi teléfono móvil. Era Gallardo.

—¿Dónde estás, jefa? Tengo novedades.

—Comiendo. ¿Por qué no os venís? Llegáis al café.

Cinco minutos después se nos unían Gallardo y Guadalupe. Antes de tomarse el café se pidieron los dos un pincho de tortilla, y entre bocado y bocado el subinspector me fue poniendo al tanto. El coordinador del equipo conjunto, el inspector Treviño, de Asuntos Internos, los había informado de los pasos que iban a seguir y ya les había asignado las primeras tareas. Lo que más nos importaba, a efectos de la investigación de la muerte de Susana, era que habían decidido llevar la denuncia del subinspector Pérez a la juez de guardia para que ordenara las primeras diligencias, entre ellas las intervenciones de teléfonos, y asumiera todos los delitos conexos a las tres muertes que había denunciado el arrepentido. Eso tenía una primera consecuencia favorable: nuestro caso quedaba así reducido a lo vinculado con la muerte de Susana y sólo había que pedirle a Bermúdez lo necesario para sentar a Ángel, Gabriel, Concepción y los clientes en el banquillo. Por otra parte, Guadalupe y Gallardo tenían el encargo de empezar a investigar el entorno de las chicas desaparecidas, comenzando por los centros de menores, en los que iban a presentarse en compañía de los agentes de la UFAM.

—La buena noticia —informó Gallardo— es que le he dicho a Treviño que pasado mañana a primera hora hay que llevarle al juez a estos tres que tenemos en el calabozo y nos ha dado permiso para que en lo que queda hasta entonces os apoyemos en lo que necesitéis. Así que aquí estamos: tienes cuatro brazos más.

Miré con ternura a Gallardo. Me acordé de esas cosas en las que no solemos pensar, no sólo cuando necesitamos que un desconocido nos atienda, sino cuando alguien de cuyas fatigas estamos al tanto da un paso al frente para prestarnos un servicio. Sabía lo que le costaba a Gallardo, desde que había sido padre, someterse a las jornadas a veces impredecibles que tenía nuestro trabajo. Y me constaba que otros, teniendo la oportunidad, habrían preferido aprovecharla y desaparecer del radar de su jefe en lugar de acudir a ponerse a su disposición para sacar adelante dos tareas a la vez. En la vida sólo tienes eso: la gente que está a tu lado en los momentos en que no le conviene. Todo lo demás, empezando por las grandes palabras, tan fáciles de pronunciar para algunos, es calderilla.

Trabajamos de firme durante toda la tarde. Al final, Gutiérrez, Gallardo y Miguel se ocuparon de apuntalar todos los detalles del informe, que me iban pasando por partes en borrador para darle el toque final. A Guadalupe le encargué una gestión más delicada: que llamara a las madres de Yolanda y de Luna, para preguntar cómo estaban y de paso si podríamos contar con la ampliación de la declaración de alguna de ellas. Prefería no depender de sus testimonios, entre otras cosas, para no exponerlas más de la cuenta ni trasladarles una presión excesiva, pero había varios detalles que no quería dejar de respaldar con sus declaraciones. Tras hablar con las dos madres, Guadalupe se acercó a mi mesa con cara de circunstancias.

—La madre de Yolanda nos suplica que no la hagamos venir otra vez —me informó—. Dice que lleva dos días muy nerviosa.

—Está bien —me rendí—. No forcemos la mano. ¿Y Luna?

—Su madre me ha dicho que lo que ella dijera.

—¿Y ella qué dice?

—Que sí.

No se me escapó la sombra que pasó por su mirada.

—No te veo muy convencida —le dije.

—No sé, Manuela. De pronto me ha dado por pensar que se tratara de mi hija. Si yo fuera la madre de Luna, habría colgado el teléfono.

Su argumento no dejó de hacerme mella. A veces corría una el riesgo de deshumanizarse cuando su cerebro entraba en modo de cacería, y ese era un lujo que yo tampoco me quería permitir.

—Te entiendo. Y aunque yo no tenga hijas, no

dejo de darme cuenta de lo que tiene que ser para ella volver a hablar del tema. Te prometo que iré con cuidado. Llamaré a Mamen para que esté otra vez presente. Y no la expondremos más de lo necesario. Sólo quiero entender un poco mejor cómo era la vida dentro de ese piso: para ponerlo en el informe y para que a quien va a decidir le pese en el alma, que quiero creer que la tiene. Y Luna es la única que puede ayudarnos, me parece bien dejar esta vez a Yolanda al margen.

Aquella noche nos fuimos a dormir exhaustos, pero satisfechos. El trabajo estaba terminado, en lo sustancial, y después de releer por última vez el borrador del informe, me atreví a confiar en que no dejaría de obrar el efecto pretendido en el ánimo del juez. Estaba bien trabado, era exhaustivo, sistemático y claro en su lógica y sus conclusiones. Mi equipo había hecho los deberes, y quien lo dirigía, me permití creer, tampoco carecía de arte para convencer a quien hiciera falta. Si le podíamos poner la guinda gracias a la nueva toma de declaración de Luna y al segundo interrogatorio a Ángel, mejor. Si no, el pastel ya estaba hecho y listo para llevarlo al juzgado.

Esa noche dormí sin pensar en nada, o más bien quiero decir que apenas pensé durante unos pocos minutos en lo que no dejaba en ningún momento de estar ahí, en segundo plano en mi mente: aquella mancha en el pulmón cargada de negras promesas. Caí a plomo en el sueño que mi cansancio reclamaba como un artículo de primera necesidad. Más necesario, por esa vez, que el miedo que nos atenaza y nos recuerda nuestra mortalidad para tratar de evitar que esa condición nuestra se acabe de cumplir antes de tiempo.

Cuando llegué por la mañana a la Brigada me tropecé nada más entrar con la inspectora Rosario Mañas. Al ver su rostro, todavía descompuesto por el disgusto de un par de días atrás, comprendí que por mucho trabajo que me aguardara en el despacho tenía que pararme y perder unos minutos con ella. Traté de ponerme en su lugar, de imaginar con qué desgana y qué ausencia mental podía afrontar lo que tuviera sobre la mesa esa mañana.

—Hola, Rosario, ¿cómo lo llevas? —le pregunté.

—A cuestas, qué remedio —me confesó.

—Sabrás que Asuntos Internos se ha hecho cargo.

—Lo sé. Estoy citada dentro de una hora con ellos.

—Ve tranquila, Pérez fue claro: te dejó fuera. Del todo.

—Bueno, lo fuera que puede estar una jefa de grupo tan idiota como para no darse cuenta de que uno de los miembros de su equipo se le estaba yendo literalmente por el sumidero. De verdad, ahora lo pienso y a veces no entiendo cómo pudo. Cómo nunca vi que...

Le puse la mano en el hombro.

—Rosario, no te atormentes, que no eres la primera. Ni serás la última. Y esto pasará y aquí seguiremos. Las dos. Estoy segura.

La inspectora Mañas me buscó los ojos.

—Tan amigas como siempre —bromeó.

—No sé yo si tanto —le seguí la broma—. Tú tienes tus cosas, yo tengo las mías, y luego están las cosas entre ambas. Que no les vamos a dar más vueltas, porque no sirve de nada y el agua pasada sólo mueve el molino de los que no saben de qué va la vida.

—Eso es muy generoso por tu parte —dijo.

—O no. O es lo que me conviene, nada más. Pero vaya, que enemigas tampoco hace falta que seamos. Y que si hay algo en lo que pueda ayudarte, yo o mi gente, aquí nos tienes. Que para eso somos compañeras, y cuando una no llegue, ahí está la otra.

—Me parece un buen trato.

Le di un abrazo, por si era el último que se dejaba que le diera. De hecho, no recuerdo que haya habido ningún otro desde entonces, aunque los efectos de aquel hayan perdurado de un modo tácito: entre ella y yo las fricciones —inevitables entre quienes comparten misión en la vida, no carecen de carácter y han de delimitar sus respectivos territorios— no han vuelto a degenerar en enfrentamientos.

Una hora más tarde, la oficial Guadalupe, la psicóloga Mamen y yo estábamos sentadas ante Luna y su madre. Paradójicamente, o no, se veía más entera a la chica que a su progenitora. Mientras que la madre se removía en el asiento y se retorcía las manos, la joven estaba inmóvil en la silla, con la cabeza alta y la mirada despierta.

—¿Qué es lo que queréis saber? —nos preguntó.

No pude evitar volverme hacia mis compañeras ante aquel giro inesperado de los acontecimientos. Las tres habíamos pactado una aproximación paulatina, averiguar primero cómo estaba, dar luego algún rodeo y, sólo después de comprobar que respondía, abordar las cuestiones que nos interesaba explorar con ella.

—Ante todo, ¿cómo estás? —me ceñí al guion, pese a todo.

Luna se encogió de hombros.

—Bueno.

—Los hemos detenido —le hice notar—. Y no van a salir.

—Ya.

—¿Más tranquila?

—No les tengo miedo. No creo que me vayan a hacer más de lo que ya me han hecho. Para qué. Ahora su problema eres tú.

Me sorprendió el aplomo de aquella adolescente.

—Entenderíamos que no quisieras contarnos más de lo que nos has contado. Puede que luego tengas que declarar en el juicio.

—Pues declaro.

Dicen que la inconsciencia, la inmadurez, y que su cerebro no está del todo formado, son las razones por las que los jóvenes son más insensibles al peligro; pero hay peligros que tienen la entidad suficiente para que cualquiera, por aturdido que pueda estar, se tiente la ropa y escurra el bulto. Aquella chica era una valiente.

—Tu disposición es admirable —le reconocí.

Luna sacudió la cabeza con energía.

—No te creas. He estado pensando en todo lo que ha pasado. En lo imbécil que fui para dejarme meter en esa mierda. Yo no soy Yolanda, no tengo la excusa que ella tiene para no darse cuenta de lo que estaba haciendo. Tampoco soy como la pobre Susana, que era muy lista para los libros, pero estaba perdida en todo lo demás.

Por un segundo, pensé algo que no me convenía pensar, y que desde luego no me convenía que pensara el juez Bermúdez: en ese momento, aunque a Luna le faltaran aún trece meses para cumplir los dieciocho, me encontraba ante una mujer, no ante una niña. Por su naturaleza, o por la experiencia que acababa de atravesar, había dejado definitivamente atrás el territorio protegido de la infancia y se adentraba con paso firme en esa jungla de la vida adulta, donde todo se paga y el precio no tiene por qué ser justo. Una razón más para descubrirse ante el valor y el temple que estaba demostrando.

—No tienes que culparte —intervino Guadalupe.

—Ya, ellos eran los adultos y nos manipularon, se supone. Lo que pasa es que yo creía que la lista era yo, que había encontrado una manera de ganar la pasta que necesitaba fácil y sin problemas. La mayoría de los viejos no aguantaban un soplido. Los había que estaban cagados por el covid, sólo querían correrse y no tenía que esforzarme, ni mucho menos dejar que me la... ya sabes.

—Sí, ya sabemos —dijo Mamen—. No te preocupes.

—Pues eso. Que no vi en qué me convertía. En una muñeca que se paga, se usa y se tira si se rompe. Como hicieron con Susana. Yo no les cogía la droga. La probé y me dio mal rollo, así que les dije que sólo quería el dinero. Creí que eso me protegía. Ya ves.

De pronto, y sin ningún esfuerzo, Luna se nos

había puesto en suerte para la pregunta crucial que teníamos para ella.

—Y a Susana, ¿viste cómo le daban la droga?

Luna nos miró como si no tuviera dieciséis, sino cien años.

—Lo que vi es cómo se ponía ciega con ellos. Y cada vez más, sobre todo cuando empezó a darle asco lo que hacíamos y a decirles que quería dejarlo. Entonces ellos la obligaban a ponerse.

Guadalupe me dio un golpe de aviso con la rodilla bajo la mesa. No me hacía falta. Sabía bien por dónde tenía que continuar.

—Cuéntame todo eso más despacio —le pedí a Luna.

20

Don't Stop Me Now

Después de tomarle nueva declaración a Luna, las acompañé a ella y a su madre hasta la salida. Les pedí a Guadalupe y a Mamen que me esperaran en la sala de interrogatorios. Cuando regresé y cerré la puerta tras de mí, vi la expresión adusta en sus caras.

—¿Se ha muerto alguien? —les pregunté.

—Qué cosas dices, Manuela —protestó Mamen.

—No sé, yo creo que ha salido bien —opiné—. Mejor de lo que cabía esperar. Y si declara en el juicio, los va a destrozar.

—Habrá que meditar si conviene —advirtió la psicóloga.

—Me atengo a lo que me digas, pero esta chica sería una bomba de racimo para esos hijos de puta. No iba a quedar nada de ellos.

—Ya tienes su declaración firmada, con la madre delante. En su momento habrá que valorar, con la fiscalía y el juez, si no podéis arreglaros con eso. A lo mejor es contraproducente pedirle más.

—Me someteré a tu criterio. Te lo prometo.

—De todos modos, no hablábamos de ella.

La frase de Mamen me pilló a contrapié, aunque no debería haberme sorprendido tanto. La noticia de mi visita de urgencia al hospital, y con ella mi transformación a ojos de todos en enferma, había corrido por la Brigada, hasta tal punto que me hizo temer que el comisario Navarrete debía de estar al tanto y preguntarme, si así era, por qué no me había dado ya un toque. También era probable que la palabra maldita se hubiera pronunciado ya, lo que no podía tener otro efecto que rodear mi figura de un aura de desdicha que obligaba a todos a sobreactuar la compasión. Era lo último que me apetecía, y también lo último que estaba dispuesta a permitir.

—¿De quién hablabais entonces? —me hice la despistada.

—De quién va a ser —dijo Guadalupe—. ¿Cómo estás?

—Ya veis. De pie. Aunque creo que voy a sentarme.

Tomé asiento frente a ellas.

—No pasa nada por mostrarlo, si estás mal —fue la aportación inevitable de Mamen, como buena loquera al pie del cañón.

—No te preocupes, si necesitara llorar lo haría. En realidad lo que necesito es que la mancha del pulmón no sea lo que parece, y si lo es, que me digan qué van a meterme y empiecen cuanto antes. La pega es que el sistema sanitario, público y privado, está hecho unos zorros y me toca esperar. Tampoco es una tragedia, según con qué lo compares. Si viviera en Sierra Leona, no podría esperar nada.

Me arrepentí de mi exabrupto mientras lo producía. Conocía a Mamen. Sólo quería ayudar. Lo había hecho en el pasado.

—Perdona —me apresuré a decir—. Estoy un poco acelerada.

—Lo que no sé es cómo coordinas siquiera —apuntó Mamen—. Tendrías perfecto derecho a no dar pie con bola. Suele pasar.

—Será que me queda la esperanza de que sea una falsa alarma. O que mientras pienso en esos canallas y los puteros de sus clientes se me olvida todo lo demás, de la mala leche que me entra.

—La mala leche a veces es terapéutica, sí —reconoció.

—De todos modos, si necesitas descansar, o irte a casa, o lo que sea —me ofreció Guadalupe—, ni lo dudes. Tienes un equipo que va a cubrirte siempre. Y yo me encargo de vigilar a Gutiérrez.

Me conmovió aquella preocupación de la oficial Larbi, que además de ser sincera y generosa llegaba al extremo de pensar en que nuestro recién ascendido inspector no se aprovechara de mi mal para comerme la tostada y apoderarse de mi humilde jefatura.

—Pobre Rafael. Está siendo en estos días tan bueno y tan leal conmigo que no podría serlo más. Por él no estés apurada.

Guadalupe tenía la ventaja de que en su piel de color chocolate no se notaba el rubor. De haber sido otra, a juzgar por su expresión, supuse que no habrían dejado de encendérsele las mejillas.

—Gracias de corazón, en todo caso —quise confortarla—, pero ¿sabéis qué es lo que de verdad necesito en estos momentos?

Las dos se quedaron por un instante a la expectativa.

—El qué —osó decir Mamen.

—Otra buena pelea con la letrada Enamorado.

—Al final os acabaréis haciendo amigas —bromeó mi oficial.

—Si luchas con alguien y no le sacas los ojos, no queda otra que acabar congeniando —admití—. Hazme el favor, llámala.

Esta vez no trajimos a Ángel del calabozo hasta que no se hubo personado en la Brigada su defensora. No es que me agradeciera la deferencia, tampoco se mostró cordial en ningún sentido, pero la vi algo menos beligerante que en declaraciones anteriores. En cuanto a su cliente, las ojeras se le habían marcado un poco más y la piel se le veía un tono más descolorida. Me incliné por la delicadeza.

—Buenos días, Ángel —lo saludé—. Ante todo, no se preocupe, que esto será corto. Estamos terminando y pronto verá al juez.

Tampoco pareció que la noticia lo llenara de júbilo. Su abogada no dejó de tomar nota de la noticia y de cumplir con su función.

—¿Los van a poner hoy a disposición judicial?

—Depende de su señoría —le respondí—. Si no es hoy por la tarde, será mañana por la mañana. Ya la avisaremos. En fin, Ángel, al asunto: lo que quería comentarle es que su amigo Gabriel dice que era usted el que tenía las relaciones con las chicas y que contamos con un testimonio sólido y creíble que lo señala también como quien le facilitaba la droga a Susana, cada vez en mayores dosis.

Dejé que esa información obrara su efecto. No diría que Ángel la acogiera con indiferencia. Sobre todo la primera parte.

—Mis compañeros y yo —continué, al tiempo que me volvía a izquierda y derecha, a Gutiérrez y Miguel— hemos pensado que le gustaría tener esto presente. Y que debíamos darle la oportunidad de completar su testimonio, antes de conducirlo ante el juez.

No dijo nada, aunque pude ver que lo estaba rumiando.

—Se lo voy a preguntar más francamente —le apreté—. ¿Hay algo que quiera añadir acerca de lo que pasó en la tarde del 12 de julio? Algo que nos ayude a llenar el hueco. Me siento en el deber de advertirle de que en nuestros informes no hay huecos, o sea, que si no lo rellena usted lo haremos nosotros con lo que otros nos cuentan.

—Con la chica ya les dije lo que tenía —habló al fin.

—¿Sólo usted, o también Gabriel?

—No soy un chivato —se cerró—. Ni hablo por otros.

—Él no ha tenido inconveniente en hablar de usted.

—Él es él y yo soy yo.

Cada uno, incluso los delincuentes y los proxenetas que se aprovechan de niñas de dieciséis años, necesita tener su noción de la propia dignidad. Es el último asidero, y no suele abandonarse.

—Está bien —me resigné—. ¿Y qué pasó el 12 de julio?

Vi como la abogada se enderezaba en su silla.

—No tienes que responderle si no quieres —le recordó.

—Gracias, letrada, creo que ya lo tiene presente —observé.

—Por si acaso —insistió—. Es mi trabajo, ya me disculpará.

—Al revés. Se lo estoy agradeciendo. Nadie quiere aquí pillar a nadie desprevenido. Sólo le animo de buena fe a que se explique.

Ángel dudó, pero acabó entendiendo que algo debía decir.

—Habíamos estado juntos, en mi piso. De pronto se sintió mal, me pidió que la llevara a casa de sus padres y eso fue lo que hice.

—Cuando la dejó allí estaba ya repuesta.

—Lo suficiente para no preocuparme.

—Por eso la llevó con su amigo Gabriel y la sacaron entre los dos del coche. Tenemos una grabación. Se los ve bastante bien.

—Eso lo dice usted.

—¿La llevó con otro? ¿Y por qué en el coche de Gabriel?

Lo vi zozobrar. No sabía por dónde salir.

—Está bien —acabó rindiéndose—. Gabriel me hizo el favor de llevarnos al portal de la chica. Y no voy a decir nada más.

—¿Cuánta droga le hizo tomar a Susana esa tarde?

—Yo nunca le hice tomar droga. Se bastaba solita para eso.

—Pero se la pasaba.

—Eso lo dice usted, también. Qué pruebas tiene.

—Alguna que otra.

El detenido alzó entonces la cabeza y se me encaró.

—Se lo repito: no voy a decir nada más.

—¿Vuelve a acogerse a su derecho a no declarar?

—Sí.

La abogada Enamorado recobró la iniciativa:

—Entonces, ¿hemos terminado?

La observé durante un par de segundos, mientras me invadía un repentino malestar y la tos reclamaba su derecho a salírseme del pecho. La contuve a duras penas y le dije a Ángel sin acritud:

—Entiendo que quiera callar. Y además es su derecho. Lo que espero que no olvide es que sabemos todo lo que no quiere decir. Perfectamente. Y que no vamos a dejar de probarlo. En fin, ya no creo que volvamos a vernos hasta el juicio. Suerte. Y ánimo.

Ángel pareció calibrar entonces hasta qué punto era auténtica la seguridad que exhibía ante él. Creo que supo que no iba de farol.

Poco después, mientras firmaba el acta de la declaración, Adela Enamorado tuvo conmigo un gesto que no me esperaba.

—No crea que no la comprendo —me dijo, en

tono amistoso—. Y espero que a pesar de todo me comprenda usted a mí.

—Cada una hace su labor. No diré que haga mal la suya.

—Gracias. ¿Le puedo tender la mano?

—No se preocupe. Ya se la tiendo yo.

Nos la estrechamos. La abogada me miró con ojos sonrientes. La boca debía de sonreír también, pero se la tapaba la mascarilla.

—Esto no quiere decir que vaya a aflojar en el juicio —me avisó.

Le devolví la sonrisa, aunque no me la viera.

—Ni yo me hago ilusiones al respecto.

Cerrado aquel trámite, nuestro trabajo había acabado. No nos quedaba más que incorporar a los informes el resultado de las dos últimas diligencias y llamar al fiscal y al juzgado para ponerlos al corriente de que estábamos listos para llevar a los detenidos a presencia judicial. Antes de hacerlo, sin embargo, y en ausencia de mi inspector jefe, creí que era conveniente informar al comisario Navarrete y poner el informe a su disposición, por si quería leerlo y formularnos alguna observación sobre su contenido. Preferí llamar por teléfono, a través de su secretaria. Tras consultar con él, la secretaria me pidió que le enviara por correo electrónico el informe y me dijo que antes de una hora me devolvería la llamada. Lo que hizo, tres cuartos de hora después, fue convocarme a su despacho. Acudí inmediatamente. El comisario Navarrete, en cuanto le anunciaron mi presencia en su antesala, vino a abrirme la puerta él mismo y me invitó a pasar. No hacía falta ser Sherlock Holmes. Estaba ya al tanto de lo mío.

Me invitó a sentarme a la mesa redonda de reuniones que tenía en su despacho. Como el hombre ocupado y resolutivo que era, no se anduvo con preámbulos. Entró directamente en harina.

—Al informe no tengo nada que objetarle. Lo he leído rápido, como imaginarás. Me suena consistente y no me chirría nada. Y la jefa del grupo eres tú, no voy a hacer el trabajo que no me toca.

—Gracias, señor comisario.

—Puedes llamarme jefe, sin más. Incluso tutearme.

Preferí ser cauta. Entonces me miró afectuosamente.

—Me he enterado —dijo—. Quiero saber cómo te encuentras.

—Bien, esperando el diagnóstico. Tienen que hacerme pruebas y no es el mejor momento para necesitar servicios sanitarios.

—¿Te ves en condiciones de trabajar?

—Aquí estoy. Me viene bien, de hecho.

—Quería darte las gracias. Por el esfuerzo. Y por la vergüenza torera. No sé tú, pero yo creo que es lo único que nos sostiene.

—A mí los toros no me gustan mucho —me sinceré.

Navarrete distendió el gesto.

—Tampoco a mí me matan. Me refiero al concepto. Te quería decir también que si necesitas pedirte la baja, un día, o dos, o dos meses, sólo tienes que decírmelo. Y si el juez pone pegas a lo que le pidas, también estoy aquí para cargar la suerte si hace falta.

—No debería. También eso va en mi sueldo.

—En todo caso —me reiteró su compromiso.

No dejé de acordarme del ofrecimiento del comisario Navarrete al día siguiente. Después de informar al fiscal Urriaga, concertamos con el juzgado de Bermúdez la entrega de los detenidos a primera hora. Su señoría los interrogó a los tres y se celebró la vistilla para decidir sobre su prisión provisional. Pese a contar con una letrada tan diestra y persuasiva, Concepción, Ángel y Gabriel se subieron a un furgón de la Guardia Civil camino del centro penitenciario de Alcalá-Meco. Y me vi otra vez en el despacho de su señoría, junto al fiscal, para planear los siguientes pasos en la Operación Lesly.

—No se quejará —me dijo el juez.

—No me quejo nunca, señoría. Acorta la vida.

Bermúdez podría haberse tomado mal el chiste. De hecho, tuve nada más soltarlo, por la cara de Urriaga, la sensación de que más me hubiera valido ahorrármelo. Sin embargo, el juez se rio.

—Se lo tomo prestado, inspectora —celebró mi ocurrencia—. A lo que me refiero es a la prisión sin fianza que les acabo de decretar a sus detenidos. Le haré una confidencia: en mi decisión ha influido la intervención de mi compañera la juez Soldevila. ¿Le suena?

—Algo —admití.

—Le pusieron ayer en las manos tres casos de homicidio y una trama de crimen organizado para los que me dice que es mejor que estos tres no pisen la calle al menos en un tiempo. De todos modos, con lo que ha reunido su grupo tenía ya suficiente. La felicito.

—Sólo hemos cumplido con nuestro deber.

—Así y todo. Los he reunido aquí, a usted y al fiscal, porque, a él ya le consta, no soy de esos instructores a los que, ellos sabrán por qué, les gusta eternizarse en las instrucciones. Ya la enredará lo que pueda la abogada esa de campanillas que tienen estos tres con los recursos que no dejará de meterme, por lo que me gustaría pedirles, a ambos, que en lo que de nosotros dependa vayamos al grano y hagamos lo necesario para cerrar este sumario cuanto antes.

Tanto el fiscal como yo misma entendimos al vuelo por dónde iba, pero el magistrado se tomó la molestia de explicárnoslo.

—Los tres imputados principales ya lo tienen bastante negro, y me atrevo a apostar que más lo van a tener con los resultados de las pruebas biológicas. Si los condenan o no por homicidio, doloso o imprudente, dependerá de mis compañeros de la Audiencia, pero de que lo van a pagar no me quedan muchas dudas. Lo que hay que rematar ahora, con cabeza, son los flecos. Ya me entienden.

—Los clientes —dijo Urriaga.

—Eso es. ¿Qué idea tienen al respecto?

Dejé que hablara el fiscal. Una toga pesa más ante otra toga.

—La inspectora propone, y estoy de acuerdo, requerir de las compañías telefónicas la información disponible de los cincuenta y cuatro que tenemos identificados y tomarles declaración.

Bermúdez carraspeó.

—Vaya, que queréis que el juicio acabe siendo en un estadio.

Urriaga no se dejó amilanar.

—Las chicas eran notoriamente menores, señoría.

El juez nos miró a ambos con aire escéptico.

—¿Merece la pena todo el papeleo? —preguntó—. Su defensa alegará error sobre el tipo, al final ninguno entrará en la cárcel.

Supongo que fue mi fatiga, mi enfermedad, mi inconsciencia, lo que me espoleó para hacerle aquella pregunta impertinente.

—¿Conoce a Procopio de Cesarea, señoría?

—Pues no, la verdad —dijo con cara de asombro.

—Un historiador bizantino nacido en Palestina. Del siglo VI. En otra vida hice un par de cursos de la carrera de Historia, por eso lo conozco. Escribió un libro, *Historia secreta*, sobre la corrupción en Bizancio. Allí afirma, se lo cito de memoria, que «cuando se concede licencia para cometer delitos, estos acostumbran a multiplicarse sin freno». Estoy de acuerdo. Y creo que mi trabajo es impedirlo.

Bermúdez me miró, incrédulo. Urriaga contuvo el aliento.

—Desde luego, tiene usted agallas —apreció el juez.

No sé si logré avergonzarle, si pesó en su ánimo que también el fiscal estuviera de mi lado o si a fin de cuentas lo había juzgado mal y tenía más conciencia de la que yo le atribuía. El caso es que nos acabó autorizando todo lo que le pedíamos. Cuando al fin estuve sola, en el coche, me puse una canción de Queen: *Don't Stop Me Now*. Tenía que rematar aquella tarea. Y sobre todo, tenía que seguir viviendo.

21

El dragón

La mañana siguiente, a primera hora, sonó mi teléfono. Estaba todavía en casa, apurando sin prisa el café. Desde que me habían dicho que en mi pulmón había un inquilino que podía ser el mismo que le atajaba el camino a un montón de gente, había aprendido a saborear mejor ese momento primero del día, en el que cualquier criatura viva, aunque se sepa condenada al polvo, no puede ni debe dejar de sentir el privilegio inconmensurable de contemplar una vez más como el sol ilumina y perfila todo lo que contiene el mundo. Miré la pantalla del móvil y me sorprendió quién me llamaba.

—Jefe —lo saludé con mi voz más obsequiosa.

—Hola, Manuela —dijo Carranco algo envarado.

—Ya me disculparás, iba a llamarte, es que ayer...

—Me alegra saber que por lo menos no te habías olvidado del todo de mí —me interrumpió, lo que no era su costumbre.

—Pensé que era mejor dejarte disfrutar del crucero y llamarte ya con todo encajado. No trasladarte preocupaciones, vaya.

—¿Y está ya todo encajado, entonces?

—Al menos lo principal.

—En realidad, ya estoy al corriente —me reveló entonces—. El comisario Navarrete ha tenido la deferencia de informarme.

—Jefe, de verdad que no ha sido por...

—Lo sé, Manuela, no te estoy reprochando eso. Lo que sí te voy a reprochar es que no me dijeras que tuviste que ir a urgencias.

Entonces lo entendí todo. El tono, la llamada. Tampoco era de extrañar. Tendría que haber previsto que el comisario no dejaría de ponerle al corriente de que una de sus jefas de grupo andaba con un problema de salud de pronóstico incierto, a la vez que sombrío.

—Para qué iba a preocuparte con eso también.

—Para que pudiera ofrecerte que te quedaras en casa, por ejemplo. No andamos sobrados de medios, como bien sabes, pero no estamos tan mal como para obligar a nadie a trabajar enfermo.

—No estoy enferma. Me han encontrado algo, es diferente. Y todavía no sé lo que es. Tengo pruebas programadas, entonces lo sabré.

—Me dicen que puede ser serio. ¿Cómo estás de ánimo?

—Ya me oyes. Moral alta, siempre.

—La verdad, Manuela.

Era buen tipo, Carranco. Un poco estirado, un poco rígido, un poco más mirado y timorato a veces de lo que me gustaba. Pero la contrapartida era aquello: estaba de veras preocupado por mí.

—Me hacen una biopsia la semana que viene

—le informé—. A partir de ahí ya me dirán lo que me toca. Entre tanto, prefiero tener ocupada la cabeza. Y tratar de dejar encarrilado este asunto.

—Te lo ha dicho el comisario y te lo digo yo. A la primera señal de fatiga, de desánimo, o cuando simplemente te apetezca perder de vista la Brigada, pides la baja. Y que se ocupe Gutiérrez, y que sepa él y sepas tú que la jefatura te estará esperando cuando vuelvas.

—Te lo agradezco, jefe.

—Eso era todo lo que quería decirte.

—Pues dicho está. ¿Qué tal el crucero?

—¿La verdad? Un coñazo. Deseando volver.

—No digas eso, no te vaya a oír tu...

—Ya se lo he dicho. Que para los treinta años nos vamos al sitio que más le guste y nos tumbamos allí y no nos movemos. Pasada la novedad, esto empieza a adquirir perfiles más bien distópicos.

—Ya será menos.

—Lo que quieras, pero yo que tú lo evitaría. Cuelgo, que van a empezar los del aquagym y con la música no se oye un carajo.

—A tus órdenes, jefe. Y gracias otra vez.

No pude evitar conducir hasta la Brigada con una sonrisa en los labios, mientras me imaginaba a Carranco padeciendo las variadas amenidades de aquel parque de atracciones flotante. El trayecto también lo aproveché para pensar cómo sacar mejor partido a los días que me quedaban antes de que los médicos y sus zafarranchos marcaran el ritmo de mi existencia. Fue en ese momento cuando se me ocurrió que era conveniente reorganizar un poco el trabajo.

Nada más llegar reuní al grupo, que no andaba inactivo. Eran muchos los flecos pendientes, más allá de preparar los listados para acceder a los teléfonos de toda la clientela de Susana. Algunos iban a dar sus frutos, como el interrogatorio de los vecinos de Ángel, que nos sirvió para probar los movimientos que había habido en torno al piso el día de la muerte de la chica y en otros momentos relevantes. O como los extractos de las cuentas bancarias que manejaban los imputados, y en las que aparecieron varias transferencias a cargo de las cuentas de unos cuantos clientes. Otras gestiones, que eran del máximo interés para el equipo conjunto que investigaba las muertes denunciadas por el subinspector Pérez y la trama criminal con la que se relacionaban, resultaron en cambio infructuosas. Ni mirando las grabaciones de las cámaras, ni recurriendo a los testigos hubo manera de identificar al tal Izan. Entre las imágenes de las cámaras localizamos las de un par de posibles candidatos, con mascarilla y gorra de visera, pero, dando por hecho que ni Gabriel ni Ángel ni Concepción iban a avenirse a señalarlo, y a falta de una descripción o una foto previa, de poco servían para incriminar a nadie.

Una vez que tuve a toda mi gente delante, comprendí que lo primero, antes de redistribuir la tarea, era ser justa con ellos.

—Compañeros —dije—, vaya por delante mi reconocimiento a todos. Si su señoría ha despachado a esos tres al talego y nos va a autorizar a meterles mano a todos los clientes es porque dirijo el mejor equipo de homicidios de esta ciudad. Diría del mundo, pero tampoco es cuestión de que os vengáis excesivamente arriba.

—¿Te has tomado algo, Manuela? —preguntó Gutiérrez.

—Mi café matinal, nada más, inspector. Dicho lo anterior, tengo algunas novedades organizativas que te atañen sobre todo a ti.

—¿Y eso?

—No soy una jefa autoritaria, así que espero que lo veas como yo. Lo que queda de la Operación Lesly es importante, pero con los tres personajes principales ya entre rejas creo que adquiere más peso la otra investigación que nos traemos en estos días entre manos.

—Lo han llamado Operación Vlad —apuntó Gallardo.

—Qué macabro —opiné—. No habrá sido idea tuya.

—Te aseguro que no.

—De acuerdo, la Operación Vlad. Creo que lo mejor es, Rafael, que el subinspector y tú intercambiéis los papeles. Que tú te integres con Guadalupe en el equipo conjunto y él vuelva a Lesly.

—¿Y eso?

Percibí el recelo en su pregunta. No tenía motivos para sentirlo, de modo que traté de aclarárselo de la manera más convincente.

—Debo ser realista —le dije—. No es improbable que te toque a ti rematar las dos operaciones como jefe de grupo accidental. Creo que es mejor que estés desde ya al frente de la que va a durar más y en este momento nos plantea más dificultades.

Con Gallardo y con Miguel me arreglo para lo que queda de esta, o mejor dicho para lo que me dé tiempo a resolver en estos días, ya veremos cuántos.

Mi discurso no sólo pareció persuadirlo. Los sumió a todos en un silencio denso y solemne; demasiado, para mi gusto.

—Guardad esa cara para mi funeral cuando llegue —bromeé—. O mejor entonces os la ahorráis y os emborracháis a mi salud.

—Manuela —me regañó Guadalupe.

—Venga, que pienso sobrevivir. Y si no, con más motivo tengo que aprovechar lo que me quede. ¿Alguna objeción al plan?

Gutiérrez parecía ahora avergonzado de su suspicacia.

—Ninguna —dijo—. Vamos, que tienes toda la razón.

—¿Y tú, subinspector? —le pregunté a Gallardo.

—Tampoco. Llamo a Treviño cuando me digas. Y te tengo que reconocer que me pone la idea de sentarme con ese Vicente.

—¿Sólo con él? —dudé.

—Para empezar.

—Estamos de acuerdo —convine—. Tiene que ser el primero. La lástima es no poder pegarle el meneo inicial ya con el resultado de las pruebas biológicas. ¿Crees que aceptará dar la muestra?

—Sin rechistar. Ya verás —apostó Gallardo.

No le llamamos en seguida, antes remitimos al juzgado nuestro informe y aguardamos a tener su autorización para recabar de las operadoras todos los datos de los teléfonos de los clientes. Con ese material ya en nuestras manos, confirmamos nuestros motivos para interrogarlo en primer lugar. No sólo se trataba de uno de los dos clientes que según Luna y Yolanda habían estado con Susana el día de su muerte, lo que nos permitía concebir la razonable esperanza de que su ADN estuviera entre los recogidos del cadáver. También su teléfono era el que registraba más conexiones con el de la chica y desde la fecha más temprana. La hipótesis, cada vez más plausible, era que se trataba de su primer cliente. O por decirlo de otro modo, el que había comprado su virginidad a sus explotadores.

Cuando por fin se presentó en la Brigada, diez minutos antes de la hora a la que lo habíamos citado y en compañía de un abogado, como él, de edad ya madura, tuve la sensación de enfrentarme por primera vez a la verdadera faz del dragón que había devorado a aquella infortunada princesa adolescente. Cada uno a su modo y con su pecado, Ángel, Gabriel y Concepción no eran más que los medios que el mal nunca deja de encontrar para realizarse. El motor estaba allí: tras la mirada esquiva de aquel hombre bien vestido, que olía a limpio y a colonia de unas cuantas decenas de euros. Vicente, de sesenta y tres años de edad, era un atildado exempleado de una entidad financiera, beneficiario de una holgada prejubilación con la que podría haberse dedicado a recorrer el mundo con la mujer que lo había soportado durante décadas —o con una mulata adulta, si esa era su preferencia—, pero que en lugar de eso se había inclinado por recurrir a los servicios de unos proveedores de menores.

Los trámites previos fueron con él y con su letrado mucho más sencillos que con los proxenetas y su aguerrida abogada. Los dos escucharon en silencio la lectura de derechos y la relación de cargos que les hizo Gallardo, quien también se tomó su tiempo para darles cuenta, escrupulosamente y con la formalidad mínima necesaria, de las pruebas que nos permitían sustentar nuestras imputaciones.

—Y bien —dijo, una vez concluidos los preliminares—. ¿Qué es lo que tiene usted que decir acerca de lo que acabo de leerle?

—¿A... a qué... —tartamudeó Vicente— se refiere?

—¿Admite los cargos?

—No —respondió, en voz casi inaudible.

—¿Cómo dice? —intervine—. ¿Puede hablar más alto?

—Que... Que no.

—Que no qué —le apretó Gallardo—. ¿Conocía a la chica o no?

Vicente tragaba saliva. Le sudaba la frente.

—No tenemos toda la mañana —le hice notar.

Vicente me miró entonces como un cordero degollado. Me dio por imaginar cómo habría vivido todos aquellos días, desde que se había conocido la noticia de la muerte de Susana. Cómo se habría empeñado primero en creer que no habría manera de relacionarlo con ella, cómo le habrían venido luego a la memoria, para aterrarlo, las veces que había estado con la chica, la última pocas horas antes de que la encontraran en su portal. Y los mensajes que había tenido la imprudencia de enviarle para concertar sus encuentros. Imaginé, también, el grado de adicción que el sexo con aquella menor le había supuesto, hasta el punto de llevar tantas veces su cántaro a la fuente y hacerlo añicos, como su presencia ante nosotros acreditaba.

—Vicente —le dijo Gallardo—. ¿Quiere usted que le dejemos a solas con su abogado? Quizá desee comentar con él qué es lo que más le conviene. Ya se lo he dicho al principio, tiene derecho a no declarar, piense si se acoge a él, y entonces habremos terminado, o si por el contrario prefiere usted colaborar con la investigación.

Estaba claro que Vicente carecía para aquello de la preparación mental que tiene hasta el delincuente menos previsor. Me pregunté qué idea se había hecho de lo que era un interrogatorio policial.

—Si es posible... Sí, se lo agradecería.

El abogado lo miró y nos miró con cara de circunstancias.

—No se hable más —dije poniéndome en pie—. Nos avisan cuando hayan terminado. Tómense su tiempo, pero les ruego que no se eternicen. Tenemos más diligencias pendientes esta mañana.

Gallardo salió conmigo. Le propuse ir a agenciarnos un café.

—¿Cómo lo ves? —me preguntó, mientras le pedía su cortado.

—Este se desmorona. Enterito —vaticiné—. No te ensañes.

—Estoy siendo muy considerado. ¿O no?

—Está cagado de miedo. Si lo cuidamos, nos rentará más.

—Tú no intervengas mucho. Le intimidas más que yo.

—Oído cocina.

—Te lo digo de buen rollo.

—Y yo —le dije mientras le tendía su café.

—¿Cómo estás tú? —se interesó.

—Tan cagada como él. Pasado mañana me hacen la biopsia.

—No será nada, ya verás.

—Gracias por el optimismo.

—Nada con lo que tú no vayas a poder, quiero decir.

—Ya se verá. De momento aquí estamos. A ver si ese abogado que se ha buscado, y que entre tú y yo me da que no ha asistido a muchos investigados en un proceso penal, nos ayuda un poco.

Volvimos a sentarnos ante Vicente y su abogado un cuarto de hora más tarde. Ahora se los veía nerviosos a los dos. A Vicente, porque le tocaba medir sus palabras; al letrado, porque si algo sabía del oficio no podía dejar de temerse que aquel cliente era de los que no terminan de pillar y menos aún cumplir las instrucciones.

—Mi cliente acepta declarar —dijo.

—Ya que estamos —aprovechó al vuelo Gallardo—, también necesitaríamos tomarle una muestra de saliva para extraer su perfil genético. Se lo digo porque puede dárnosla voluntariamente, tras firmar el consentimiento informado, pero si no tendríamos que pedirle al juez la orden para tomársela, por ir agilizando ese trámite.

El abogado miró a Vicente.

—Se la doy —acató este—. Para qué hacerlo más difícil.

Mi subinspector me guiñó el ojo.

—Se lo agradezco, y se le tendrá en cuenta —dije.

—Si le parece, empecemos por el principio —retomó Gallardo el interrogatorio—. ¿Cuándo conoció usted a Susana?

Vicente tomó aire antes de hablar.

—Hará... como tres meses.

—¿Y cómo entró en contacto con ella?

—Me la... Me la presentó esa mujer.

—Concepción.

—A mí me decía que la llamara Conchita.

—Y se la presentó, ¿con algún propósito concreto?

Vicente bajó la cabeza.

—Creo que ya saben ustedes con qué propósito.

—De lo que se trata es de si usted lo reconoce.

Vicente se pasó la mano por la frente. Cerró con fuerza los ojos.

—Sí —se rindió.

—Para que no haya dudas —recapituló mi compañero—. Se la presentó con el propósito de tener sexo con ella. A petición de usted, y con la anuencia de la chica. ¿Fue así o algo no es exacto?

—Fue así.

—Y a cambio usted pagó un dinero.

Vicente levantó los ojos sin demasiada convicción.

—Una ayuda. Para sus cosas.

—Una ayuda... En euros.

—Sí.

—¿Cuántos?

Vicente enrojeció hasta la raíz del cabello, que ya sólo le cubría los lados del cráneo y una porción menguante de la parte superior.

—Qui... Quinientos.

—Una cantidad muy generosa —observó Gallardo.

—Quería que estuviera contenta. Que... Que le compensara.

Gallardo le habló entonces con su tono más amable.

—Vicente, dígame la verdad. ¿No sería por otro motivo?

En ese momento, aquel hombre sintió que la tierra se abría bajo sus pies. Y comprendió que cualquier resistencia iba a ser inútil.

22

Minotauro

Vicente, en resumidas cuentas, lo reconoció todo. Tras mostrarse incapaz de negar que había comprado la virginidad de la joven, las demás preguntas que le planteamos le pasaron por encima como las olas que baten una playa después de que la arrase un tsunami. Sólo se empeñó en hacer ver que tenía un arreglo voluntario con la chica y que la compensaba sin cicatería por aquel manjar que ella le daba la oportunidad de saborear una y otra vez. También quiso que nos creyéramos que él creía que la disfrutaba en exclusiva, esto es, que los mediadores le habían conseguido una pera en dulce para él solo, y que a la chica le traía cuenta aquel arreglo porque lo que le acababa pasando al mes era una bonita suma con la que podía darse todos los caprichos que le reclamaba su edad. Me pregunté si no le habría hecho dudar en ningún momento de semejante suposición el deterioro que, con la acumulación de clientes y el uso y abuso de las drogas, debió de resultar perceptible en Susana a medida que iban pasando los meses. Si no físico —porque un cuerpo de dieciséis años aguanta casi lo que le echen—, al menos psicológico. No me parecía que Vicente fuera un hombre carente de inteligencia, seguro que la había probado en su día colocando hipotecas y fondos de inversión; pero la inteligencia también es algo de lo que se puede abdicar.

Acabada la diligencia, Gallardo se sobrepuso a la desazón y el desasosiego que nos embargaba a todos los allí presentes y le dijo a Vicente que estuviera localizable, por si teníamos que llamarlo para ampliar la declaración, y que desde el juzgado le citarían y sería ya el juez, como le podía explicar su abogado, quien resolviera sobre su situación personal y le impusiera, en su caso, alguna medida.

—¿Voy a ir a prisión? —preguntó angustiado.

—Antes del juicio, lo dudo —le pronostiqué.

—¿Y después?

—No somos jueces. Ellos verán. No tiene usted antecedentes, eso juega a su favor. Lo que le recomiendo es que cuando salga de aquí no haga ninguna tontería, que se mantenga a disposición de la justicia. Siga usted colaborando, es lo mejor que puede hacer.

Ya me había puesto en pie. Él continuaba sentado. Vicente alzó hacia mí su rostro bien rasurado, lozano para su edad, y dijo:

—Y a dónde me iba a ir.

Aquella pregunta final de Vicente se me quedó dando vueltas en la cabeza durante horas. En la mayoría de los casos, mi trabajo me lleva a tratar con personas que, o bien ya se movían en el terreno de la delincuencia, o bien toman la decisión de matar con la conciencia de que eso las hace mudarse de barrio, y, en adelante, habrán de operar con la astucia y la falta de contemplaciones que caracteriza a quienes acampan fuera de la ley. Vicente, en cambio, pese a haber cruzado, y no pocas veces, los límites del Código Penal, pagándole a quien no ignoraba que era una menor por tener sexo con él, seguía viendo la vida y viéndose a sí mismo desde la conciencia del buen ciudadano: ese que paga sus impuestos y sus facturas, respeta los semáforos y se atiene a las órdenes de la autoridad. Alguien, en fin, para quien convertirse en prófugo de la justicia resultaba tan factible como subirse a un cohete para ir a patinar sobre los anillos de Saturno.

Ligeramente diferente, desde el principio, me pareció el caso del segundo cliente al que interrogamos, Carlos, el otro que según el testimonio de Yolanda había estado con Susana el día de su muerte. La primera señal me la dio la defensa jurídica con la que se presentó ante nosotros. Cuando vi junto a él a la letrada Adela Enamorado, que esta vez se había enfundado en un traje color lavanda, primero no di crédito, y después empecé, en seguida, a atar cabos.

—Vaya, abogada, creía que tardaríamos más en vernos.

Antes de que volviera a subirse la mascarilla, que se había bajado para tomar un sorbo del botellín de agua que traía consigo, pude comprobar que Adela venía provista de su mejor sonrisa.

—Ya ve, inspectora. Echaba de menos su compañía.

Su cliente, un hombre de sesenta y dos años, sobre uno noventa de estatura, no tan bien vestido ni tan sibarita para la colonia como Vicente, pero en absoluto un pordiosero, nos miró a ambas con una sombra de duda. Hasta el punto de que Adela le explicó:

—Hay que mantener siempre la cortesía. Incluso con quien está apostado en la trinchera de enfrente. O sobre todo en ese caso.

—Ya lo creo —asentí—. Lo que es una suerte es que ya no va a hacer falta que le expliquemos a usted todo desde el principio.

—A mí no, pero a mi cliente sí —me recordó—. Tiene derecho a que le digan en detalle qué se le imputa y con qué fundamento.

—Descuide, haremos los deberes. Decía la suerte para usted: así puede cobrar otra minuta sin tener que estudiarse otro caso.

Tengo que confesar que en ese momento me divirtió lanzarle aquella pulla a la abogada. O lo que es lo mismo: hacerle evidente a su cliente que para ella era un chollo representarle, porque podía multiplicar la facturación sin necesidad de multiplicar los autos que debía leerse. Me fue divirtiendo menos a medida que se presentaron a declarar en la Brigada otros clientes de Susana con los que se daba la circunstancia de que a la vez lo eran de Adela. Eso nos hizo temer que no sólo se trataba de una hábil estrategia de captación comercial por su parte, sino que podía estar detrás la propia trama criminal a la que nos enfrentábamos, para optimizar su control de la causa: cuantos más encausados comparecieran con la misma defensa que los tres principales, mejores serían las perspectivas de estos.

Quizá por eso, no se ofendió por mi comentario.

—Todo el mundo tiene derecho a una buena defensa —alegó—. Y una buena profesional está siempre atenta a las oportunidades. Espero que no le moleste.

—A mí me da igual el abogado. Me interesa la persona a la que he enviado la citación. Si son tan amables, pasemos a la sala.

Aquel hombrón se dejó conducir a la sala de interrogatorios como un miura que les hiciera a los insignificantes humanos el favor de dejarse meter en el toril sin hacerles sentir su poderío. Cuando le indiqué la silla en la que debía sentarse, se acomodó en ella con un resoplido que se dejó oír. Como para que nos quedara bien claro que le estábamos tocando las narices y haciéndole perder el tiempo con una acusación que no estaba dispuesto a reconocer que tuviera la trascendencia necesaria para interferir así en sus asuntos. Por si se le había pasado inadvertido a Gallardo, que no era el caso, crucé con él una mirada de inteligencia. Para que no dejara de precaverse.

—En primer lugar —comenzó—, le hago saber que está aquí en calidad de investigado y por eso se le ha citado con la prevención de que acuda acompañado de letrado, como veo que ha hecho.

—Investigado por qué —dijo nuestro involuntario huésped.

—Hace algunos días apareció muerta una joven en un portal de la calle de Alcalá. Tenemos constancia de que usted la conocía.

—Yo nunca he matado a nadie.

—No le investigamos por eso —repuso secamente Gallardo—. Los cargos son por un posible delito de prostitución de menores.

—Tampoco he prostituido a nadie.

—Es delito mantener relaciones sexuales con un menor de edad a cambio de remuneración o promesa. Y como ya le habrá dicho su abogada, espero, la pena es de uno a cuatro años de prisión.

—No me ha dicho nada. No sabía a qué venía.

—¿Admite o niega los cargos?

Carlos lo miró con suficiencia.

—Los niego. Eso es un disparate como una casa. No sé usted, pero yo nunca he necesitado pagar por acostarme con nadie.

—Mis finanzas no son de su incumbencia —lo repelió Gallardo con exquisita suavidad—. Mejor vayamos por partes. ¿Conocía o no conocía usted a Susana, la joven de la que acabo de hablarle?

—Así, sin más información...

Gallardo no se dio prisa. Abrió la carpeta, rebuscó en ella, sacó una fotografía de Susana tamaño DIN A4. La puso sobre la mesa.

—¿Lo tiene más claro así?

Carlos reprimió a duras penas el estremecimiento. En la foto, Susana lo miraba con sus grandes ojos negros, tras los que se dejaba adivinar la energía de sus años, también una tristeza intemporal.

—No me suena —dijo finalmente.

Gallardo y yo nos miramos alzando al unísono las cejas. No me privé de chasquear la lengua antes de preguntarle a la abogada:

—¿Está su cliente suficientemente advertido de lo que se juega en esta diligencia, señora Enamorado? No me da la sensación.

Adela no se achicó. No era su estilo.

—¿Y no cree usted —me devolvió la pregunta— que, antes de continuar con la diligencia, son ustedes quienes deberían decirnos en qué se basan para imputarle a mi cliente algo tan grave?

—Tiene razón —admití—. A eso íbamos. Por favor, Sergio.

Gallardo ojeó sus papeles.

—Tenemos registradas las siguientes comunicaciones entre su teléfono y el de Susana: 29 de abril, 7 de mayo, 17 de mayo, 24 de mayo, 11 de junio, 18 de junio, 24 de junio, 5 de julio, 9 de julio, 12 de julio. Varias en algunos de esos días. Para ser alguien a quien no conoce, tenían ustedes mucho que decirse. Sorprendente, ¿no?

—Y no es lo único —le avisé.

—Tendrán que probar que era yo. A lo mejor me han hackeado el teléfono. Ahora todo es posible. No se puede uno fiar de nada.

—Adela, háganos a todos un favor —le pedí—. Dígale al señor que es un poco talludito para montarse películas de hackers.

Gallardo, sin dejar de buscarle la mirada a Carlos, que ahora se la rehuía, reforzó con su habla parsimoniosa mi petición:

—Tenemos los posicionamientos de su móvil. Estaba en su casa en la mayoría de esas ocasiones. ¿Piensa, tal vez, que podría ser su mujer la que se comunicaba con Susana, a través de su teléfono?

—¿O acaso sería su nieta, jugando con él? —añadí.

—¿Cómo se atreve? —bufó el aludido.

No quise, pero tampoco pude, morderme la lengua.

—No nos invite a hacer conjeturas —dije—. Échele huevos.

Carlos inspiró entonces con fuerza, y por primera vez se volvió a su abogada en busca de orientación y socorro. Adela Enamorado no dijo nada, al menos con palabras, pero la forma en que le miró resultaba inequívoca incluso para aquel gañán ensoberbecido.

—Está bien. Sí, el teléfono lo usaba yo —admitió.

—¿La conocía, entonces? —insistió mi subordinado.

—La conocía.

—De qué.

—De tontear con ella.

—¿A qué se refiere con tontear?

—Adivínenlo, ya que son tan listos.

—Carlos —tercié entonces, con cara y tono de pocos amigos—. Tiene derecho a mentir, como ya ha hecho antes, pero si me deja que le dé un consejo, no nos maree más, que tenemos mucho trabajo. A partir de ahora, diga la verdad o niéguelo todo, pero no se meta en atolladeros de los que luego no va a saber salir.

—Seré más directo —dijo Gallardo—. ¿Tuvo sexo con ella?

El investigado se quedó pensando la respuesta.

—¿También pueden probar eso? —terminó preguntando.

—También —afirmó mi compañero—. Y quizá convenga que sepa que contamos con el ADN de los hombres que mantuvieron relaciones con Susana el día de su muerte. Por cierto, le pediremos para contrastar su testimonio que acceda a darnos una muestra.

—No tienes por qué darla —le advirtió Adela.

—En caso negativo —continuó Gallardo— se le podrá tomar sin su consentimiento, en virtud de la oportuna orden judicial.

Aún dudó Carlos durante unos instantes. Al fin reconoció:

—De acuerdo, no lo voy a negar: me acostaba con ella. Más de una vez lo hice. Por su propia voluntad. Nunca la forcé a nada.

—No le estamos investigando por violación, Carlos —me tomé la molestia de explicarle—. Si así fuera, le estaríamos interrogando con un par de pulseras puestas, estaría usted detenido y de aquí se iría directo a los calabozos de plaza de Castilla; y de ahí, salvo que se camelara al juez con alguna historia, al puñetero talego. Lo que nos importa, en este punto, es otra cuestión. Sergio, por favor.

—¿Le pagó por tener sexo con ella? —preguntó Gallardo.

—Ya le he respondido antes a eso.

—Y no me lo he creído —le repuso el subinspector.

Vi como Carlos volvía a dudar. A esas alturas, su cerebro debía de estar procesando a plena potencia qué era lo que podíamos haber averiguado y cuáles serían las pruebas que teníamos contra él.

—Alguna vez pude darle algo, para sus gastos —dijo.

—A una menor...

—A una amiga sexual.

—¿Amiga sexual? —repetí incrédula.

—Eso es. Yo no sabía que fuera menor. No lo aparentaba, y les puedo asegurar que cuando la conocí no sólo no era ya virgen, sino que se comportaba en la cama como una verdadera experta.

Tuve que hacer esfuerzos para contener la arcada.

—Subinspector —me dirigí a mi compañero—. Proceda.

—¿Con todo?

—Sin piedad —le autoricé.

Gallardo volvió a rebuscar entre sus folios, sin apresurarse, bajo la mirada expectante de la abogada y la cada vez menos arrogante de su defendido. Al fin dio con lo que buscaba, lo leyó durante unos segundos en silencio y luego carraspeó y lo hizo en voz alta:

—«Lo que más me pone de mi nena es ese chochito de dieciséis añitos que me voy a comer hasta que se me quite el hambre».

—Fin de la cita —remaché—. No sé si le suena el estilo: no es ningún clásico de la literatura, el autor atiende por el nombre de pila de Carlos y los apellidos seguro que ya le vienen solos. El wasap, por descontado, está enviado desde su número. Ahora háganos reír, díganos que no lo puso usted. Que lo hizo el Mosad. O la CIA.

—En este punto, caballero —lo centró Gallardo—, la pregunta es si va a reconocer sin más los hechos que le hemos señalado, y va a colaborar con la investigación, respondiendo al resto de nuestras preguntas, o insiste en negarnos lo que resulta tan evidente.

A aquel hombre nadie le había enseñado que el orgullo, que puede ser una herramienta para afrontar algunas encrucijadas de la vida, se convierte en otras en un lastre que, si no lo soltamos, bien puede arrastrarnos hasta el fondo del precipicio. Puesto ante aquel dilema, Carlos, como tantos otros, y aunque no podría decir que se le hubiera ocultado la fea perspectiva que afrontaba, se inclinó por aferrarse a toda costa al alto concepto que tenía de sí mismo.

—No pienso reconocer nada más.

Me tomé unos segundos para observarlo, para calibrarlo, para probarle la consistencia de esa chulería que acababa de marcarse. No diré que fuera absoluta, pero tampoco que se encogió ante el desafío. De pronto se me figuró que lo que allí tenía era una versión diferente del monstruo que había abolido el futuro de Susana. No era un dragón, sino un remedo contemporáneo del Minotauro; una bestia sólo a medias humana, que en la dimensión ciega y animal de su ser encontraba la fuerza para avasallar y pasarle por encima a la inocencia, al decoro, incluso a la razón, que no aconsejaba en aquella hora y aquel sitio mostrarse tan petulante. Estábamos en el corazón del laberinto, semejante a ese al que despachaban a los jóvenes de Atenas para servir de festín a la criatura fruto del desliz de la reina de Creta. Y Gallardo y yo, como Teseo, debíamos destruirla.

—Muy bien —dije—. Tendrá noticias del juzgado.

—¿Eso es todo?

—No, Carlos —le desengañé—. Esto apenas acaba de empezar.

No me quedé a verlos firmar el acta de la declaración. Tenía que preparar las de los otros dos clientes habituales, los últimos que me dio tiempo a interrogar antes de mi biopsia. Cada uno a su modo, ambos nos confirmaron aquello que Vicente y Carlos, también cada uno a su estilo, nos habían permitido constatar: que en la sociedad en la que vivíamos había gente que olvidaba, en su provecho y sin ningún escrúpulo, una de las reglas primeras de la humanidad y de la naturaleza. Esa que dice, a quien aún las escucha, que el que llegó antes ha de hacer por amparar a quienes vienen después, en lugar de servirse de ellos para alargar su disfrute o su desahogo. De lo que preguntamos y nos dijeron, de cómo mintieron y cómo tumbamos sus mentiras, bien puede prescindir el relato. No hay que abundar en los detalles, cuando son tan sórdidos y tan iguales a otros.

23

Lágrimas

Fatídicamente, acabó llegando el día en que me subí a un coche que yo no conducía rumbo al hospital para que me practicaran una biopsia de pulmón. La experiencia, como casi todas las que tienen que ver con batas blancas, o sea, con nuestra fragilidad, estuvo muy lejos de resultar placentera, por lo que me permitirás, hijo, que te ahorre los pormenores. Tendré que contarte, eso sí, aunque hasta aquí haya preferido más de una vez correr un velo sobre su presencia, que quien me llevaba aquella mañana a la prueba era Alberto, y que tenerlo junto a mí, aunque a ti nunca haya terminado de caerte bien, o ni siquiera de caerte, resultó ser mi mejor consuelo, al que tuve que aferrarme para no derrumbarme de tristeza y miedo en aquel mal trago.

De camino hacia el hospital, por las calles de un Madrid en el que, cosa rara, no había mucho tráfico, Alberto puso el equipo de música del coche, al que tenía conectada una de sus listas de Spotify. Lo hizo, deduje entonces, para aliviarme y acaso aliviarse él también de la necesidad de decir algo. Y no sé si por casualidad, o porque lo había preparado así, lo que en seguida escuchamos fue una canción de Extremoduro, *Si te vas*, grabada en un concierto en directo.

No era la primera vez que la oía; la afición de Alberto a Robe Iniesta, que no dejaba yo de compartir —aunque no con su mismo entusiasmo—, me había deparado ya antes la ocasión de fijarme en aquella letra, que mezclaba el sentimiento amoroso con el humor gamberro tan característico del autor. De hecho, al oírla siempre me habían llamado la atención las bromas, tirando a escatológicas, por encima de la emoción que esa vez, en cambio, me asaltó casi desde el principio. Para ser más exactos, la parte en la que se pregunta a dónde vamos tan deprisa; si no habría que cambiar el plan para caminar por donde salga el sol y llegarle al otro al corazón. Y cuando con su voz rota el cantante le suplicó a la chica que se quedara muy cerca de él, que le mirase y volviese a sonreír, que, si no, no comprendía nada, no pude ya evitarlo: a la vez que trataba de sonreírle a Alberto, dos lágrimas se escaparon de mis ojos. Y me hizo bien, porque a veces es en el llanto donde nos aguarda, escondida, la alegría de estar vivos que no acertábamos a sentir antes de derramarlo. No te cuento todo esto, hijo, para que te sientas culpable porque en esos días ni estabas ni te preocupabas por mí, sino para que sepas cómo estaba yo, cuánto te echaba de menos y lo importante que fue que alguien me cuidara para poder seguir. Para poder estar contigo aquí hoy, y para poder disfrutar de lo que eso vale y contarte esta historia como un mal sueño que fue real, pero que por suerte no llegó a acabar conmigo.

Con esa fuerza y ese deseo de salir adelante me sometí a la biopsia y a todo lo que vino después, una vez que se confirmó lo que nos temíamos y tuve que pasar por los tratamientos necesarios para reducir aquel mal que afortunadamente se pudo detectar a tiempo y no había viajado más allá de mi pulmón. Tampoco te voy a contar nada de esa parte, o por lo menos no ahora. Basta con que sepas que me puso a prueba, y que no siempre la pasé como habría querido, porque las personas no estamos siempre a la altura que nos gustaría, y en el camino de la vida tenemos que aprender a aceptarlo, a no infligirnos ni infligirle a nadie un castigo desproporcionado por fallar; aunque no sea aconsejable, o lo sea todavía menos, acostumbrarse a defraudar y a defraudarnos y a esperar que eso no importe nada. Cuando vi los efectos que aquellos tratamientos provocaban en mí no me quedó más remedio que ser realista y pedir algunas semanas la baja en el trabajo. En cuanto me sentía mejor pedía el alta, pero cada vez me tocaba pelearlo con mi superior, el inspector jefe Carranco, que no comprendía aquel prurito de anteponer el deber profesional a mi salud. Traté de hacerle ver que me venía bien no desengancharme por completo, aun asumiendo que el peso del grupo recaía en Gutiérrez, que se hizo cargo de todo de manera irreprochable y sin hacerme sentir en ningún momento que me daba de lado. Lo que no le dije fue que tenía la necesidad de seguir hasta el final el caso de Susana para cerciorarme de que no había cabos sueltos, aunque me constara de sobra que mi gente no iba a permitirse ninguna negligencia.

Así fue como estuve presente en el interrogatorio de algunos de los clientes, aunque en segundo plano, casi como una observadora. Y así pude comprobar que todos, a grandes rasgos, se ajustaban a los dos tipos que ya nos habían mostrado Vicente y Carlos: de un lado, los que preferían no ver y no darse cuenta de lo que hacían ni de lo que eran; de otro, los que sencillamente no sentían nada por las personas, en este caso las jóvenes, de quienes se servían. Aparte de eso, entre ellos los había más sinceros y más mentirosos, con más desparpajo y más vergüenza, más recios y más flojos. La mayoría no aguantaba y se venía abajo, pero era un triunfo que a nadie podía producirle ninguna satisfacción. En la declaración de uno de ellos volví a coincidir con la abogada Enamorado. Durante la diligencia no dijo nada, pero antes de despedirse no dejó de comentar:

—Me dijeron que estaba usted de baja.

—Estuve. Ahora ya ve que no —me limité a responderle.

—Espero que no fuera nada serio.

—Todo en orden. Le agradezco el interés.

—Que es auténtico —aseguró—. Lo cortés no quita lo valiente.

—No lo pongo en duda.

No nos dijimos más. Mi mirada se cruzó con la suya y por una fracción de segundo vi en ella a una igual. A una mujer a la que también un día podía venir la enfermedad a tocarle el timbre, y que se solidarizaba de veras conmigo. No me hizo mal verla así, aunque no dejé que la sensación se me descontrolara. Ni ella ni yo dejábamos por ello de estar donde estábamos, en orillas opuestas de un asunto que ambas tendríamos que pelear hasta el final.

Del cierre formal de la investigación, así como de la Operación Vlad, se encargó el inspector Gutiérrez, lo que no dejé de ver como un alivio. Para él se quedó la frustración de no llegar a Izan, pese a todas las pesquisas que hizo el equipo conjunto, y que incluyeron una revisión exhaustiva de las entradas de vuelos procedentes de México en las fechas en las que se tenía indicios de su presencia en España. La hipótesis que se acabó planteando era que había entrado por otro país de la Unión Europea, o alguno limítrofe, y a saber bajo qué identidad. La Policía dispone hoy de muchos medios, pero si el delincuente es precavido, se mueve con soltura por el mundo y tampoco repara en gastos, no es tan fácil echarle el guante. En lo que se refiere a las chicas, del Tajo sólo pudo recuperarse el cuerpo de una, lastrado con pesas. Los ríos, incluso esa acequia fangosa en la que se convierte el más largo de la Península durante buena parte de su curso por tierras toledanas, se tragan a veces a la gente y la arrastran de tal modo que buscar sus restos es como buscar una aguja en un pajar, pero a tientas, porque en sus aguas turbias el sentido de la vista de nada sirve. Hubo una macrorredada, y en la operación cayeron los traficantes, algún que otro proxeneta y hasta un par de trabajadores de centros de menores, además de media docena de policías. También se intervinieron droga y dinero, pero Gutiérrez me dio la noticia con semblante mohíno.

—Entiende uno la desesperación de los que trabajan todo el día con esto —me confesó—. Al final, es como arar el mar. Sacas en la red unos pececillos y los cachalotes siguen poniéndose las botas.

—Yo creo que ese Izan se pensará por lo menos volver a faenar en este caladero —me atreví a suponer, para tratar de animarlo.

—Tampoco creo que mucho. Si tiene intereses, como supongo, volverá. Se limitará a cambiar de peones y de testaferros.

—Ya lo cazará algún día la DEA. Y entonces lo meterán en un cubo de hormigón y tendrá que cagar en un agujero en el suelo.

—De ilusión también se vive —dijo sin relajar el semblante.

—Si no se lo carga antes otro de su calaña —fantaseé.

El inspector se avino al fin a sonreír.

—Por eso sí que apuesto —me concedió.

Podría decir, y parece una paradoja, que ausentándome del grupo por culpa de la enfermedad, estando tan sólo a medias en las cosas y dejando que él las llevara, se fortaleció el vínculo de respeto y confianza entre Gutiérrez y yo. No dejaría de haber nunca entre nosotros esa tensión inevitable que se deriva de la jerarquía y de la diferencia de caracteres, pero mi enfermedad y la Operación Lesly fueron el cemento definitivo que consolidó nuestra relación.

También las largas horas que mi convalecencia me regaló a solas conmigo misma y fuera de la tarea diaria me permitieron hacer un ejercicio que me dejó huella, y que me ayudó de paso a establecer una conexión más profunda con Susana, que era la razón primera de todos los esfuerzos que mis compañeros y yo habíamos hecho en el curso de aquella investigación. A veces, mientras estás siguiendo rastros y haciendo toda clase de conjeturas, te arriesgas a olvidarte de la persona que está ahí, en el centro de la historia, a la que te toca hacer justicia y que le da sentido a todo. Para evitarlo, Susana me había dejado una especie de mensaje en una botella. Y la botella me llegó, y la abrí, y tuve tiempo de meditar sobre su contenido.

El mensaje estaba en su ejemplar de *El Innombrable*, de Samuel Beckett, la más chocante de las poco comunes lecturas de aquella joven. De él sólo había leído en mi adolescencia *Esperando a Godot*, y como ella, según atestiguaba su diario, por prescripción escolar. Lo había intentado algunos años después con *Malone muere*, que cayó por azar en mis manos, pero el relato había estado muy lejos de atraparme y sus disquisiciones metafísicas tampoco me sedujeron. Cuando me enfrenté a las páginas de *El Innombrable*, en la gastada edición de bolsillo que poseía Susana, acaso comprada de segunda mano, tuve la misma sensación de lectura árida y poco apetecible. Hasta que me tropecé con las frases que ella había subrayado.

La primera que me puso el corazón en un puño tenía tan sólo tres palabras: «Acabar sería maravilloso». Poco más adelante había subrayado otra que comenzaba así: «Yo, de quien no sé nada...». Y el narrador, un extraño ser sin nombre y casi sin cuerpo, perdido en un lugar indeterminado, continuaba diciendo que lo que sí sabía era que sus ojos estaban abiertos, por las lágrimas que no dejaban de brotar de ellos. No pude evitar un estremecimiento cuando luego leí el pasaje donde hablaba el narrador de un castigo que quizá se le había impuesto al nacer, quizá por haber nacido, o quizá, sin más, porque «no se me quiere». También me sobrecogió ver que Susana había marcado la página donde la voz, tras aludir a las delicias de saberse nadie para siempre, augura que *ellos* la llevarán un día a la superficie y que a nadie le dará demasiada pena, por lo vulgar que era la víctima y lo vulgares que resultarán ser sus asesinos.

Pero lo más duro fue llegar al momento en que el Innombrable dice que está harto de ser materia, manoseada sin cesar y en vano, y que esos *ellos* con los que trata no saben lo que quieren hacer con él, ni dónde está, ni cómo es, y por eso pretenden convertirlo en un monigote, aunque él sabe que es polvo y nada más. Se dejará hacer, dice, y su inocencia cubrirá todas las faltas, y el silencio volverá a descender sobre todos y se posará sobre ellos «como sobre el circo, después de la matanza, la arena convertida en polvo». Con la vista empañada leí la última frase que ella había subrayado. La recuerdo de memoria: «Nadie me enseñó nada, nunca aprendí nada, siempre estuve aquí, nunca hubo nadie más que yo, fango que remover eternamente, ahora es fango, hace un momento era polvo, ha debido de llover».

Esta es la lección que me dejó Susana, y que me gustaría, hijo, compartir ahora contigo. Ella me enseñó a entender, desde su dolor y su tragedia, a aquel escritor que se expresaba en una lengua que no era la suya, el francés, para sentirse más extraño a lo que decía. Y a mí me gustaría que a través de su historia tú entendieras lo que tantos hombres, más de medio centenar, nunca supieron de la chica en la que sólo vieron materia disponible para satisfacer sus instintos. Lo que tantos miles siguen sin entender, para aprovecharse igual de tantas otras. Me atrevo a esperar, hijo mío, que tú nunca vas a creer que un ser humano es una mercancía que uno puede manosear a cambio de dinero, que nunca olvidarás que así te conviertes en el asesino de su alma, aun en el caso de que su cuerpo no acabe, como el de Susana, siendo un cadáver que se abandona en un portal.

Una vez que concluí mi relato, en el bochorno de aquella noche de julio de dos años después de la muerte de Susana, mi hijo se quedó mirándome y, tras pensárselo, se decidió a preguntar:

—¿Por qué no me habías contado nada de esto antes?

Lo observé detenidamente. En su mentón, en sus ojos, en su forma de fruncir el entrecejo, incluso en la manera en que cruzaba las piernas, era el vivo reflejo de su padre, que, al igual que Susana, ya no estaba tampoco entre los vivos y era sólo una porción huidiza de mis recuerdos. Me sobrepuse como pude y le respondí:

—Porque antes no eras un hombre y ahora sí lo eres. Ahora es cuando te toca empezar a llenar esa palabra con dignidad, y estar atento para no hacer nada que te degrade ni degrade a otros.

—¿No confías en mí?

—Claro que confío en ti, bobo. Por eso te lo digo.

—Siento no haber estado ahí cuando...

—Chist —lo atajé—. Estás aquí ahora. Soy tu madre, a mí no tienes que pedirme disculpas. Sólo obedecerme, ¿entendido?

—Vale —dijo—. Oye, ¿y puedo preguntarte algo?

—Dispara.

—¿Qué pasó con la abogada al final?

Me hizo gracia que fuera eso lo que quería saber.

—Ah, la letrada Enamorado. He vuelto a verla hoy.

—¿Ah, sí? ¿Dónde?

—Dónde va a ser. En el juicio.

—¿Y has hablado con ella?

—Más que eso. Me ha interrogado. Ella a mí. Como testigo.

—¿Y puede hacer eso?

Me enterneció el candor de mi primogénito.

—Claro que puede, incluso debe. Es como acaban siempre nuestras investigaciones. Con un abogado, o varios, además del juez y el fiscal, interrogándonos sobre lo que vimos o dejamos de ver.

—¿Y cómo ha estado contigo?

—Exigente. Se ha ganado sus honorarios.

—Pero no te habrá ganado el pulso.

—Eso ya no lo puedo juzgar yo. Se verá en la sentencia.

—¿Y qué te ha preguntado?

—Lo que podía esperarme. Que cómo podía afirmar que sus clientes habían manipulado a Susana para prostituirse. Que cómo podía decir con tanta seguridad que ellos le habían dado la droga que la mató y qué razones tenía para sostener que pudieron buscar ese resultado. Y también me ha preguntado por los clientes.

—¿Por los clientes?

—Defiende a algunos. Las preguntas aquí tenían poco misterio: en virtud de qué afirmaba que pagaban por tener sexo con Susana y cómo podía probar que eran conscientes de su minoría de edad.

—¿Y qué le has respondido?

—En cuanto a los clientes, lo del dinero es fácil: pagaban todos, hasta tenían una tarifa por chica. Lo otro ya depende de cada uno. De algunos podía probarlo. Con los demás he tenido que pedirles a los jueces que miren las fotos de Susana y juzguen por sí mismos. En lo que se refiere a los proxenetas y a Concepción, también hay pruebas sobradas de cómo la prostituían y la drogaban. Lo que ya no resulta tan fácil sostener y demostrar es que la mataron aposta.

—¿Y qué has dicho ahí?

—Que en todo caso había que preguntarse si a Susana le habría pasado lo que le pasó de no haberse cruzado nunca con ellos.

—Te lo habrá discutido, me imagino.

—Peor aún. Ha visto la ocasión para arrinconarme.

—¿Y cómo has salido de ahí?

—Le he pedido que se acordara de cuando ella tenía dieciséis años, y que pensara si entonces se le ocurrió en algún momento la idea de acostarse con cincuenta hombres y ponerse ciega de coca. El presidente me ha llamado la atención, pero ha merecido la pena.

—Joder —exclamó, y vi cómo le brillaban los ojos.

A continuación, de sopetón, me dijo lo último que esperaba oír:

—Mamá, ¿puedo abrazarte?

Vaya si puedes, pensé, mientras lo atraía hacia mí para que no llegara a ver los dos lagrimones que entonces, después de tanto aguantármelos, corrieron como dos bólidos por mis mejillas.

24

Maldito no-amor

Me gustaría poder decir que las vacaciones en Cantabria fueron idílicas y reparadoras, que después de mostrarse intratable durante las semanas anteriores, y gracias a nuestra conversación, mi hijo David reconsideró su actitud y se comportó todo el tiempo de una manera constructiva y cariñosa, como prueba de su reconciliación conmigo y con el resto de nuestra destartalada familia. Si se hubiera tratado de uno de esos telefilmes alemanes que suelen poner en la sobremesa de los fines de semana, así habría sucedido, y no habrían faltado unas imágenes de dron sobrevolando, al principio y al final de la película, la hermosa y agreste costa cántabra. Pero mi película era otra, la de la no siempre inspirada y más bien improvisadora Manuela Mauri, por lo que no dejó de haber momentos de tensión, meteduras de pata por parte de todos y armisticios más o menos penosamente alcanzados en aras de la convivencia. Siempre podría haber sido peor, y Manuel disfrutó de veras de Cabárceno y de la playa, que al final era lo más importante. En definitiva, los demás ya éramos adultos; de lo que se trata es de preservar al menos para los que aún son inocentes el derecho a construir recuerdos felices.

Lo que más odio de regresar de vacaciones es vaciar las cuatro maletas con la ropa sucia. Porque eso quiere decir que, después de lavarla, tendré cuatro bolsas de ropa por planchar. Y de todas las tareas domésticas la que más odio es planchar, quizá porque es ver la plancha y acordarme de mi madre repasando las camisas de mi padre. Pensar en mi madre es doloroso para mí. Me cuesta decir su nombre: Bárbara Martínez Arias. Labios siempre pintados de rojo, largas pestañas, peinada a capas, como la actriz y modelo Farrah Fawcett, la Jill Monroe de la serie de televisión *Los ángeles de Charlie*. Muy guapa. Yo no me parezco a ella. No poseo su belleza rotunda. No tuvimos buena relación. Candela, mi hermana mayor, que tanto me cuidó durante el tratamiento de mi cáncer, siempre fue la hija deseada y perfecta y se ajustó a lo que mi madre esperaba de ella. Yo, en cambio, fui una hija no deseada, como Luna. Un accidente. Y mamá se ocupó, durante toda su vida, de que yo no lo olvidara.

Recuerdo la cara que puso cuando le dije que iba a preparar las oposiciones para policía: nunca me lo perdonó. Ella, que no tuvo otra ocupación más allá de ser la secretaria de mi padre, nunca vio con buenos ojos mi trabajo. Mi padre, sin embargo, siempre me apoyó. Pensar en mi padre es para mí como pensar en James Bond, no porque fuera un hombre excepcional, sino porque se parecía algo a Pierce Brosnan en *GoldenEye*. Los perdí a los dos la misma noche y nadie ha podido llenar el hueco que él dejó en mi corazón. No pudo Javier, mi exmarido, que apenas nació nuestro primer hijo me hizo ver que el matrimonio y la paternidad eran dos compromisos que le venían grandes; no pudo el inspector jefe Rodrigo Alonso, para quien fui poco más que una amante de oficina; ni siquiera Alberto, que trajo a mi vida lo que más se ajusta a lo que el amor debe ser: algo limpio que hace menos infelices a quienes lo comparten.

El lugar que ocupa mi padre, aún hoy, es insustituible. Lo que más me entristecía era que, si aceptaba la proposición de Alberto, mi padre, Julián Mauri García, no iba a estar presente en nuestra boda. Había pensado mucho sobre ello durante las vacaciones, mientras los chicos se bañaban en las frías aguas cántabras. Veía a Alberto como a la Linda Loring de las novelas de Marlowe: fiel, sincero y dispuesto a hacer cualquier cosa por la persona a la que ama. Y yo me veía como el fatigado Marlowe: cansado, viejo y con un porvenir dudoso. Y, tenía razón Martina, con una buena dosis de miedo al matrimonio. Una vez leí una conversación que mantuvieron Ian Fleming y Raymond Chandler, padres literarios de James Bond y Philip Marlowe respectivamente, en la que Chandler confesaba que se había metido en un embrollo al querer casar a Marlowe, porque a Linda no le iba a gustar que él continuase con su trabajo y porque él no podría acostumbrarse a vivir en una lujosa mansión mantenido por su chica. Sólo podía salir de aquel lío matando a Marlowe.

También yo había sentido, durante mis vacaciones en familia, que debía *matar* a la Manuela que había sido hasta entonces. Alberto, que había pasado el último año recorriendo universidades con su libro, me presentó en Cantabria a un catedrático que me ofreció dar clases online en un prestigioso máster de Criminología. Eso suponía pedir una excedencia de un año en la Policía, abandonar el ritmo frenético del grupo de Homicidios y dedicarme por un tiempo a la docencia. Eran muchos cambios. Pedir la excedencia. Dejar el grupo. Preparar un manual y un temario. Tener un nuevo oficio que me permitiría, por primera vez en mi vida, conciliar el trabajo con mi maternidad. Casarme con Alberto. ¿Era ese el camino que quería seguir?

Otro momento trágico tras la vuelta de vacaciones es cuando abres la nevera y está vacía y todo el mundo tiene hambre, pero no hay nada que cocinar. Y hay que coger las llaves a toda prisa, bajar al supermercado, improvisar una compra básica y preparar algo sin ganas porque después de dos semanas comiendo y cenando fuera se te ha olvidado ya que para poder llenarle la tripa a la tropa primero hay que cocinar algo y después lavar los cacharros sucios.

Así estaba yo, en el supermercado, pensando posibles menús, cuando recibí una llamada del inspector Gutiérrez.

—Estoy con una tal Virginia Chamorro, brigada de la Guardia Civil —me informó con tono misterioso—. ¿Te suena de algo?

—¿Con Virginia? ¿Y eso?

—Verano negro, Manuela. Rodolfo Barrios, varón de treinta y un años, español, sin empleo conocido. Acudió al domicilio de su expareja, un piso okupado. A ella, Rebeca Gimeno, la ha matado de una puñalada, y ha herido a un joven que intentó defenderla.

—¿Y qué hace Virginia ahí contigo? —pregunté extrañada.

—Es nuestra principal testigo. Resulta que estaba en el edificio cuando sucedieron los hechos. Había venido a visitar a un familiar. Escuchó los gritos y acudió al domicilio, pero no pudo impedir la muerte de Rebeca. Siento fastidiarte el último día de vacaciones. Si no quieres venir, estás en tu derecho y todos lo entenderemos.

—No te preocupes. Prefiero acercarme. Ya conoces el dicho: las hormigas y los policías nunca hacemos vacaciones.

—Tengo aquí a la familia de la víctima. A la hermana, Belén, que vive también en el piso okupado y está bastante alterada.

—Voy para allá.

Los hombres de mi casa iban a tener que hacerse ellos la comida. No podía evitarlo: las muertes como aquella me partían el corazón. Maldito amor. Maldito no-amor. Cómo lo complicaba todo.

Cuando llegué al número uno de la calle Fuente Arenosa de Parla, barrio conocido popularmente como *la urbanización de los horrores* por el gran número de inmuebles habitados por okupas, encontré a Gutiérrez hablando con los vecinos de la vivienda donde habían sucedido los hechos, uno de los muchos pisos okupados de la zona, y a la guardia civil Virginia Chamorro tomando un café en un vaso de plástico. Bien parecida, alta y medio rubia, algo seria y siempre profesional en el trato, tenía un currículum lleno de méritos académicos y éxitos profesionales en compañía de mi buen amigo y compañero el subteniente Rubén Bevilacqua, de la unidad central de Policía Judicial de la Guardia Civil. ¿Qué pintaba la buena y formal Virginia en aquel barrio, conocido entre otras cosas por las carreras ilegales de coches, las plantaciones de marihuana en las viviendas, la venta de droga y el abandono de las zonas comunitarias?

—Virginia —la saludé.

—Manuela —me respondió—. Cuánto tiempo.

—Es verdad.

La observé. Era una mujer lista y con sentido común. Siempre me había caído bien, aunque no la había tratado mucho.

—Rubén me contó lo de tu enfermedad. Debería haberte hecho una visita —se excusó, y parecía sincera—. ¿Cómo te encuentras?

—Mejor. Me atrevería a decir que lo peor ha pasado.

—Me alegra. La lástima es que coincidamos por esto.

—Cuéntame —le rogué—. ¿Qué haces aquí?

—Estaba en casa de mi primo. Uno de esos vecinos honrados que sí pagan el alquiler y llevan ya años denunciando los destrozos que les causan los okupas. Ya sabes: garajes quemados, portales sin cristales, telefonillos arrancados, pintadas, grafitis... Por no hablar de las continuas peleas y el tráfico de drogas. Esto viene a ser la zona cero de la okupación aquí.

—Nos ha tocado venir varias veces últimamente. Hace un par de años le dispararon a un chico en ese portal —lo señalé.

—Yo estaba dos pisos más arriba y escuché gritos —prosiguió—, así que bajé corriendo. La puerta estaba abierta de par en par. El detenido, Rodolfo Barrios, había herido a un chaval de unos veinte años que se había interpuesto entre él y su expareja. Barrios, que es bastante más corpulento, lo apartó rápido y mató con un cuchillo a Rebeca. Llegué tarde.

—Sí, pero detuvo al tipo —dijo Gutiérrez—: delito flagrante. Ella misma le puso las esposas, y eso que el tío mide casi metro ochenta. Un par de vecinos le echaron una mano, pero aun así... Después de eso, lo derribó con una llave y le hizo besar el suelo con los morros.

Miré a Virginia. No me lo podía creer. Aquello sí que no le iba nada. Ella notó que la miraba y percibió mi sorpresa. Si había en la Guardia Civil alguien con fama de sensata y prudente, era ella. Me recordaba a esas detectives de ficción victorianas, tan perfectas en el fondo y en la forma y tan elegantes. La señora Paschal de William Hayward, por ejemplo. También me hacía pensar en la Kinsey Millhone de Sue Grafton: sin hijos, ni plantas, ni animales ni compromisos a largo plazo. Yo, en cambio, no era como la modosa señora Paschal, ni como la libre y metódica Kinsey Millhone, ni como la disciplinada Chamorro. Yo había enterrado a un exmarido, a un examante y a mi fiel perra Maggie, vivía en pareja desde los diecisiete años, había sido madre por primera vez antes de cumplir los treinta y había repetido a los treinta y cinco, y a mis cuarenta y siete años había superado un divorcio y un cáncer y estaba pensando seriamente en darle un giro a mi vida.

—Perdí el control —se disculpó Virginia.

—¿Y eso?

—Apenas le puse las esposas me dijo a voces que la chica «se lo tenía más que merecido, por zorra». No me pude contener.

Casi daba pena el apuro con que lo contaba.

—No te tortures por eso —le dije—. Si lo hubiéramos detenido nosotros, se habría llevado un par de hostias, como mínimo.

—Espera y verás —terció Gutiérrez, siempre listo para echarle un capote a una dama en apuros—. Manuela es capaz de cualquier cosa. Yo la vi una vez sacar la pistola y montarla. Y acojona.

—Tenía un mal día, no me lo recuerdes —le reprendí.

—Perdona, soy un insensible. Ya he hablado con la hermana, Belén. Quizá estaría bien que charlaras tú con ella —me sugirió Gutiérrez, que entre tanto, y aunque fuera solamente con la mirada, no perdía ocasión de darle apoyo y consuelo a la cariacontecida Virginia.

Me olí que ya estaba preguntándose quién sería su pareja y qué opciones tenía de levantarle la novia. Se creía tan seductor como el Philip Marlowe de Chandler y no sabía aún, a sus años, que eso de que las mujeres caigan a tus pies es una fantasía de las novelas, que rara vez, incluso para alguien tan guapo como él, se hacía realidad. Conocía a Chamorro y Gutiérrez no era su tipo. Ni de lejos.

En ese momento vimos pasar una camilla con el cuerpo tapado y sin vida de Rebeca Gimeno. Los tres nos quedamos en silencio.

—Estoy cansada de ver muertos —dijo Virginia, y sus palabras, dichas con una tristeza infinita, me parecieron una nueva señal.

—Yo también —dije.

La brigada dejó que la mirada se le perdiera a lo lejos.

—Te olvidas de que la vida es algo más que levantar cadáveres —añadió—. Y tener que averiguar luego lo que preferirías no saber.

—Tienes toda la razón. De hecho, me estás dando una idea. A lo mejor te invito pronto a una fiesta. Te llamaré. Y a Rubén.

Gutiérrez me miró con extrañeza. No sabía qué estaba pasando ni a qué me refería. Me iba a costar invitar al inspector a mi boda con Alberto, aunque temía que, si lo hacía, pondría alguna excusa. Era una lástima. Lo de Benin City no debería haber pasado. A pesar de todas las idas y venidas que nuestra relación había vivido luego y de la confianza que ahora había entre nosotros, Rafael Gutiérrez no iba a perdonarme nunca que en la soledad de aquella habitación de hotel, tan lejos de casa, yo hubiera preferido no aceptar su proposición.

—Al detenido ya se lo han llevado —me hizo saber—. Me voy con Virginia a la Brigada para tomarle declaración formalmente.

—Está bien. Yo voy a hablar con la hermana.

—Te lo agradecerá.

—Esperaré esa invitación, inspectora —me advirtió la brigada Chamorro a modo de despedida. Me gustó verla sonreír.

—La recibirás. Dale recuerdos a tu subteniente.

Se fueron y entré en el portal. Busqué el piso en el que había ocurrido el crimen. Los de la Científica de la demarcación estaban terminando con su trabajo. El juez de guardia ya se había ido.

Se me hizo raro entrar en la vivienda. Era angosta, oscura, y fue desasosegante caminar por un largo pasillo sin puertas. No las había en las habitaciones, ni en la cocina, ni en el comedor. En el comedor, donde había sucedido todo, maniobraban aún los de la Científica. Caminé hasta la habitación del fondo, donde montaba guardia un agente. Había cinco personas allí, apelotonadas, nerviosas, algunas drogadas. Había restos de comida en el suelo y mucho desorden.

—¿Belén Gimeno? —pregunté.

—¿Qué quiere? —dijo una de las presentes.

Era una mujer delgada, de unos treinta años.

—Soy la inspectora Mauri. ¿Podemos hablar un momento?

Se acercó. Miró al agente. Me hizo una señal para desandar el pasillo y salir del piso. Asentí y la acompañé hasta el rellano. Allí me señaló la escalera. Volví a asentir, igual me daba dónde habláramos. Llegamos a la calle y nos alejamos del portal, hasta que perdimos de vista los dos coches patrulla que estaban aparcados delante de él.

—Usted dirá —me invitó.

—Lamento mucho lo que ha pasado. Me ha comentado mi compañero, el inspector Gutiérrez, que se hallaba usted presente en el momento de los hechos.

—Sí, cuando ese hijo de puta ha matado a mi hermana.

—Necesitaremos que venga a declarar.

—¿Otra vez? Ya se lo he contado todo a su compañero.

—Tenemos que hacer un informe, por escrito.

—Ustedes y sus informes.

—¿Qué quiere decir? —le pregunté.

—¿Para qué sirven sus putos informes? ¿Acaso nos protegen de algo? ¿Ustedes para qué sirven, al final? Lo que es en barrios como este, siempre llegan tarde —me reprochó con gesto avinagrado.

—Seguramente tiene usted razón, pero esto parece un caso de violencia de género. ¿Habían roto su relación recientemente?

—Hace dos semanas.

—¿Ella lo había dejado a él?

—Sí.

—¿Por otra persona?

—Salvador, el chico que la ha defendido.

—No sé si le sirve de consuelo, para mí desde luego no lo es, pero hubiéramos llegado tarde en cualquier barrio. Igual habría sido en El Viso o en Pozuelo. Esto no es un problema de clase social, es otra cosa. Otro hombre al que el despecho empuja a la violencia.

Me miró con desconfianza.

—¿Ha visto más muertes así?

—Sí.

—¿Muchas?

—Más de las que me hubiera gustado.

—¿Y cómo se vive con ese peso?

En ese momento vi al hombre. Era alto y fuerte, la ira le ardía en la mirada y su mano aferraba un cuchillo de buen tamaño. Venía a por Belén con intenciones inequívocas. Apenas tuve tiempo de ponerme en medio, sacar el arma, montarla y gritarle que tirara el cuchillo al suelo. Se abalanzó sobre mí, la hoja de acero buscando mi garganta, y ahí ya sólo pude apretar el gatillo. Oí el disparo, vi como la bala lo paraba en el aire, supe que acababa de matarlo y nada más. En ese preciso instante recibí un mazazo en la cabeza. Desperté en el hospital, horas más tarde, aturdida y confusa. Allí fue donde me dijeron con qué me habían golpeado: una cadena antirrobo.

25

La sentencia

No recuerdo nada de las horas que estuve inconsciente; no vi ningún túnel, ninguna luz ni el rostro de las personas a las que he querido a lo largo de mi vida, que no son muchas. No acudieron a mi mente recuerdos bonitos ni tristes ni insoportables. Nada. Tras la última imagen antes del apagón, aquella hoja de cuchillo que me iba buscando la yugular, pasé sin solución de continuidad a la mirada de David, mi primogénito, tan parecida a la de su padre, y sus ojos llorando al verme despertar. Mi hijo mayor, tras empezar por fin a aceptar la muerte de su padre, temió durante unas horas perderme a mí también. Al verlo llorar pensé que era una suerte eso de poder dejar salir lo que uno tiene dentro y le acongoja. Yo no podía.

Recuperar la conciencia fue un proceso paulatino. Volví a sentir los dedos de los pies, de las manos, la memoria de mi cuerpo. Era como cuando me relajaba por completo en una postura al final de una clase de pilates: tumbada con los brazos atrás, ojos cerrados, sin atender más que a la respiración. Realicé tres respiraciones profundas. Sentía el aire en el ombligo, lo mantenía ahí unos segundos, lo sacaba del abdomen hasta las costillas y otra vez salía por la nariz. Respiré de forma lenta y fluida. Visualicé los dedos de mis pies, relajé el empeine, les di peso a los talones y los tobillos. «Me llamo Manuela Mauri Martínez, tengo cuarenta y siete años, he recibido un golpe fuerte en la cabeza. Me pesan las rodillas y siento tensión en los muslos», eso me repetía a mí misma. Mantuve la pelvis relajada. Sentí el peso de mis caderas, que han dado a luz a dos niños. Sentí mi vientre. Manuel hablaba. No le entendía bien. Visualicé mis brazos, les di peso a mis codos, antebrazos y muñecas; intenté relajar mis manos y mis dedos. Sentí mi cuello tensionado. Me pesaba el cráneo. Me pesaba el mentón. Intenté concentrarme en respirar, pero me distrajo la voz de Manuel. «Mamá, despierta.» A mi mente acudían pensamientos oscuros. Vi a mi padre borracho a las diez de la mañana; era un buen hombre, un pequeño autónomo dedicado a sus empresas de reformas, hasta que quebró y se quedó en la ruina. Seguí respirando. Moví la cabeza muy despacio, a un lado y al otro. Abrí los ojos. Parpadeé. Recogí mis pies. Mi cuerpo empezaba a despertar y a la vez empezaba a sentirme relajada. Me incorporé un poco, con ayuda de Alberto.

«¿Sabes, mamá, que un oso pardo puede dormir durante más de seis meses y no comer ni beber nada en todo ese tiempo?», me había preguntado mi hijo Manuel antes de irnos de vacaciones a Cantabria. Yo había sido como un oso pardo durante seis horas, me dijeron entonces. Se mezclaban en mi cabeza pasado y presente, y acudían a mi mente una y otra vez las imágenes de los cadáveres de Susana y Rebeca, dos chicas muy jóvenes que no deberían haber muerto. Veía a mi padre arruinado, a mi madre negando lo evidente y planchando sus camisas como si nada; cuando murieron tuvimos que malvender su piso para pagar las deudas que había contraído mi padre en los últimos años. Si no hubieran fallecido los dos en aquel accidente por culpa de la mala combustión de una caldera, tal vez los hubieran acabado desahuciando después de más de cuarenta años de trabajo. La vida apaleó a mi padre y él se dio por vencido, se cansó de ser mi James Bond y se abandonó al alcohol. Mi querido padre, el héroe de mi infancia, convertido en un alcohólico. Quizá por eso yo apenas bebía y, después del cáncer, ni una gota. Dónde se ha visto: una detective que no bebe whisky ni ginebra ni nada.

Recordé los ojos del hombre al que había matado, por encima de la línea de la mascarilla con la que se tapaba el resto de la cara. Los demás detalles me los dio mi compañero, el inspector Gutiérrez, que, según me dijo Alberto, esperaba en el pasillo, mordiéndose las uñas. Me preguntó si quería que le hiciera pasar. Asentí con la cabeza.

Gutiérrez entró en la habitación con el gesto demudado. Quiso saber si me encontraba bien, le dije con la mano que más o menos, le sonreí y le invité con la barbilla a que me contara. Me dijo que el hombre al que había disparado se llamaba Marcos Barrios, tenía veintitrés años y tras enterarse de la detención de su hermano por la muerte de Rebeca Gimeno había acudido a merodear por la zona. Tan pronto como vio a Belén, hermana de la víctima y testigo del crimen, tuvo una de esas ideas idiotas que se tienen cuando se es joven e inmaduro y en la cabeza y en el alma faltan los recursos para atajarlas: eliminar a quien, además de ser familia de quien le había jodido la vida a su hermano, podía dar fe del asesinato. Sólo tomó la precaución de ponerse mascarilla, para dificultar su identificación, y llevar como apoyo a su colega Samuel, el que me había derribado con la cadena antirrobo de su moto, aunque tarde para salvarlo. El ruido del disparo, o el miedo que atenazó a Samuel en cuanto vio a su amigo inmóvil en el suelo, impidió que me rematara o que se apoderara de mi arma. Echó a correr, aunque eso no iba a evitar que mis compañeros lo detuvieran en menos de un cuarto de hora.

Gutiérrez, todavía con aquella cara de circunstancias, me dijo lo que ya sabía desde el instante en que vi caer a Marcos: que había muerto y que en cuanto estuviera en condiciones tendría que hablar con los de Asuntos Internos y hacerles un informe detallado de lo ocurrido. Me limité a asentir. Conocía el protocolo. Entonces el inspector miró su reloj, y con aire apurado musitó una disculpa:

—Tengo al grupo abandonado con dos detenidos...

Le indiqué con la mano que se marchara.

—Volveré a verte en cuanto pueda —prometió.

Se lo agradecí con una sonrisa. Gutiérrez salió pitando.

Me iba a costar asimilar que había sido capaz de matar. Aunque lo hubiera hecho en defensa propia, aunque no me hubieran dado ni siquiera la opción de apuntar a una zona no vital, a partir de ahora era una homicida. Marcos Barrios, muerto de un disparo salido de mi arma reglamentaria. Luego escribí un largo informe, explicando las razones por las que acudí allí en mis vacaciones, por qué estaba en la calle hablando con la testigo Belén Gimeno, por qué cuando me percaté de la presencia y de las intenciones de Marcos no vi otra salida que interponerme y por qué, después de que él hiciera caso omiso de mi advertencia, y ante el peligro inminente para mi vida y la de la testigo, apreté el gatillo y lo hice con aquel fatal resultado. Sin embargo, me iba a costar volver a sentirme bien conmigo misma. Me resultaba difícil encogerme de hombros, mirar sin más hacia otro lado y hacer como si nada. Había matado a un ser humano.

Vi mi pasado como un itinerario confuso y embrollado del que no era posible sacar una verdad completa. Había pagado un precio muy alto por mi atípica vida profesional. Me sentía como una niña pequeña jugando al escondite, y lo peor era que me escondía de mí misma. Lo que necesitaba, de verdad, era ser capaz de aceptar mi imagen cuando la viera reflejada en el espejo y sentirme de nuevo como una mujer y no como una cazadora siempre detrás de alguna presa. Lo que había ocurrido en aquella aciaga esquina de Parla, me dije, era la señal definitiva, la que ya no dejaba lugar a dudas.

—Creo que me voy a pedir una excedencia —fue lo primero que escuchó de mis labios un desconcertado Alberto—. De un año.

Él podría haberme hecho muchas preguntas en ese momento, pero no me las hizo. Se acercó a mí y me besó en los labios.

—Me he cansado de jugar al Cluedo —le expliqué—. Al menos por un tiempo, supongo que volveré. Necesito un descanso.

—Me parece bien —dijo solamente.

Mis hijos se miraron como si yo no fuera su madre, como si aquello no pudiera estar pasando. ¿Iba a ser yo, a partir de ahora, una madre diferente, que pasa la tarde en casa, se ocupa de preparar la merienda y de ir al supermercado para llenar la nevera? Pues sí. Eso era lo que tenía pensado. También quería leer mucho por las noches para trabajar por la mañana en las clases. Y olvidar los dos últimos años de mi vida, y dejar atrás la dolorosa conciencia de que había apretado el gatillo y había matado a aquel muchacho.

—Será temporal. No te hagas ilusiones —avisé.

Alberto sonrió y asintió sin pronunciar palabra.

—Tengo otra buena noticia para ti, creo —le dije.

Alberto todavía no se había marchado a Shanghái, aún no había expirado el plazo que me había dado para contestarle, pero ya que me había decidido no quería aplazarlo más: él llevaba casi cuatro años esperando mi respuesta. Y así y todo, tuve miedo. Temía que, ahora que había matado a alguien, me viera de otra manera.

En ese momento entró Martina. Una vez que se cercioró de que no me iba a morir, de que coordinaba y de que mi discurso no era incoherente, me dio la noticia de que en dos semanas tendríamos la sentencia de la Operación Lesly. Y a continuación me preguntó:

—¿Qué? Duele, ¿verdad?

—Algo —le contesté más resignada que otra cosa.

—Ya imagino. ¿Me ves bien? —preguntó mi amiga como si ella fuera poco menos que la doctora responsable de darme el alta.

—Te veo regular —bromeé—, pero me pienso ir a mi casa.

Todos se miraron y Alberto me dijo:

—Me gustaría que eso lo confirmara el médico que te ha atendido. Según las pruebas que te han hecho no tienes nada grave, pero será bueno que él te vea y lo confirme. Y esto no es opcional.

—Está bien —me sometí.

Vino el médico, me exploró, habló con Alberto. Entre los dos acordaron que podía irme, pero quedaría bajo la observación de mi facultativo particular. Alberto les pidió a todos que salieran para ayudarme a vestirme. Cuando estuvimos solos se lo dije. Le confesé que no quería vivir sola conmigo misma, que no quería ser como la detective Kinsey Millhone: sin plantas, sin animales, sin novio. Él era mi hogar y, si me aceptaba con mis imperfecciones y el peso de mi mochila, desafiaríamos juntos la imagen deprimente que tenía del matrimonio la filósofa Simone de Beauvoir, esa que escribió en *El segundo sexo* que los matrimonios, en general, no se deciden por amor. Él no dijo nada. Se limitó a cerrar los ojos y abrazarme.

Al día siguiente le di a Gutiérrez la noticia de mi excedencia.

—¿A partir de cuándo? —me preguntó.

—Lo antes posible. He pensado que la solicitaré después de la lectura de la sentencia de la Operación Lesly.

—A Carranco le va a dar algo.

—Cuídamelo, es buena gente.

—Haré lo que pueda. Te voy a echar de menos. Y no seré el único —dijo, mientras me guiñaba el ojo con esa naturalidad suya para el flirteo, que yo nunca sabía muy bien cómo tomarme, y me aclaró—: Tranquila, ya sé que sólo tienes ojos para tu médico.

Dos semanas después me encontré de nuevo con mi grupo de Homicidios en la Audiencia; habían venido todos a la lectura de la sentencia de la Operación Lesly. Allí estaban también Martina y el reportero Roberto Martín, junto a otros periodistas que esperaban con expectación la lectura resumida de los casi doscientos folios de la sentencia. Entre los presentes estaban los padres de Susana, Yolanda y Luna. El padre de Luna también había venido, al final. Y el fiscal Urriaga, con su toga negra y su mirada transparente. Sin decirnos nada, compartimos nuestra esperanza de que se hiciera justicia.

La sentencia no se hizo esperar y todos lo agradecimos. Los doscientos años de cárcel que pedía el fiscal quedaron en sesenta y cuatro para siete de los acusados por delitos contra la salud pública, corrupción de menores e inducción a la prostitución de menores de edad, entre otros. El principal acusado, Ángel M. Z., resultó condenado a veintidós años y seis meses de prisión; Concepción, a diez años y seis meses; Gabriel B. R., a diecinueve años; y los cuatro clientes fijos, Vicente, Jesús, Carlos y Ramón, a tres años y un día cada uno. Todos los clientes esporádicos fueron absueltos por falta de pruebas. Los implicados en la red, Ángel, Concepción y Gabriel, fueron condenados también a pagar noventa y dos mil euros a los padres de Susana en concepto de responsabilidad civil, treinta mil a Yolanda y quince mil a Luna. Los tres jueces que formaban la sala consideraron, por unanimidad, que los acusados se aprovecharon de la minoría de edad de las jóvenes y de su adicción a las drogas para prostituirlas y que Susana murió por una reacción adversa a la droga, y hallaron culpables a Ángel y Gabriel del delito de omisión de socorro, pero los absolvieron de los cargos de homicidio.

Tuve una sensación agridulce: esperaba penas más duras. Caí en ese momento en que desde el final del juicio no había recibido más llamadas amenazantes. Quien fuera el que las había hecho, por cuenta del escurridizo Izan o por propia iniciativa, podía comprobar ahora de qué modo había perdido el tiempo dándome la lata. Entre los familiares de las víctimas dolió especialmente la absolución de los cincuenta clientes esporádicos, que admitieron haber tenido sexo con las menores y que no fueron condenados, ya que alegaron no tener conciencia de su edad y en el juicio no se pudo demostrar lo contrario. Vi a la abogada Adela Enamorado al otro lado de la sala. Me miraba como si se disculpara por haber hecho bien su trabajo. Como si hubiera llegado a ganarme su estima, a pesar de todo.

Mis compañeros me ofrecieron tomar algo, como despedida y para celebrar mi excedencia, pero yo no tenía el cuerpo para bailes. Martina insistió mucho: «Yo también estoy jodida, una cosa no quita la otra». Pero no pude. Me despedí de todos con un largo abrazo. También del fiscal Urriaga, que me dio a entender con su expresión que peor podría habernos ido, y de los padres de Susana, Yolanda y Luna. Me conmovió la madre de Susana, Alicia, cuando me dijo al oído: «¿Pueden noventa mil euros reparar el dolor de haber perdido a una hija?». Yo sabía que no, que ninguna cantidad podría hacerlo. La abracé con ganas. No siempre puedes decir lo que piensas.

Volví a casa caminando. Necesitaba dar un largo paseo y estar sola. Sabía que al llegar David querría saber de la sentencia. No iba a ser una tarde sencilla. También habíamos decidido, Alberto y yo, anunciar a los chicos nuestra inminente boda. Yo empezaría a dar clases en octubre y habíamos decidido casarnos a finales de agosto e irnos de viaje los cuatro una semana a Dublín, antes de que Manuel empezara sus clases en primero de la ESO y David se reenganchara a sus estudios de grado medio en Imagen y Sonido. La elección de Dublín como destino de nuestro viaje de novios con compañía había descolocado un poco a Alberto, pero yo quería cumplir el deseo de Susana, la chica a la que había visto morir demasiado pronto y que soñaba con darse un paseo por el parque de Saint Stephen's Green. Aunque no sé si pueden cumplirse los deseos de otras personas, cada vez que entrara en uno de los mil pubs literarios me acordaría de que Dublín estaba escrito en el corazón de Susana y lo habitaba.

Antes de llegar a casa tenía que hacerle una visita a alguien. Cogí el metro y conté las paradas que me separaban de casa de mi hermana. Candela se extrañó cuando oyó mi voz por el telefonillo, pero me abrió en seguida y se mostró tan hospitalaria como siempre. Preparó café para las dos y sacó una caja enorme de galletas.

—¿Las recuerdas?

Miré la caja y tuve mi momento magdalena de Proust.

—Claro. Son las galletas de mantequilla que papá traía cuando volvía de aquellos viajes suyos a Andorra. De trabajo, decía.

—Las compro de vez en cuando —me confió—. Por nostalgia, supongo. Era un momento tan feliz cuando papá volvía de Andorra cargado de bombones de coco, galletas de mantequilla, quesos que duraban toda la semana... Y su tabaco de contrabando, también.

—A mí me llevó una vez. Tendría doce años.

Candela se rio.

—Me acuerdo perfectamente. Llegaste enfadada porque te hizo pasar de matute dos cartones de tabaco escondidos en el abrigo.

—Me dijo que tenía que amortizar mi billete del autobús, con lo que sólo aumentó mi cabreo. No tenía remedio, nuestro padre.

—Era un buscavidas. Pero nunca nos faltó de nada.

—Hasta que... —y me detuve ahí.

No quise hablar de aquello. De la decadencia de mi padre. No me gusta hablar mal de los difuntos: se merecen nuestro respeto.

—Le echaré de menos en mi boda —dije.

Candela me abrazó. Estaba contenta. Y yo también.

—¡Qué alegría me das! —dijo—. Hacéis una bonita pareja.

Fue entonces cuando rompí a llorar. Lloré por Susana, pero también por Rebeca, y por Isabel, Ana y Marisol, las tres chicas que acabaron en el Tajo, y por las ocho mujeres asesinadas durante julio de 2023, aquel verano negro en el que me convertí en otra persona.

—No sé cómo puede quererme, si soy una asesina.

Lo había dicho. Lo llevaba dentro y al fin lo había dejado salir. La verdad es implacable, duele y no reconforta tanto como dicen.

Epílogo

La Innombrable

La veo levantarse cada día a la misma hora, ir a la cocina, prepararse un café con leche de arroz, un zumo de naranja natural y unas tostadas de pan de centeno con aceite de oliva. Enciende la radio y escucha a un locutor que comenta la actualidad política con un punto malvado que siempre le arranca una sonrisa. Enciende la radio porque la asusta el peso del silencio. Después de apurar su café prepara el desayuno de sus hijos. Cuando se levanta el mayor, apaga la radio. A David le molesta mucho el ruido. Madre e hijo son tan diferentes como la noche y el día. Cuando él mira por la ventana yo creo que me ve, o me hago esa ilusión, al menos. El chico es especial.

Salen todos deprisa de casa, como si fueran a llegar tarde. Primero Manuela acerca al pequeño al instituto y después lleva al mayor a la calle Gaztambide, a la Escuela Superior de Formación Audiovisual, Animación 3D y Nuevas Tecnologías. Cómo añoro ahora mis tiempos de estudio.

Cuando Manuela regresa a casa se encierra en una de las habitaciones, en una especie de cuarto multiusos con un gran escritorio, y comienza a escribir el manual con el que piensa dar clases en breve. Me ha dedicado un capítulo de su libro: Susana, la chica a la que engañaron. *He visto cómo Manuela ha escrito y borrado más de diez veces ese capítulo. Dice que yo no soy la Innombrable, como dejé escrito en mi diario, y quiere reivindicar mi nombre. Manuela dice que la Innombrable es Concepción, que fue quien me captó aun sabiendo que así me estaba destrozando el futuro. Ver mi nombre escrito en una página me consoló un poco. Tener nombre otra vez es casi como tener cuerpo. No sé cuándo dejaré de ver a mis padres, a la inspectora, a su marido y a sus hijos, me inquieta un poco estar aquí, en este no-lugar en el que vivo. También veo a los tres acusados del juicio de la Operación Lesly que ya están en la cárcel, y a los cuatro que rezan en sus casas para que los recursos presentados por su defensa lo impidan. Y vi las detenciones de los otros miembros de la banda de Izan y la del empresario Benjamín Flores, que les blanqueaba sus ganancias. Ninguno de ellos lo está pasando bien en prisión. Tampoco Samuel, el joven que aporreó a la inspectora en la cabeza. Dicen que toda mala acción tiene su castigo y puede que sea verdad, pero si algo me ha enseñado mi experiencia es que la ley es insuficiente.*

Mi mala acción fue traicionar a mis amigas. Mi castigo es permanecer en este espacio sin libros para leer y sin cuadernos de lecturas en los que tomar notas. El Molloy de Beckett escribe desde la habitación de su madre, Malone yace en la cama en un lugar indeterminado: son hombres extraños que deliran. También lo hace el Innombrable. Recuerdo que cuando podía leer a Beckett solía preguntarme a menudo qué significa decir «Yo».

Ahora, voy a quedarme sola y callada un buen rato, viendo cómo la inspectora, que quiere ser profesora y está preparando unos apuntes para las clases, teclea en su ordenador sobre las relaciones que existen entre el género y el delito. En el caso de la prostitución la correspondencia es clara. En mi caso fue así. Una mujer, Concepción, decidió destruir a la mujer en ciernes que era yo al ofrecerme como carne joven a un montón de hombres maduros que creían tener derecho a pagar por utilizar mi sexo y acceder a mi cuerpo. En el juicio, a la gran mayoría de estos hombres maduros se los absolvió y yo me convertí, a mi pesar, en una metáfora de todo el dolor, el sufrimiento y la violencia que supone ser víctima de ese engaño.

Me he visto vivir, me he visto morir y no puedo ser neutral. Llegará un día en el que en mi país se castigue de forma ejemplar a los clientes de la prostitución. Yo estaré completamente muerta para entonces, habitaré un lugar distinto desde el que no podré ver el cielo, ni oler la tierra mojada cuando llueve, ni sentir en el alma el frescor del viento ni el calor del sol. Mientras escarbaba en mi amarga verdad me ha consolado ver mi nombre escrito en la pantalla de un ordenador, dentro de un documento de Word que acabará siendo un libro de consulta para estudiantes de Criminología: futuros detectives privados, policías, escritores o educadores sociales.

Ella escribe y borra. Vuelve a escribir. A ratos se odia.

Creo que cuando termine, yo desapareceré y de mí sólo sobrevivirá mi nombre. Me doy cuenta y es terrible para mí esa realidad. Ella sufre por haber matado a una persona. Yo sufro por haber hecho caer a mis amigas en la prostitución. Todo el mundo sufre por algo. Pero sólo queda continuar. Habito un lugar donde todo es innombrable. Desde él, veo cada día cómo una inspectora de Policía retirada temporalmente de su oficio se empeña en traducir a palabras un dolor que no se puede expresar. Una detective llora. Una exprostituta llora. Una madre llora. Un expolicía de homicidios llora, arrepentido de sus acciones. Un matón de tres al cuarto llora: ha aprendido que en España puedes okupar un piso o intimidar a la gente sin que ocurra nada, pero atentar contra un policía son palabras mayores. Doscientas mil mujeres, cada noche, lloran cuando las violan a cambio de una cantidad irrisoria de dinero. Suelen llamarlas putas, pero son personas. Puede que sean más. Existe, ya lo creo, una relación entre el género y el delito.

Es así.

Duele.

No he visto llorar a Izan, que continúa libre; ni a Ángel ni a Gabriel ni a Concepción ni a Benjamín en sus celdas. Tampoco a mis clientes. Bueno, me corrijo: no han derramado lágrimas por mí. Sí que han llorado por ellos mismos, pero esas lágrimas tan sólo eran la marca de su vergüenza.

Han venido a visitarme Isabel, Ana, Marisol y Rebeca. Empiezo a pensar que existe un cielo para las víctimas como nosotras. Los rostros de mis compañeras me resultan tan inolvidables como tormentas a medianoche o un océano a la luz del atardecer. Un suave color naranja lo tiñe todo. A veces, cantamos a coro una canción, que es un poema de Juan Ramón Jiménez: «Veinte años tienes en la muerte. / Eres ya una mujer —¡qué hermosa eres!—». Lo escribió para una muchacha que murió en su infancia y a la que enterraron en el cemen-

terio de Moguer. Esto no es Moguer, ni se le parece, nosotras estamos en el suroeste de ninguna parte. Pero nos consuela pensar en espacios concretos y saber que nosotras habitamos un lugar más arriba, más arriba, cercano a la casa de Walt Whitman y su jardín de malvas.

Manuela ha terminado de escribir. Se pone música mientras paladea su segundo café de la mañana. Le gusta Joaquín Sabina, y hay una canción que últimamente escucha muy a menudo, Princesa. *Creo que piensa en mí cuando el cantante maldice al gurú que levantó un silencio oscuro entre él y la princesa de la canción. Me gustaría poder decirle que pese a todo me siento bien, porque sé que cuando desaparezca por entero ella me recordará. Ya no soy más la Innombrable. Ahora formo parte de algo mayor.*

Madre, tú me ves, ¿verdad?

Agradecimientos

La Innombrable es la tercera entrega de la serie de Manuela Mauri, y a sus autores nos gusta pensar que cierra una especie de trilogía de la novela negra madrileña pre y pospandemia. ¿Por qué somos tan tolerantes, como sociedad, con la prostitución? Es una pregunta que sobrevuela el primer libro, *Si esto es una mujer*, y que de nuevo reaparece en esta última entrega.

Mi primer agradecimiento es para Lorenzo Silva, mi compañero de viaje en esta aventura literaria, porque durante los últimos seis años, mientras escribíamos juntos los casos de nuestra inspectora, su experiencia y buen hacer me han permitido hacerme con el personaje de Manuela, quererla más, entenderla mejor, comprender qué sucede dentro de su cabeza desde que en el primer libro la conocemos de baja por depresión hasta que en este último decide darle un giro radical a su vida. Nunca podré agradecerle lo suficiente que me invitara a escribir con él este proyecto, que se ha convertido en uno de los más importantes en mi trayectoria como escritora de ficción.

A lo largo de estos seis años hemos tenido el apoyo incondicional de buenos amigos, que siempre han estado ahí: Joaquín Palacios, José Caro y Yolanda Lahoz. Para la escritura de la serie ha sido importante también la ayuda y colaboración de Myriam Velasco, José Nieto, Marta Álvarez y el comisario José Antonio Rodríguez San Román, jefe de la UDYCO Brigada Provincial de Policía Judicial, que nos permitió conversar con compañeros y compañeras de los grupos de Homicidios, como Sonia y Óscar, entre otros. A todos ellos: gracias.

No quiero olvidarme de dos profesores cuyas clases han dejado huella en esta trilogía de Manuela Mauri; uno de ellos es David Conte Imbert, que me recomendó la lectura de *Si esto es un hombre*, de Primo Levi, y el otro es el profesor Eduardo Pérez-Rasilla Bayo, gran admirador de James Joyce y de Samuel Beckett. Al primero le rendimos homenaje en el capítulo trece, tomando como título del capítulo uno de los cuentos de su famoso *Dublineses*, al segundo le realizamos el homenaje completo en el título, la cita y el marco conceptual de este libro. A ambos autores los redescubrí en las clases de Eduardo gracias a su mirada, su análisis crítico y su pasión docente.

Una constante de la serie de Manuela Mauri ha sido que nuestra investigadora no es inmune a la enfermedad: en la primera entrega padece una enfermedad mental; en la segunda, *La forja de una rebelde*, tiene un problema ginecológico, y en esta tercera debe enfrentarse a un problema serio de salud. Los padres literarios de Manuela tampoco somos ajenos a las dolencias mundanas, y durante la escritura de esta novela he realizado muchas visitas a varios doctores a los que quiero agradecer el buen trato, la amabilidad y la profesionalidad. Gracias a que hicieron bien su trabajo yo he podido terminar el libro, con la ayuda de Lorenzo, y recuperarme del todo de mis lesiones. Esos tres doctores son: el traumatólogo doctor Carlos Fournon González-Barcia, jefe de unidad de la clínica CEMTRO, el digestivo doctor Josué Carvajal Balaguera y el ginecólogo doctor Jorge Alonso Zafra. Nunca me he sentido una paciente en su consulta, sino una persona con un problema de salud que ellos, gracias a sus muchos años de experiencia, han sabido resolver.

Y por último, aunque no por ello menos importante, tres agradecimientos relacionados con la industria del libro; el primero, dedicado a todo el equipo editorial de Destino, especialmente para Anna, Emili, Alba y María, sin su trabajo no existirían estos libros (ni muchos otros); el segundo, para la agencia literaria A.C.E.R., que nos representa desde hace años, en concreto para Laure, Catherine, Roberto y Fátima, y el tercero para todos los lectores de la serie que, a lo largo de estos seis años, han querido conocer a Manuela Mauri, vivir sus aventuras y hacer suyas sus peripecias. Este tercer volumen nos ha desvelado el segundo apellido de Manuela, se llama Manuela Mauri Martínez, y, aunque de entrada pueda no parecerlo, como personaje se encuentra en su mejor momento (lo podréis comprobar, si queréis, en la cuarta entrega de la serie).

Comienzo por suscribir todos y cada uno de los agradecimientos a terceras personas que ya ha expresado Noemí, y que ambos compartimos, incluso los que tienen más directamente que ver con ella. Es lo que tiene ir a una en la vida y en la escritura: quien ayuda a seguir adelante a quien te acompaña te ayuda también a ti. Por mi parte, añado a la propia Noemí: sin su mirada, su sensibilidad y su talento para buscarles ángulos imprevistos a las historias y a los personajes no existirían ni esta novela ni la Manuela Mauri que en ella se encuentra el lector; en solitario, y echando mano del oficio acumulado, tal vez habría podido uno intentar hacer algo con el material del que se nutre el relato, pero el resultado sería más pobre, más superficial, menos verdadero en multitud de sentidos.

También agradezco, como hago en todos mis textos, la mirada y la lectura preliminar e iluminadora de mi padre, Juan José Silva, mi hermano Manuel y mi amigo Carlos Soto, que junto a la propia Noemí son mis lectores de guardia. En la vida, no son muchas las personas en las que se puede depositar confianza absoluta. Tenerlos a ellos es un lujo que nunca podré valorar suficientemente.

Y finalmente, quiero agradecer la enseñanza recibida de tantos y tantos lectores que además de serlo dedican sus afanes diarios al servicio de la justicia, ya sea como jueces, fiscales, forenses, policías, guardias civiles, *mossos d'esquadra* o *ertzainas*, y que han tenido la generosidad de compartir conmigo sus experiencias en el curso de las últimas tres décadas. En especial, en este caso, vaya mi gratitud a Manuel

Marchena, a quien le tocó conocer profesionalmente la triste y verdadera historia que inspiró este libro, aunque al hacer esta mención debo reiterar la advertencia del comienzo: lo que en estas páginas se lee es una ficción que ni pretende ser ni debe leerse nunca como un testimonio de ese ni de ningún otro hecho real. Los personajes son inventados, también sus circunstancias, actos y pensamientos. Con todas esas salvedades, y desde el respeto al dolor de su familia, nuestro recuerdo —y homenaje— a Nora Ayala Ponce, muerta por sobredosis el 22 de septiembre de 2011 en Palma de Mallorca, víctima del mismo monstruo que la Susana de nuestra historia: la indiferencia de quienes anteponen su lucro o su placer al derecho al futuro de esa juventud que siempre merece algo mejor.

Getafe-Illescas-Roma-Vigo-Madrid,
21 de junio de 2023 - 3 de febrero de 2024

Índice

Advertencia previa 9

1. La mentira 13
2. La placa 23
3. El juicio 35
4. Las vacaciones 47
5. Dieciséis 59
6. El puto teléfono 71
7. Contra reloj 83
8. Las pulseras de la amistad 95
9. Su señoría 107
10. La fiscalía 119
11. El acecho 131
12. El diagnóstico 143
13. Una pequeña nube 155
14. El sujetador 167
15. Receso 179
16. El gran jefe 191
17. Ángel caído 203
18. Gaby Tequila 215
19. Una valiente 227
20. *Don't Stop Me Now* 239

21. El dragón 253
22. Minotauro 265
23. Lágrimas 277
24. Maldito no-amor 289
25. La sentencia 301

Epílogo. La Innombrable 313
Agradecimientos 319